Alice Scarling est née le premier jour du printemps. Dans sa jeunesse, elle traverse les portes de l'Argonath et dès lors le virus de l'écriture l'atteint chaque nuit. Plus tard, Alice fait de sa passion pour la littérature fantastique son champ d'expertise : vampires, succubes et loups-garous n'ont plus de secrets pour elle. Brillant résultat de cette maîtrise, *Lacrimosa* incarne une nouvelle voix originale et sexy de la bit-lit française.

Du même auteur, chez Milady :

Requiem pour Sascha :
1. *Lacrimosa*
2. *Dies Iræ*

CE LIVRE EST ÉGALEMENT DISPONIBLE
AU FORMAT NUMÉRIQUE

www.milady.fr

Alice Scarling

Lacrimosa

Requiem pour Sascha – 1

Milady

Milady est un label des éditions Bragelonne

Extraits d'œuvres citées :
The Number of the Beast © Iron Maiden, The Number of the Beast, EMI, 1982
Like Tears in Rain © Covenant, United States of Mind, Metropolis Records, 2000
Sympathy for the Devil © The Rolling Stones, Beggars Banquet, Decca/ABKCO, 1968

ISBN : 978-2-8112-1206-3

Bragelonne – Milady
60-62, rue d'Hauteville – 75010 Paris

E-mail : info@milady.fr
Site Internet : www.milady.fr

À C., tu m'as donné des ailes.

Remerciements

Écrire un roman est une tâche solitaire. Devenir écrivain non. C'est un processus long, ardu et exigeant mais sur cette route, il serait idiot et orgueilleux de penser qu'on est seul. Au fil des ans, petit à petit, on grandit, on s'améliore, et il serait impossible d'y parvenir sans des personnes formidables. La vie a eu la générosité de me donner beaucoup de ces gens-là et s'il n'y avait pas des impératifs de maquette, je les citerais tous.

Je vais donc être aussi concise que possible.

Mes plus sincères remerciements vont à :

Ma famille.

Mes amis de toujours : Armand, Marine et Flore.

Celle qui a apprécié mes écrits et m'a encouragée à l'époque où il fallait avoir de l'imagination pour y voir du potentiel : Claire Sanderson.

Enfin, *last but not least*, ma fantastique éditrice (et tellement plus) : Hania Jalkh. Ainsi que toute ma deuxième famille chez Bragelonne (vous, vous êtes définitivement trop nombreux pour tenir sur cette page).

Vous êtes des gens exceptionnels et j'ai tant de chance de vous avoir.

Wyrd bið ful ārǣd.

Lacrimosa dies illa,
Qua resurget ex favilla
Judicandus homo reus.
Huic ergo parce, Deus,
Pie Jesu Domine,
Dona eis requiem.

Jour de larmes que ce jour,
Qui verra renaître de ses cendres
L'homme coupable pour être jugé.
Épargnez-le, mon Dieu !
Seigneur tout-puissant,
Accordez-lui le repos éternel.

Requiem, « Dies Iræ », strophe 18

Chapitre premier

La musique fait vibrer les murs. Dommage qu'ils ne passent pas ici le genre de morceaux que j'aime plutôt que cette saleté de pop dance qui submerge les radios. Mais je ne suis pas là pour m'amuser. J'ai besoin de fric et, dans cette boîte branchée des Champs, le nombre de pigeons suffisamment bourrés pour ne se rendre compte de rien au mètre carré défie les statistiques. Jeunesse argentée, comme j'apprécie tes portefeuilles bien garnis.

J'ai été obligée de me mettre sur mon trente et un pour passer le barrage du videur. J'ai même ciré mes Doc Martens à talons. C'est dire si j'ai fait un effort. Alors j'espère que la nuit va être productive.

J'observe la foule gesticulante depuis le balcon V.I.P. Je me suis laissé peloter les fesses par un abruti soûl pour bénéficier de la tranquillité relative de cet espace réservé. Ça valait le coup : plus d'alcôves sombres où se cacher, plus de proies potentielles, et moins de monde qui se frotte contre moi.

Je n'ai rien contre un peu de contact humain… dans un pogo. Le reste du temps, j'aime bien avoir mon espace personnel.

Mon terrain de chasse me semble idéal. Si je fais de bonnes prises, je reviendrai.

Sur la piste de danse en contrebas, un couple se bécote et se tripote. Je trouverais ça mignon si ça ne me tapait pas autant sur les nerfs.

Je me détourne pour me concentrer sur la raison de ma venue ici.

Un groupe d'étudiants vautrés sur des canapés disposés en cercle autour d'une table couverte de cocktails à moitié vides. Non, pas assez soûls et trop nombreux.

Un autre couple en train de s'embrasser. Ah non, correction, en pleine action. La grande classe. Pas pour moi de toute façon.

Un type seul dans une alcôve, un verre à la main. Il observe un cercle de filles sur la piste de danse. Jackpot.

Les boîtes de nuit bondées offrent l'anonymat de la foule, des clients bien éméchés aux poches remplies de liquide et plein de coins sombres où se cacher. L'inconvénient, c'est que les gens y vont rarement seuls. Même s'ils sont là pour draguer, ils viennent toujours avec des amis. Cela dit, les amis, ça va aux toilettes, ou danser, ou lever de la cruche semi-consentante.

Je passe agiter ma minijupe devant ma cible avant de me planter quelques mètres plus loin, contre la rambarde.

Il lui faut à peine une minute pour m'y rejoindre.

— Tu attends quelqu'un ? il me demande directement dans l'oreille pour être sûr que je l'entende.

Je me retourne et me retrouve collée contre lui.

C'est presque trop facile.

Je le détaille rapidement : pas mal mais pas mon genre. Enfin peu importe, je ne suis pas là pour les extras.

Je lui offre mon plus beau – faux – sourire et susurre :

— Toi.

Il sourit en retour à cette réponse.

Qu'est-ce que les mecs peuvent être cons. Je ne vais pas m'en plaindre mais sérieusement, je me baladerais avec un panneau clignotant marqué « Attention, piège », ce ne serait pas plus évident. Quelle fille saine d'esprit attendant véritablement quelqu'un change direct son fusil d'épaule à la vue d'un inconnu qui lui sort une platitude ?

Cela dit, c'est là une variété qu'on trouve souvent en boîte de nuit : le dragueur tellement sûr de lui qu'il croit que toutes les filles mouillent leur culotte quand il passe près d'elles.

Je lui tends la main et je l'entraîne vers une alcôve vide.

Il m'attire dans ses bras en se vautrant dans le fauteuil en velours.

Sa bouche trouve la mienne. Je grimace intérieurement, mais tant pis. Dans la vie, il faut savoir faire avec ce qu'on a.

Je me sens tout doucement quitter mon corps. Mon être, ma conscience – mon âme ? – passe dans le corps du type.

J'ai une capacité étrange : je peux posséder n'importe qui d'un simple contact. Pratique.

Il écarquille les yeux puis d'un coup, je me retrouve à sa place et je me vois, enfin, je vois mon corps, glisser sur le fauteuil.

Mon corps s'évanouit quand je passe dans celui de quelqu'un d'autre. Moins pratique.

Mais je n'ai pas le temps de m'attarder sur la question : les pensées, les souvenirs, les sensations, tout ce qui fait mon hôte, m'assaillent comme un raz-de-marée. Je ne prends pas le temps de m'attarder sur son identité ni sur ses petits secrets honteux : moins longtemps dure la possession, moins il y a de risques qu'il se rende compte de quelque chose.

Vincent – c'est son nom – regarde un instant mon corps inerte avec étonnement avant de se dire que la viande soûle c'est vraiment pénible.

Sympa. Merci.

Et dire que je suis probablement la seule personne de cette boîte à ne pas avoir une goutte d'alcool dans le sang.

Il secoue la tête et se dit qu'il va aller se chercher un autre verre et une autre fille. Un peu moins bourrée cette fois.

Mes hôtes restent entièrement conscients pendant que je les possède. Simplement, ils n'ont plus le contrôle. Plus je reste longtemps, plus ils le vivent mal, alors j'essaie en général de ne pas trop les traumatiser, en faisant les trucs qu'ils auraient voulu : se gratter le nez, se passer la main dans les cheveux, s'allumer une cigarette…

Mais plus ils ont bu, moins il y a de chances qu'ils s'aperçoivent qu'ils ont des gestes incohérents.

Avant d'emmener Vincent se chercher un verre, je glisse la main dans sa poche et j'en fais discrètement tomber son portefeuille. Ensuite, je le laisse agir comme il veut afin qu'il s'éloigne au maximum de moi avant que je reprenne conscience.

Une fois hors de vue de mon pigeon, je réintègre mon corps. J'ai besoin d'engager un contact physique pour posséder un hôte, mais le retour est plus simple : il me suffit de savoir où se trouve mon corps et de l'imaginer. Une seconde plus tard, je suis dedans.

Mon esprit claque comme un élastique en se remettant en place.

Je ramasse le portefeuille par terre. Cinquante euros en espèces. Et une carte bleue dont j'ai le code grâce à ma petite incursion dans ses pensées.

Je souris intérieurement en rangeant mon butin, puis je remets le portefeuille par terre là où il était tombé et je file.

Inutile de s'attarder : Vincent n'en était qu'à son deuxième verre. Dès qu'il aura réussi à passer commande, il va remarquer qu'il n'a plus son portefeuille et revenir le chercher.

Et puis, la soirée débute à peine : je dois sûrement pouvoir trouver encore quelques dragueurs trop sûrs d'eux à plumer.

Chapitre 2

Le soleil tape déjà fort sur ma fenêtre quand je me réveille. Enfin, je ne me « réveille » pas. Disons que j'émerge. Lentement. Bon d'accord, je suis une loque.

Une fois évanouies la fièvre et l'adrénaline de la traque, quand je suis rentrée chez moi, il ne me restait plus que de la fatigue.

La boîte de nuit s'est avérée un terrain de chasse vraiment prolifique et j'ai enchaîné les possessions pratiquement jusqu'à l'aube avant d'aller faire bon usage de toutes ces cartes bleues.

Et puis il y a eu l'incident de la bouteille cassée… Lorsque je possède quelqu'un, j'établis une connexion si profonde que je partage avec mon hôte tout ce qu'il ressent. Plaisir, douleur, faim, envie de pisser. La totale. En général, j'essaie donc d'éviter de l'abîmer. Mais ce n'est pas évident de s'habituer en quelques secondes à un corps d'un gabarit différent du sien ; il m'arrive parfois de me cogner le pied dans un meuble ou le coude dans une poignée de porte. Hier, j'ai eu un petit souci avec une bouteille en verre et j'ai entaillé la main de ma dernière victime. Résultat, ce matin, j'ai encore l'impression persistante que je devrais mettre un pansement sur la coupure absente dans ma paume.

Ma tête me lance et me donne l'impression que de petits lutins ont décidé d'y entreprendre des travaux impliquant marteaux-piqueurs et clous géants, à planter directement dans les parties les plus molles de mon cerveau.

J'ai toujours une gueule de bois d'enfer le lendemain d'une possession, alors que je ne bois pas. C'est un comble.

Enfin, ce n'est pas comme s'il existait un S.A.V. pouvoirs extraordinaires auquel je pourrais me plaindre.

« — Bonjour. J'ai le pouvoir de posséder les gens mais ça comporte des conséquences pénibles, alors je me demandais si vous pourriez me l'échanger contre un autre moins chiant ?

— Attendez je regarde. Oui, si vous voulez, sans effets secondaires, j'ai la capacité à communiquer avec les géraniums. »

J'envisage un instant de rester au lit mais, la veille, je me suis effondrée telle quelle sur le matelas. L'envie de me changer et de prendre une douche me démange sérieusement.

Trop de contacts humains, trop de possessions, trop de tout... J'ai un peu – comme souvent – tiré sur la corde, je crois. Le pouvoir que me donne ma capacité hors du commun a le don de me griser et, une fois lancée, j'ai du mal à m'arrêter. J'enchaîne les transferts jusqu'à avoir l'impression de me perdre dans l'esprit des autres.

Malgré les restrictions et le mode de vie sain que m'impose mon don, je suis une droguée. Je me repais de la liberté de ne plus être moi, durant quelques secondes, quelques minutes, quelques heures... Je peux oublier ce que je suis. Je peux oublier mon passé. Je peux tout oublier.

Et surtout, le sommeil qui suit ce genre d'orgie mentale est profond et sans rêves.

Je ne dors jamais bien. Plus depuis des années. Sauf les soirs où je sors, je me gave, je m'épuise et ensuite je dors une nuit – enfin, une matinée, vu l'heure à laquelle je rentre – complète.

Mais toute chose a un prix et une nuit de débauche où je me laisse aller à ma vraie nature, à utiliser ma capacité sans restrictions, se traduit par une migraine carabinée et la mauvaise humeur qui va avec le lendemain.

Je me déshabille en allant à la salle de bains. J'ouvre le robinet de la baignoire à fond. Je m'allume une clope et me prépare une aspirine en attendant.

Si j'allais voir un psy, il m'expliquerait sûrement que mon rayon c'est l'autodestruction. Je trouve toujours le moyen de me punir pour ce que j'ai fait. Les cauchemars sont très certainement une autre manifestation du même problème.

Mon bain est plein. Je m'y glisse et le simple fait d'être allongée dans de l'eau chaude me donne l'impression d'aller mieux. Je soupire. Heureusement que je ne vois pas de psy. Parce que tout ça c'est des conneries. Je vais très bien. Je suis juste un peu... spéciale.

Je bois l'aspirine qui a fini de se dissoudre et je savoure la sensation de l'eau sur ma peau. Quand le plus gros de mon mal de tête finit par se dissiper, l'autre effet postpossession ne se fait pas attendre : j'ai envie de baiser.

C'est toujours comme ça.

Je ne comprends pas pourquoi, il existe un lien – foireux – entre mon pouvoir et le sexe. J'aurais dû me douter que le fait d'être élevée par des nonnes aurait ses conséquences.

Ma première expérience s'est mal passée.

Mmh... c'est un euphémisme.

À l'époque, je pensais être normale. Traumatisée. Paumée. Orpheline et sans toit. Mais normale. Quand mon mec de l'époque – Jimmy, mon premier petit copain – a voulu qu'on couche ensemble, j'ai paniqué.

Enfin, quand on a commencé, j'étais consentante.

J'ai été élevée dans un couvent, alors je n'y connaissais rien. Encore moins que l'ado moyenne. Mais je comprenais le principe général.

Sauf qu'en plein acte, j'ai paniqué. Et mon pouvoir s'est déclaré. Un instant j'étais dans mon corps et le suivant, j'étais dans celui de Jimmy. Je ne me souviens pas vraiment de tout mais je me rappelle la sensation très étrange d'avoir une queue. De la sentir enfoncée dans de la chair chaude…

Enfin bref, je n'avais pas la moindre idée de ce qui se passait et il m'a fallu plusieurs heures – d'angoisse – pour récupérer mon corps.

Après ça, j'ai décidé qu'une vie d'abstinence me conviendrait très bien. Jusqu'au jour où j'ai appris à maîtriser suffisamment mon pouvoir pour me transférer à volonté et que j'ai découvert le deuxième effet Kiss Cool de la chose : le besoin presque vital de m'envoyer en l'air une fois mon corps récupéré.

Sauf qu'au moment de l'orgasme, ça ne manque jamais : le transfert se fait. J'ai essayé pendant un temps d'apprendre à contrer cet effet-là aussi, mais rien n'y fait.

Je ne sais pas si je le dois à ma pieuse éducation ou tout bêtement à mon pouvoir mais j'ai arrêté de me poser la question. Le résultat est là : je suis condamnée à la frustration et le seul moyen que je connaisse de me soulager, c'est toute seule.

Je glisse la main entre mes cuisses presque par réflexe. Je me caresse doucement en essayant de chasser de mon esprit toutes les pensées parasites pour me concentrer sur mon plaisir. J'accélère mes mouvements, j'utilise mon autre main, mon corps se tend, mon cœur bat plus vite et… on frappe à la porte.

— Eh, t'as bientôt fini ? Faut que je me prépare pour aller bosser.

C'est Nicolas, mon colocataire forcé depuis deux semaines. J'ai envie de hurler de frustration mais ça n'y changerait rien : il a rompu le charme.

Je lui lance un « ouais » laconique et m'extrais de la baignoire.

Nicolas, c'est le guitariste du groupe dans lequel je chante. Il s'est fait virer de son précédent logement quand l'autre colocataire est parti sans payer le loyer et depuis, il campe chez moi. C'était le plus logique : je suis seule dans un grand appartement. Cependant, quand on en a décidé, je n'avais pas réfléchi aux conséquences que ça aurait sur mon intimité.

Je n'ai pas emporté de fringues avant d'entrer dans la salle de bains et j'ai abandonné celles de la veille à plusieurs mètres de la porte. C'est donc nue que je sors. J'aurais pu me planquer sous une serviette mais à dire vrai, je n'en avais pas envie.

J'avais envie d'emmerder Nicolas.

C'est compliqué entre nous.

Il n'est pas seulement mon guitariste. Il est amoureux de moi depuis le jour de notre rencontre et il ne l'a jamais caché. Moi, je ne sais pas trop où j'en suis. Je l'aime. Beaucoup. Mais pas de la même manière que lui, je crois.

Parfois je cède à ses avances, parfois non. Aujourd'hui, c'est un jour sans. Il m'a interrompue au moment critique. Du coup, j'ai envie de bien lui faire sentir qu'il va se la mettre derrière l'oreille et qu'il la fumera plus tard.

— Waouh, salut, toi, il me lance en me voyant sortir dans le plus simple appareil.

— Ouais, salut, je marmonne.

Il me bloque contre le mur.

— Si tu veux, on peut partager la salle de bains.

Je me dégage et je remonte le couloir vers ma chambre.

— Tu vas être en retard au boulot… et j'ai pas envie, je lui dis avant de claquer la porte.

Je l'entends me traiter d'allumeuse.

Il m'a proposé mille fois une « vraie » relation avec vie de couple, sexe régulier et tenue de main dans le métro. Bref, tout ce que je ne peux pas lui offrir.

Depuis qu'il a emménagé, il essaie d'approfondir notre lien. Je dois reconnaître qu'avoir quelqu'un qui n'est pas juste un coup d'un soir est plutôt agréable. Mais je ne peux pas le laisser entrer plus que ça dans ma vie.

Le temps que je m'habille, Nicolas a fini de prendre sa douche. Quand il frappe à la porte de ma chambre, c'est avec du café et des cigarettes.

— On fait la paix ? il me demande depuis le seuil.

Je regarde ses grands yeux ourlés de longs cils et je hoche la tête. La plupart du temps, je ne sais pas dire « non » à Nicolas. Pas quand il me fait les yeux doux.

Je tapote le lit à côté de moi. Il vient s'asseoir et me passe mon café avant de nous allumer deux cigarettes et de me tendre la mienne.

On reste là, un moment, en silence.

Ce que j'adore chez lui, c'est qu'il ne me reproche jamais mon caractère difficile. Il a compris qu'il avait fait une gaffe avec la salle de bains, il cherche sûrement encore laquelle mais ça ne l'a pas empêché de venir avec une offrande d'excuse, et sans questions.

Pas besoin de m'expliquer, pas besoin de me justifier. C'est agréable.

Nicolas ne sait pas pour mon pouvoir. Personne ne sait. En fait, il ignore presque tout de moi. Il pense que mes parents sont morts dans un incendie et qu'ils étaient suffisamment riches pour que je vive de leur héritage ; ce n'est qu'un demi-mensonge.

Je le repousse en permanence par peur qu'il commence à voir clair dans mon jeu. Me confier à lui n'est pas une option. Je cumule un peu trop pour tout lui avouer et j'ai peur de sa réaction, qu'il me prenne pour une folle ou un monstre. Ou les deux.

Non, c'est mieux comme ça. Et puis, ce n'est pas comme si j'incarnais la petite amie idéale, même s'il était capable d'accepter mes secrets. Je cultive un penchant pour l'autodestruction, rappelle le psy que je n'ai pas.

— On a une répét' demain. C'est toujours bon pour toi ? (Il me tire de mes pensées.) Damien m'a dit qu'il a pensé à quelques nouveaux trucs qu'il voudrait tester avec nous pour *Redemption*.

— J'espère que c'est du lourd. Je la sens vraiment pas cette chanson.

Notre dernière compo en date. J'ai eu beau la chanter de toutes les façons possibles, quelque chose ne passe pas dans ce morceau pour moi. Les paroles peut-être. Julien et ses idées à la con.

Habituellement, c'est moi qui écris les textes. Pour être sympa, j'ai accepté de céder la tâche à notre bassiste et maintenant, chaque fois qu'on répète ce morceau, j'ai l'impression de m'étouffer sur mes céréales. C'est incroyable d'avoir un tel talent à faire du n'importe quoi. S'il avait voulu pondre un texte aussi imprononçable et discordant, il n'aurait pas réussi avec autant de brio.

— Tu sais que, quoi qu'il arrive, il faudra qu'on la joue au prochain concert ? dit Nicolas.

Je hoche la tête, blasée.

Julien ne lâchera pas l'affaire tant qu'on ne se sera pas littéralement fait lapider à la tomate pourrie. Étant donné que plus personne n'apporte de légumes aux concerts, ça risque de prendre du temps.

— Je n'ose même pas imaginer le massacre quand il s'attaquera aux partitions de batterie.

Nicolas éclate de rire.

— Je vois d'ici la tête de Damien.

Il entreprend ensuite d'imiter l'expression et la posture de ce dernier.

Le fou rire passé, un petit silence presque gêné s'installe entre nous. Nicolas me regarde droit dans les yeux et je devine qu'il a envie de me demander pourquoi j'étais de mauvais poil tout à l'heure.

Je ne suis jamais très sociable au réveil mais, après une nuit de chasse, mon mauvais caractère devient exécrable.

Nicolas ne pose pas de questions, mais ça lui pèse. Depuis qu'il habite avec moi, il sait que je ne vais pas bien. Entre les nuits où je rentre à pas d'heure et me réveille plus fatiguée qu'il n'est raisonnable, même pour quelqu'un qui a fait une nuit blanche… et les autres soirs où il vient me réconforter parce que je dors mal et se fait invariablement rembarrer… Il veut se rapprocher de moi, il veut être là pour moi. Je le sais. Et j'aimerais tellement pouvoir accepter, mais c'est impossible.

— Tu n'allais pas être en retard au boulot ? je finis par demander pour mettre un terme à ce silence et à son hésitation.

Il jette un coup d'œil à sa montre.

— Si. Merde.

Il se penche, dépose un petit baiser sur mes lèvres et file.

Chapitre 3

Bleu. Rouge. Rouge. Vert. Bleu. Rouge-vert, rouge-vert.

— *Night was black / was no use holding back / 'Cause I just had to see / was someone watching me*, gueule Damien.

Rouge. Rouge. Rouge. Bleu-rouge, bleu-rouge.

Ça se complique. J'essaie de suivre le rythme tout en grimaçant lorsque Damien monte dans les aigus avec sa grosse voix et chante… Non, à ce stade-là, ce n'est plus « faux », c'est comme un petit chat qu'on noie. Le son discordant qu'il produit me hérisse le poil, je perds le rythme, manque une dizaine de notes. Et bim, le verdict tombe : on nous hue et la lumière s'éteint.

— Vous êtes nuls, dit Julien en ricanant.

Nicolas se lève et tend les mains pour que je lui passe les baguettes tandis que Julien s'empare du micro entre deux crises de rire.

Notre règle quand on joue à *Guitar Hero*, c'est interdiction de prendre les instruments qu'on maîtrise. Résultat, je n'ai droit qu'à la batterie – comme Nicolas – et pour une raison qui m'échappe, je suis nulle. Deux bras gauches. Dans le plâtre.

— Vous perdez rien pour attendre, dit Damien avec un sourire tandis que les garçons se lancent sur *The Number of the Beast*.

Je regarde la feuille de scores. Treize à six. On est en train de se faire laminer.

Je fais discrètement signe à Damien tandis que Julien déclame l'intro de la chanson. Je lui montre la feuille puis je lui fais un clin d'œil : il est temps d'arrêter de jouer réglo.

Je me place à la périphérie du champ de vision des garçons. Depuis la fois où j'ai empêché Nicolas de jouer en lui caressant la cuisse, je n'ai explicitement pas le droit de les toucher. Cela dit, j'ai plus d'un tour dans mon sac.

Je m'étire langoureusement en mettant ma poitrine en avant. Je fais mine de regarder l'écran mais du coin de l'œil, je repère le regard de Nicolas qui dévie de la partition sur la télé vers moi. Je me passe la langue sur les lèvres, l'air de rien. Je sais que c'est le genre de gestes qui le rend dingue. Surtout quand il imagine que je le fais sans m'en rendre compte.

Il commence à rater des notes.

Mais pas assez pour qu'on leur éteigne la lumière. Julien connaît les paroles par cœur et sait comment faire pour marquer des points sans se retrouver à chanter faux en essayant de suivre la tonalité du chanteur d'Iron Maiden, beaucoup trop aiguë pour lui.

Je vais devoir trouver autre chose pour le déconcentrer et l'empêcher de rattraper les pains que fait Nicolas.

Damien vient alors à mon secours. Il part dans la cuisine et revient avec des canettes de bière pour eux et du coca pour moi.

Il pose respectueusement celle de Nicolas près de lui. En revanche, il ouvre celle de Julien et la lui tend.

Et ce gros malin qui mord à l'hameçon, attrape la canette pendant un break et se retrouve la bouche pleine de bière au moment de la reprise.

Je joue avec une mèche de cheveux en faisant mine de ne pas remarquer que Nicolas observe mon geste. Trois… deux… un…

La lumière s'éteint sur scène.

Julien finit d'avaler sa gorgée de bière et se tourne vers Damien :

— T'es con, mec !

— Oh, excuse-moi, je voulais juste être sympa, dit l'intéressé d'un air sérieux.

Pendant que les deux tentent de déterminer si c'est dans les règles d'apporter de la bière en pleine partie, Nicolas lâche ses baguettes et vient se placer devant l'accoudoir du canapé où je me suis installée. Il se glisse entre mes jambes, m'attire à lui et passe la langue sur mes lèvres comme je viens de le faire.

Je fonds sous la caresse, glisse les bras autour de sa taille pour coller son torse contre ma poitrine et il approfondit le baiser en jouant de la langue sur mes lèvres entrouvertes.

Puis il les délaisse, pour remonter de ma mâchoire à mon oreille avant de murmurer :

— Quitte à avoir perdu un point pour ça…

Il me mordille le lobe quand Julien s'exclame :

— Mais trouvez-vous une chambre !

Damien éclate de rire.

Nicolas est coupé dans son élan mais il s'écarte d'à peine quelques centimètres de moi.

— Tricheurs, murmure Julien.

— Ah ouais ? je lance, piquée au vif en me relevant.

Je ne suis absolument pas vexée par l'accusation : on est des tricheurs. Mais je ne résiste pas à un défi.

— Mort subite : chacun son instrument, celui qui a un *perfect* remporte la partie.

Damien s'empare des baguettes et s'installe face à la minuscule batterie en plastique. Il a l'air d'un géant en comparaison. Il fait tourner une baguette entre ses doigts.

— Quelle chanson ? demande Nicolas en passant le harnais de ma guitare décorée d'un Union Jack.

— *One ?*

— Encore ? s'exclame Julien.

— Tu proposes autre chose ? je réponds du tac au tac.

— *Through the Fire and Flames.*

Les autres le huent.

— Y en a marre de cette chanson, dit Nicolas.

— J'approuve, ajoute Damien comme si on était le Quorum des douze.

— Motion rejetée, je conclus avec un sourire.

— *Take This Life*, dit alors Julien en prenant tout le monde de vitesse.

Il nous a eus : pour éviter de passer trois plombes à choisir chaque chanson, on s'est interdit de refuser deux propositions de la même personne d'affilée.

Sauf que sur *Take This Life*, la ligne de chant est intenable, que la batterie et la gratte c'est de la purée alors que la basse est plutôt facile.

On bougonne, on le traite de tricheur mais on se lance dans le morceau de son choix.

Nicolas et Damien voient l'espoir du *perfect* s'envoler dès les dix premières secondes, à la grande joie de Julien qui fait sa petite ligne de basse tranquille.

J'arrive à passer le premier couplet, le refrain, c'est facile.

Nicolas me chatouille les côtes avec le manche de sa guitare pour me faire rire et rater les notes.

Je me plante. Damien jette une baguette en plastique sur Julien qui esquive sans rater une note et lui tire la langue. Damien jette sa deuxième baguette, en plein sur la main de Julien. Et c'est le pain.

Comme Damien ne peut plus jouer, la lumière s'éteint sur scène et on est pris d'un fou rire général.

Julien essaie de bouder mais c'est peine perdue. Ça l'amuse trop lui aussi.

Pour se venger il saisit un coussin sur le canapé, l'envoie sur Damien, qui riposte et renverse une bière sur le parquet.

Il me lance un regard contrit. J'attrape le premier truc qui me passe sous la main – un paquet de clopes vide – et lui lance. Ça dégénère en bagarre générale.

Nicolas me ceinture par-derrière. Pendant une demi-seconde, il me vient l'idée d'initier un transfert : réflexe de défense. Puis je me rappelle que je ne peux pas faire ça alors je me contente de tortiller mes fesses contre sa braguette. La réaction ne se fait pas attendre et Nicolas me relâche.

Je souris. J'adore le pouvoir que j'ai sur lui.

Il m'attrape la main, me ramène à lui de face et m'emprisonne la bouche.

Ça finit tout le temps comme ça entre nous. C'est ça qui est drôle.

Damien, qui était en train d'ébouriffer les cheveux de Julien en le maintenant avec une clé de bras, nous remarque, relâche légèrement sa prise sur sa victime et lance :

— Bon, on va y aller, je bosse tôt demain matin.

Je suis tellement occupée à virer les vêtements de Nicolas qu'on n'entend même pas la porte claquer.

Il ne nous faut que quelques secondes pour nous retrouver nus, moi assise sur le canapé, Nicolas à genoux devant moi.

Ses mains et sa bouche sont partout sur mon corps à la fois tandis qu'il s'enfonce en moi sans retenue. Je lui griffe le dos, lui dévore la bouche et vais à la rencontre de chaque coup de reins dans une sorte de frénésie incontrôlable.

Fort, vite et sans frein. C'est comme ça que j'aime ma baise.

Nos gémissements et nos halètements s'entremêlent jusqu'à ne plus former qu'un amas de sons incohérents et impossibles à différencier.

Nicolas se tend soudain sur un violent baiser qui me meurtrit légèrement la lèvre.

C'est tellement bon. Si seulement ça pouvait toujours se passer de cette manière.

On reste un moment comme ça. Lui en moi, enlacés, nos bouches s'explorant avec plus de douceur.

— Je t'aime, dit Nicolas dans un souffle rauque en me caressant les cheveux.

— Merde, on n'a pas mis de capote !

Il se relève, piteux.

C'est vache, je sais, mais quelle idée il a eu de me déclarer son amour dans un moment aussi parfait ?

Il me tend la main. Je me lève sans son aide. Direction la salle de bains où je m'enferme.

En soi, ce n'est pas très grave. Je prends la pilule et je sais que Nicolas est clean. Je le suis aussi. Je n'oublie jamais la capote. Sauf ce soir.

D'ailleurs, c'est peut-être ça qui me fait flipper. En plus de ce qu'a dit Nicolas. Ce n'est pas la première fois. Mais c'est la première fois que j'ai eu envie de répondre « moi aussi ». Et ça, je ne peux pas me le permettre.

Je reste dans la salle de bains quelques minutes pour me calmer.

— Tu as besoin de quelque chose ? demande Nicolas du couloir. Tu veux que j'aille à la pharmacie ?

Pourquoi faut-il qu'il soit aussi gentil ? Ce serait plus facile de ne pas me laisser prendre au jeu s'il ne l'était pas autant.

Comme je ne réponds pas, il poursuit :

— Tu sais, je me disais, on pourrait peut-être aller faire un test ensemble et arrêter avec ces conneries comme… comme un vrai couple.

Le mot interdit.

— Nicolas, s'il te plaît. Va-t'en, je marmonne.

Ça me tue de lui dire ça. Je sais que je lui fais du mal mais ce qu'il me propose, je ne peux pas l'accepter.

Quand j'arrive sur le terrain vague, il n'y a personne. Les ados que j'entends parfois chanter et s'amuser depuis ma cellule ne sont pas de sortie ce soir. Je suis déçue mais, à présent que j'ai pris le risque de faire le mur, je ne veux pas rentrer tout de suite.

Les sœurs sont gentilles avec moi. Seulement j'ai envie d'autre chose que prier et cultiver des carottes toute la journée. Je savoure la brise sur mon visage en regardant les étoiles. Elle a un parfum de liberté. J'aimerais tant pouvoir quitter le couvent. Mais Irina, ma mère adoptive, est bien décidée à exécuter les volontés de ma mère biologique.

Je ne l'ai jamais connue. Ma vraie mère. Je ne sais même pas à quoi elle ressemble. Elle m'a laissée sur les marches du couvent alors que j'étais encore un bébé, avec un mot demandant aux sœurs de me protéger du monde extérieur.

Je soupire.

J'adore Irina, mais elle montre trop de respect pour un bout de papier rédigé par une femme qui m'a abandonnée.

Une étoile filante tombe, je fais le souhait d'être libérée de ma prison personnelle.

Je ne sais pas combien de temps je reste là, le nez levé vers le ciel sombre. Mais finalement, je suis obligée d'y retourner. Je n'ai nulle part où aller. Et Irina en mourrait si je fuguais.

Quand le vent souffle trop fort pour que le pull que j'ai enfilé sur mon pyjama suffise à me protéger du froid, je décide qu'il est temps de rentrer, en me promettant que je reviendrai. Avec un peu de chance, un autre soir, je tomberai sur le groupe d'ados qui se réunissent ici pour jouer de la guitare.

J'escalade le mur par là où je suis sortie. Je prends bien soin de ne pas écrabouiller les navets en atterrissant.

Un bruit de verre brisé suivi d'une sorte d'explosion s'élève au niveau de la porte principale. Je me retourne vers le jardin et vois des flammes s'attaquer au mur du couvent. Un cri fend la nuit. Un hurlement presque inhumain qui me retourne les entrailles.

Mon cerveau ne parvient pas à assimiler ce qui est en train de se produire.

Je vois sœur Marie se précipiter par la porte vers le potager et être rattrapée par un type gigantesque, monstrueux. Il l'attrape par la nuque et la soulève… Elle se débat, crie, mais ne peut rien faire, son agresseur est trop fort. Les coups de pied qu'elle lui donne semblent à peine l'effleurer.

Il se penche sur la gorge de Marie. Dans le jeu d'ombres et de lumières produit par les flammes qui lèchent à présent l'enceinte et dévorent les murs intérieurs, je distingue le sourire carnassier de l'homme avant qu'il pose la bouche sur le cou de Marie. Elle pousse un cri faible, comme si elle avait déjà abandonné le combat.

Puis, l'homme mord sa victime. Il lui sectionne la jugulaire d'un coup de dents et le sang en jaillit et l'éclabousse. Très vite, Marie cesse de se débattre. Elle ne bouge plus entre les mains de son attaquant qui sourit de plus belle, le nez enfoncé dans les cheveux de la nonne, la bouche collée contre sa peau, le visage couvert de son sang.

Lorsqu'il a fini de boire, il jette le corps de Marie comme on balancerait une vulgaire poupée de chiffon. Ses narines frémissent, et il tourne la tête dans ma direction. Je suis pétrifiée. S'il vient vers moi, je serai prise au piège. Il va me tuer. Il va me vider de mon sang comme il l'a fait avec Marie. La terreur accélère mon rythme cardiaque et j'ai l'impression que le bruit l'attire. Bien sûr, ce n'est pas rationnel de penser qu'il distingue les battements de mon cœur avec tout le raffut qui provient de l'intérieur du couvent et pourtant, je sais au fond de moi, au fond de mes tripes qu'il m'entend.

Un cri retentit. Une voix d'homme. L'assassin de Marie se retourne vers la porte après un dernier coup d'œil au jardin. Les flammes n'ont pas encore atteint mon coin de potager, qui est plongé dans les ténèbres.

Je m'efforce de respirer lentement et sans bruit et de ne pas bouger quand son regard perçant passe sur moi.

— J'arrive, finit-il par dire d'une voix gutturale.

Je le vois se lécher les lèvres avant de rentrer. Et surtout, je distingue ses canines d'une longueur anormale.

Je reste immobile de longues secondes. Je ne sais pas quoi faire. J'entends les nonnes crier. J'entends leurs agresseurs rire et leur lancer des piques.

Je m'apprête à me précipiter à l'intérieur quand on m'attrape par la taille. Je pousse un cri rapidement étouffé par une main posée sur ma bouche.

Je me retourne. C'est Irina.

Elle prend mon visage entre ses mains. Elle m'embrasse sur le front.

—*Moja malen'kaja* Sascha, Dieu soit loué, tu n'as rien, elle murmure en faisant courir ses mains sur moi pour s'assurer que je ne suis pas blessée. J'ai échoué, je suis désolée.

—De quoi tu parles, Irina? je demande en essayant de la calmer.

—On n'a pas le temps, ma chérie, tu dois t'en aller.

—Viens avec moi.

Le type qui a tué Marie revient dans le jardin, suivi par deux autres. Ils sont tous les trois immenses et terrifiants. La lumière des flammes qui joue sur leurs traits et le sang qui les recouvre des pieds à la tête ne font qu'accentuer leur monstruosité.

—Va, *malen'kaja*, je vais les distraire.

—Non, non, non, je murmure tandis qu'elle me repousse vers le mur et se dirige vers la zone de lumière.

S'ils décèlent sa présence, elle va mourir.

Je tente de la retenir, de l'empêcher de se sacrifier mais rien n'y fait. Sa main glisse de la mienne et elle s'avance dans la lumière.

Les tueurs la repèrent en une fraction de seconde, se précipitent sur elle tandis que j'escalade le mur d'enceinte.

Au moment où mes pieds touchent le sol de l'autre côté, un cri déchirant fend la nuit. Celui d'Irina en train de se faire dévorer vivante.

Le mien lorsque je me réveille.

C'est le même cauchemar toutes les nuits. Toutes les nuits depuis sept ans maintenant. Sauf quand je parviens à me soûler suffisamment de mon pouvoir.

J'allume la lumière et je me redresse dans mon lit. Je suis couverte de sueur et je tremble comme une feuille. J'attrape le paquet de cigarettes sur ma table de chevet et je m'en allume une. J'aspire une première latte tremblante et manque de m'étouffer sur la fumée. Je tousse, tire une autre latte.

Nicolas frappe à la porte.

Je voudrais faire semblant de dormir mais je sais qu'il m'a entendue crier. Qu'il m'entend crier toutes les nuits.

Je marmonne un « ouais » en tirant les couvertures sur moi.

Il entre, l'air un peu penaud, s'assied sur le lit à côté de moi et m'enlace. Je m'accroche à lui, à son corps ferme, sa présence me ramène dans le présent. Je suis en sécurité. Je suis à l'abri. Je n'ai rien à craindre.

La tête contre son torse, je respire profondément pour calmer la peur panique qui me prend aux tripes alors même que je suis réveillée.

Je sais que ce n'est pas logique de continuer à être terrifiée par ces types. Je n'ai plus à les redouter. J'ai de quoi me défendre. Je me le suis prouvé plus d'une fois. Et pourtant, ici, en pleine nuit, après ce rêve d'un réalisme saisissant, je suis de nouveau la gamine terrifiée qui court sans savoir où elle va. Fuyant son seul foyer, sa seule famille.

— Tu ne veux pas en parler non plus, j'imagine, finit-il par dire.

On s'est vaguement réconciliés après l'histoire de la capote. Je lui ai dit que j'avais pris ce qu'il fallait et que l'affaire était close.

Je secoue la tête.

Nicolas ne pose pas de questions. Il laisse les gens venir à lui et lui dire ce qu'ils ont envie de partager. C'est une qualité que j'apprécie particulièrement, moi qui ai tant de choses à cacher. Cependant, je sais qu'il ne se contentera pas éternellement de me tenir la main en silence. Un jour, il n'y tiendra plus. Il demandera et je refuserai de répondre une fois de trop. Alors il me laissera tomber.

Il me caresse doucement les cheveux, il me berce dans ses bras en murmurant des mots de réconfort. On reste comme ça un moment.

Ses mains sont douces sur mon corps. Il ne me brusque pas.

La tendresse dont il fait preuve à mon égard est apaisante, mais je sais que si je me laisse faire trop longtemps, je vais perdre pied. Mes murailles vont s'effondrer, je vais craquer et il n'y aura plus rien pour retenir le flot de mes larmes une fois que la digue aura cédé.

Je ne peux pas me le permettre. Alors je m'oblige à reprendre les rênes.

Comme quelqu'un en train de couler vers les profondeurs de l'océan, je donne un coup de pied pour échapper à la noyade, remonter à la surface.

Je m'écarte légèrement de Nicolas, quitte son étreinte si rassurante.

Il me saisit le menton d'une main et approche son visage. Il effleure mes lèvres des siennes. Elles sont douces, chaudes. Son baiser m'entraîne de nouveau là où je ne veux pas aller, vers les profondeurs ténébreuses dans lesquelles je vais me noyer. Là où le barrage n'est pas aussi solide que je le pensais. Là où je risque de lâcher prise à tout jamais.

Je sais qu'il n'y aura personne pour me rattraper si je m'aventure dans cette direction.

Je profite encore un instant de sa présence, de sa saveur, de son parfum. Je m'en repais afin de pouvoir y revenir plus tard, quand il sera parti et que je me retrouverai de nouveau seule avec mes démons. Puis je le repousse gentiment.

Il baisse la tête un instant puis relève ses magnifiques yeux bruns sur moi. Il est triste. Triste que je ne lui fasse pas assez confiance pour partager avec lui ce qui me tourmente. Il veut m'aider et moi, je le maintiens à l'écart.

— Tu veux que je reste avec toi ?

Le soir de son emménagement, quand il est venu après m'avoir entendue crier pour la première fois, il s'est glissé dans mon lit, m'a prise dans ses bras et m'a laissée sangloter et me rendormir contre son torse. Ce soir-là, ça m'a fait du bien. Mais le soir suivant, le cauchemar n'en a été que plus brutal. Comme si mon inconscient, voyant que j'avais pu encaisser, avait décidé de me charger encore plus.

Depuis, je m'efforce de ne plus me reposer sur Nicolas pour me fournir le réconfort dont j'ai besoin.

Je secoue la tête une nouvelle fois. Je n'ai pas la force de parler.

— Tu sais où me trouver si besoin, dit-il d'un air déçu avant de m'embrasser sur le front et de se relever.

La porte se referme avec un déclic sinistre.

Je voudrais me rendormir mais le fil de mes pensées ne cesse de me ramener à cette nuit.

Il m'a fallu du temps pour comprendre et accepter ce qui s'était produit. Pendant de longues années, j'ai cru que mon imagination m'avait joué des tours.

Mon premier soir d'errance, je suis parvenue à la conclusion que des vampires avaient massacré les sœurs. Ensuite, je suis revenue sur cette idée à peu près un millier de fois.

Les journaux ont titré : « Incendie mortel dans un couvent ». Pas un mot sur des corps exsangues ou des traces de morsures. Au moment de l'enquête, qui a conclu à un tragique accident, je n'étais qu'une ado comme les autres, sans aucun moyen d'en apprendre plus. Ensuite, la police a classé l'affaire.

Pas moi.

Le bon sens me disait que les vampires n'existent pas, que j'avais imaginé les canines du type, que j'avais tout halluciné. Puis une petite voix contraire, persistante, s'élevait dans ma tête. Et je repassais le film de cette nuit-là dans ma tête. C'étaient des vampires. Oui. Non. Peut-être. J'en devenais folle.

Jusqu'au soir où j'en ai rencontré un.

Un vampire, en chair et en os.

Je n'ai pas hésité bien longtemps avant de l'éliminer.

J'ai pris possession de son corps. Ça a été plus difficile qu'avec les humains. Les vampires ont une sorte de capacité naturelle à se défendre contre mon pouvoir. Là où un simple humain est comme un saloon à portes battantes, un vampire est une banque dotée d'une porte blindée. Plus difficile mais pas impossible.

J'ai forcé le passage, j'ai pris possession de son corps et j'en suis restée comme deux ronds de flan.

L'accès à ses pensées et à ses souvenirs a également été plus compliqué. Les souvenirs de mes hôtes humains m'assaillent comme un raz-de-marée. Ceux des vampires, c'est à moi d'aller les chercher, et je n'obtiens pas toujours ce que je veux.

J'ai quand même pu récupérer les informations dont j'avais besoin dans l'esprit de mon premier vampire : soleil oui, pieu dans le cœur oui, croix/eau bénite/ail non, et allergie à l'argent.

Je n'ai pas trop réfléchi : le soleil ne se levait pas avant quelques heures et je n'avais pas d'argent sur moi, restait donc le pieu. Avec la force surhumaine dont il me faisait bénéficier, j'ai cassé une chaise et je lui ai planté le barreau dans le cœur.

J'ai découvert que le suicide n'était pas une méthode viable pour éliminer les vampires : ça fait un mal de chien de mourir.

Il n'empêche qu'il a explosé en poussière et que quand j'ai récupéré mon corps, j'ai dit : « Pour Marie. » Enfin, j'ai toussé, craché et haleté avant de pouvoir bégayer le nom de la première sœur.

Depuis, chaque fois que je croise un vampire, je pense à l'une d'elles en l'éliminant. Et chaque fois, je garde Irina. Je prononcerai son nom le jour où je retrouverai ceux qui l'ont vraiment tuée.

D'un point de vue plus pragmatique, à présent je me balade avec un pieu et des seringues remplies de nitrate d'argent que je me procure dans des labos photo. Le vampire est à l'agonie quand je lui fais l'injection alors que moi, je ne sens qu'une petite piqûre. Et une fois la créature immobilisée, j'ai tout le loisir de réintégrer mon corps et de l'achever d'un coup dans le cœur.

Malheureusement, mes recherches font du surplace depuis un bout de temps. Les vampires sont discrets, peu enclins à balancer leurs potes et jusqu'à présent, je n'ai réussi à en croiser aucun qui aurait entendu parler d'un massacre dans un couvent.

Je ne désespère pas. Je tombe sur des suceurs de sang régulièrement, sans faire l'effort de les chercher. Il suffirait que j'en trouve un qui sache quelque chose… et j'aurai ma vengeance.

Chapitre 4

On frappe à la porte de ma chambre. C'est Nicolas qui est rentré du travail.

— Tu dors pas ? il me demande.

— Non, pas encore.

Il s'allume une cigarette et m'en tend une.

Je vois dans ses yeux qu'il a atteint le point de non-retour. Ça fait deux semaines qu'il m'entend régulièrement me réveiller en hurlant et deux semaines qu'il se contente de passer me faire un bisou et me demander si tout va bien. Ce soir, je sais qu'il va tenter d'en savoir plus, coûte que coûte. Et ça, je ne peux pas le permettre.

— J'ai réfléchi à un nouveau morceau, j'enchaîne en attrapant ma guitare sèche.

Je me redresse un peu, pose la cigarette sur le cendrier et commence à lui jouer les premiers accords.

Nicolas ne pose pas de questions mais je sais qu'il aurait fini par mettre le sujet sur le tapis. Alors je détourne la conversation.

Il m'écoute jouer. Je regarde ses yeux sombres.

Il en accentue la profondeur d'une ligne de khôl noir. J'adore ses yeux.

Quand j'arrive au deuxième refrain, il commence à fredonner.

D'habitude, c'est lui qui compose la partie guitare et moi qui ajoute les chants. Sauf quand Julien y met son grain de sel. Mais parfois, on aime bien inverser les rôles.

Au couplet suivant, il marmonne quelques phrases.

J'arrive au bout de mon ébauche.

— C'est chouette. Inhabituel mais j'aime bien.

— J'avais envie d'une ballade dans notre répertoire.

Il éteint sa cigarette et se saisit d'un carnet sur mon bureau.

— Encore, me dit-il.

Je recommence à jouer, il griffonne des notes en me souriant de temps en temps.

Il me déconcentre, je fais un pain en plein milieu du refrain. Je ris. Il rit avec moi.

Je reprends. Il commence à chantonner.

Des paroles sur l'amour.

— Ça va être compliqué d'intégrer notre signature habituelle avec un texte dans ce goût-là, je lui dis.

— *Die, bitch die!* il balance en growl alors que j'arrive à la fin du refrain.

— Ou pas.

On rit encore.

Je rejoue le morceau plusieurs fois, on change quelques accords, on chante ensemble.

J'aime Nicolas pour ces moments-là. C'est tellement facile d'être avec lui. Tellement naturel. Comme s'il faisait partie de moi. J'aimerais tant qu'il le comprenne et arrête d'en exiger plus. Il ne peut pas se contenter de ce qu'on a ?

J'arrive au bout du morceau une fois de plus. Il se lève, me prend la guitare des mains pour la poser de côté avant de me faire lever le menton et de m'embrasser avec hésitation.

Je sens à la manière dont il me touche qu'il a peur que je le rejette après le fiasco de l'autre soir, même si j'ai dit qu'on n'en parlait plus. De mon côté, je n'ai pas ces scrupules. Au fond, il ne s'est rien passé de très grave. C'est ce dont j'ai essayé de me convaincre. Et vu l'effet que son baiser produit sur moi, je crois que j'ai plutôt bien réussi pour une fois. Il faut dire aussi que c'était tellement chouette… jusqu'à ce qu'il dise les mots interdits.

Je me relève et il me prend dans ses bras. Il me serre contre lui, il me caresse le dos tout en m'embrassant. Timidement au début puis avec de plus en plus de fougue et de passion.

Nicolas fait la même taille que moi. C'est agréable de s'embrasser debout. Je n'ai pas besoin de me tordre le cou pour atteindre ses lèvres.

Je pose les mains sur ses épaules, je lui caresse les bras. Il passe les mains sous mon tee-shirt et me le retire avant de m'embrasser dans le cou. Il descend doucement le long de ma clavicule et revient ensuite sur mon décolleté. Je tire sur son tee-shirt tandis qu'il dégrafe mon soutien-gorge. Puis il m'entraîne vers le lit et m'y allonge avant de me débarrasser de ma jupe et de mes collants. Il s'agenouille au-dessus de moi et plonge son envoûtant regard dans le mien. Je détourne les yeux et admire ses pectoraux et ses abdominaux parfaitement sculptés.

Je suis sûre que s'il jouait torse nu sur scène on aurait plus de succès…

Je passe les mains sur ses muscles pour l'attirer à moi mais il ne se laisse pas faire. Il baisse la tête, prend un téton dans sa bouche et le mordille doucement avant de s'attaquer à l'autre. Je défais sa braguette pendant qu'il s'occupe de mes seins. J'adore la sensation de sa langue sur mes tétons et il le sait. Il me lèche et me titille presque jusqu'à l'extase.

L'avantage d'avoir un mec régulier, c'est qu'il sait exactement comment s'y prendre pour me faire décoller.

Je libère son sexe de son jean et de son caleçon avant de le prendre en main.

Je le caresse tout en essayant de l'attirer vers moi.

Il fait descendre sa langue le long de mon ventre et recule pour se libérer de mon étreinte.

Puis il saisit ma culotte entre ses dents et la fait glisser le long de mes cuisses. Il me regarde par-dessous la longue mèche brune qui lui couvre une partie du visage. Sans me quitter des yeux, il remonte en faisant passer sa langue sur l'intérieur de ma cuisse, en suivant les contours des ronces que j'ai tatouées là.

Je me le suis fait faire à dix-huit ans.

Un enchevêtrement de branches couvertes de piquants qui court sur tout l'intérieur de ma cuisse et s'enroule autour de ma jambe un peu au-dessus du genou. Les mecs craquent tous sur ce dessin qui dépasse de mes jupes mais se perd sous le tissu quand on remonte alors qu'à l'origine, pour moi il symbolise une sorte de « Pas touche ». Ça veut dire : « Attention je pique » et les mecs comprennent : « Léchez-moi là ». Allez savoir.

Nicolas remonte le long des épines et finit par poser la bouche sur mon sexe.

Les mouvements de sa langue me font frémir. J'ai l'impression que toutes mes terminaisons nerveuses s'éveillent et vibrent au rythme de ses caresses. Quand je sens que c'est plus que ce que je peux supporter, je prends une profonde inspiration et je passe les mains dans ses cheveux pour le faire arrêter.

Il lève la tête et me regarde de ses yeux suppliants.

— S'il te plaît, je dis dans un souffle.

Il cède et remonte.

Ça fait partie des – nombreux – sujets de discorde entre nous. Il aime prendre son temps, explorer, jouer, titiller. Et je dois faire partie des rares filles antipréliminaires. Pas que je n'aime pas ça mais c'est sur la liste de toutes ces choses interdites pour moi... Je peux contrôler mes réactions pendant la pénétration, pour le reste c'est plus compliqué. Du coup je préfère la passion rapide et violente. D'autant que c'est plus simple de simuler le feu d'artifice final dans ces conditions plutôt que dans le feutré d'un long et langoureux câlin.

Je glisse les bras et les jambes dans son dos avant de nous faire rouler sur le lit pour passer au-dessus. J'attrape une capote dans ma table de chevet puis je le guide doucement en moi.

C'est à son tour de prendre une profonde inspiration tandis que je me mets à le chevaucher.

Je monte et je descends lentement. Il ferme les yeux, il soupire. Je souris. J'adore le regarder prendre son pied.

Qu'au moins un de nous deux le prenne.

Il pose les mains sur mes fesses et les pétrit en essayant de me faire ralentir.

Je ne me laisse pas faire. Je lui attrape les mains et les immobilise au-dessus de sa tête tout en me penchant pour l'embrasser. Je tente de recréer l'état d'esprit dans lequel il était l'autre soir pour qu'il me prenne avec fougue mais ça ne marche pas vraiment. Je sens qu'il a envie de prendre son temps, d'observer mes réactions.

Je lui mordille les lèvres et aspire ses halètements tout en accélérant le va-et-vient de mes hanches jusqu'à ce que je le sente se tendre.

Je gémis lorsqu'il atteint l'orgasme mais il n'est pas assez parti pour y croire.

Je ne me laisse jamais aller quand je couche avec un mec. C'est trop dangereux.

Inconvénients numéros deux, trois et quatre de mon pouvoir : l'alcool, la drogue et le sexe me font perdre le contrôle et je me retrouve aspirée par la première personne à portée de main.

Au début, je me lâchais et invariablement, je me retrouvais dans la peau de mon amant à regarder mon corps évanoui, comme lors de cette première fois avec Jimmy.

Ça peut me prendre plusieurs minutes pour récupérer la maîtrise de mon pouvoir et réintégrer mon corps. Plusieurs minutes glauques durant lesquelles j'ai accès à toute l'intimité de mon mec du moment. Pas le genre de choses que je souhaite découvrir dans cette position.

Du coup, la plupart du temps, je garde le contrôle. Je prends du plaisir mais je n'ai pas d'orgasme.

Parfois, quand j'en ai vraiment envie, je m'autorise à lâcher prise en essayant de faire en sorte que le transfert ne dure que quelques secondes. Mais quand j'ai commencé avec Nicolas, j'ai tout de suite su que jamais je ne pourrais me le permettre. Même si le transfert ne durait qu'une demi-seconde, il sentirait qu'il se passe quelque chose d'étrange et je ne veux pas avoir à lui expliquer la vérité, pas plus que je ne veux découvrir ses secrets les plus sombres… ou la force de ses sentiments pour moi.

Ce qui implique de ne jamais prendre mon pied avec lui. Raison pour laquelle je lui préfère les coups d'un soir, même si la complicité qui existe entre nous quand on couche ensemble est d'un tout autre niveau. C'est d'ailleurs pour ça que je continue à le faire. Tant pis pour le grand final, ce que je veux avec lui c'est tout le reste.

Mais plus il me connaît et plus ça devient compliqué. Il sait que quelque chose cloche et ça le rend malheureux. Nos câlins deviennent vides de sens et je suis malheureuse aussi. C'est un cercle vicieux.

Je me relève. Il me prend la main.

— Sascha…

Nicolas ne pose pas de questions. Pas s'il ne veut pas entendre la réponse.

Il me lâche. Me laisse partir. Avec tous ces non-dits entre nous.

Je suis à la porte quand il me rattrape. Il m'enlace, caresse mon corps encore nu.

— Sascha, il murmure. Parle-moi, bébé.

Il m'embrasse sur la joue. Murmure des mots doux à mon oreille.

J'hésite un moment. J'ai tellement envie de rester dans ses bras. Tellement envie de me blottir contre son torse et d'imaginer, de croire, un instant, que je suis une jeune fille fragile qu'on peut cajoler et protéger. Qui a besoin d'être protégée…

— S'il te plaît, bébé. Tu sais que tu peux tout me dire.

Je le repousse.

Je suis un monstre. Un monstre qui prend possession du corps des gens qui l'entourent. Un monstre qui perd le contrôle au moment le plus inopportun. Un monstre qui a été incapable de sauver sa famille pendant qu'elle se faisait massacrer par des vampires. Je n'ai pas besoin de protection. Il faudrait protéger les gens de moi…

Je ne veux pas te faire ça, Nicolas. Tu es mon ami, je t'aime. Tu ne dois jamais savoir.

Il essaie de me retenir.

Je le repousse un peu plus fort.

— Lâche l'affaire, Nicolas, s'il te plaît.

Je m'en vais.

Je sais que je lui fais du mal. Mais ce serait pire si je lui disais tout. Il ne doit jamais savoir.

Chapitre 5

Quand j'arrive au studio de répét', l'atmosphère est glaciale.

Julien est le seul à prêter attention à mon arrivée.

— Salut Sascha ! me lance-t-il d'un ton enjoué.

— Salut.

Ma réponse est beaucoup plus froide que je ne l'avais escompté. Je n'ai aucune raison de m'en prendre à Julien mais je vois bien que Nicolas et Damien ont formé une coalition contre moi.

Nicolas accorde sa guitare et m'ignore.

Damien, lui, non content de m'ignorer, me méprise : il est en train de se rouler un joint. Il sait parfaitement que la fumée me rend malade. Enfin, tout comme l'alcool, ça me fait perdre le contrôle, j'ai donc raconté aux garçons que ça me faisait vomir. En général Damien respecte ça, mais pas aujourd'hui. Il veut me faire payer pour son pote.

Je suis sûre qu'ils se sont vus avant, qu'ils ont parlé de moi en long, en large et en travers. Surtout en travers.

Damien c'est notre grand frère à tous. Dans le bon comme dans le mauvais sens. Il s'occupe de nous, il règle les problèmes, il fait tout ce qu'il faut et du coup, il pense que ça lui donne le droit de se mêler de tout, de régenter nos vies.

Parfait, s'ils veulent jouer aux cons, je peux jouer aussi.

Quand Damien allume son joint la fumée envahit la pièce. C'est juste un tout petit peu de substance qui pénètre mes poumons. Pas de quoi en faire un drame. Pourtant, je sens déjà mon esprit se détacher de mon corps.

Je m'assieds, je respire profondément.

— Eh, Sascha, ça va ? j'entends Julien me demander.

Je le sens se rapprocher de moi. Il va poser la main sur mon épaule si je le laisse faire. Je suis en débardeur. C'est pas bon. C'est pas bon. Je panique.

Je me force à respirer calmement et je relève la tête.

— Euh, ouais, ouais, je marmonne entre mes dents serrées.

Julien comprend d'où vient le problème et se tourne vers Damien.

— T'es con, mec. Tu sais bien que Sascha supporte pas l'odeur de la beuh. Regarde ce que ça lui fait.

Du coin de l'œil je vois Julien prendre le joint de Damien et l'écraser par terre. Il revient vers moi.

— Allez viens, on va prendre l'air une minute, dit-il en faisant mine de m'aider à me relever.

S'il me touche, je suis foutue.

Je me lève avant qu'il ait pu me prendre la main. Je le suis dehors.

L'air frais me fait du bien. J'aurais dû sortir immédiatement mais j'ai voulu faire ma fière et ne pas céder aux conneries des deux autres. J'ai frôlé la catastrophe.

Julien m'attrape par l'épaule. Il fait tout le temps ça. Il est du genre tactile. Habituellement ça ne me dérange pas. Habituellement.

Je lui lance un regard.

— Merci, je marmonne.

— T'inquiète, il me dit. Je sais pas ce qui lui a pris.

Je hoche la tête. Moi si.

On passe un instant dehors. En silence.

Julien c'est tout le contraire de Damien. Ce genre d'histoires, ça lui glisse dessus comme l'eau sur les plumes d'un canard. Je ne sais pas s'il est complètement aveugle ou s'il s'en fout. Dans les deux cas, je lui en suis reconnaissante. Il ne voit rien, ne comprend rien de ce qui se trame dans nos relations mais il est là. Il sait que parfois, deux minutes de silence font plus de bien que dix minutes de bla-bla.

Je fume une cigarette. Bizarre que la nicotine n'ait pas d'effet sur mon pouvoir.

Quand j'écrase mon mégot, Julien retourne sans un mot à l'intérieur. Je le suis.

Nicolas et Damien ont fini de se préparer.

Je prends le micro.

— On y va ? je lance.

Damien donne le tempo. On commence à jouer.

On se plante dix fois dans le premier morceau. Je commence à chanter trop tôt ou trop tard, Nicolas n'est pas dans le rythme, Damien fait n'importe quoi.

Quand, à la onzième reprise, on ne recommence même pas tous ensemble, Julien s'arrête.

— Bon les mecs, je sais pas où est le problème mais si c'est pour jouer comme ça, c'est pas la peine.

— Demande à Sascha, lance Nicolas.

— Va te faire foutre, c'est pas moi qui fais semblant que vous n'existez pas !

— Me faire foutre, c'est une bonne idée ça tiens, Miss Fri…

Damien l'interrompt avant qu'il ait fini de lancer sa vanne et m'entraîne dehors sans un mot.

— C'est quoi ton problème ? il m'envoie à la seconde où la porte se referme.

Je m'attendais à ce qu'il essaie de résoudre nos problèmes. Il le fait toujours. Sauf que d'habitude, il n'a pas l'air furieux comme en ce moment.

Je m'allume une cigarette, je lève les yeux vers lui. Je n'arrive pas à soutenir son regard. Je n'aurais jamais cru que Damien puisse avoir l'air méchant, pourtant c'est le cas. Et ça me fiche la trouille. Moi qui pensais être tout sauf une trouillarde.

— Les histoires de cul c'est jamais bon dans un groupe, poursuit-il face à mon silence. Ça fout le bordel.

— Dis-le à Nicolas.

— Je lui ai dit. Et je vais te dire la même chose : soit vous réglez vos soucis une bonne fois pour toutes, soit vous arrêtez de coucher ensemble.

Son expression s'adoucit légèrement. Je me laisse glisser le long du mur pour m'asseoir et je relève la tête vers lui, l'air de dire ce que je lui dis toujours : ce n'est pas ma faute.

Il soupire, m'observe un instant.

— J'ai laissé courir jusqu'à maintenant mais ce groupe ne survivra pas à votre relation malsaine. Je sais que tu es le genre de fille à aimer ces histoires compliquées. Tu es au centre de l'attention et ça t'excite mais si tu ne veux pas te caser avec Nicolas et t'en contenter, tu le lui dis clairement et tu lui fous la paix.

Je me demande bien ce que Nicolas a pu lui raconter pour que Damien, le gentil, le posé, me parle comme ça. Il y a déjà eu des problèmes entre nous et Damien s'en est mêlé chaque fois, mais il n'a jamais pris parti.

— Mais qu'est-ce que tu as aujourd'hui ?

— J'ai que ça fait trop longtemps que je te regarde lui briser le cœur et que si tu es en cloque, c'est la goutte d'eau qui fait déborder le vase.

J'écarquille les yeux. Mais enfin de quoi est-ce qu'il parle ? J'ai l'impression d'être dans la quatrième dimension.

— En cloque ? je répète, abasourdie.

— Nicolas m'a dit pour la capote.

Je hausse un sourcil.

— Et alors ?

La colère revient à pleine puissance dans ses yeux. Je n'ai pas vraiment de repartie aujourd'hui. Il faut dire que je ne m'attendais pas à devoir affronter l'inquisition espagnole.

— Il t'a proposé d'aller à la pharmacie pour toi et tu as refusé. Donc soit tu as un stock de pilules du lendemain dans ta salle de bains, et c'est dégueulasse parce que ça veut dire que depuis le temps que tu couches avec Nico, tu le trompes et tu ne mets pas de capotes avec les autres, soit tu prends la pilule et tu ne lui as pas dit, soit tu as pris le risque de tomber enceinte…

Je roule intérieurement des yeux. Les mecs et la contraception c'est tout un poème moderne. Ils comprennent vaguement les bases et pensent que ça suffit pour aboutir à des conclusions tirées par les cheveux.

— Oh oh oh, temps mort, là. Temps mort.

Mes idées partent dans toutes les directions en même temps. Je me demande à quel moment ma vie sexuelle est devenue un sujet aussi public.

Si je n'étais pas assise par terre, je le giflerais. Note pour plus tard : ne jamais s'asseoir face à l'inquisition espagnole.

Je me relève doucement et m'époussette les fesses pour me laisser le temps de réfléchir à une réponse. J'ai bien envie de l'envoyer simplement se faire foutre parce que ça ne le regarde pas. Mais si je fais ça, ça va encore aggraver la situation. Je ne crois pas que c'est ce que je veux.

Je lis l'impatience dans la posture de Damien. Mon temps est presque écoulé.

— Va te faire foutre, Damien. Ça ne te regarde pas.

Non, ce n'est pas ce que je voulais. Mais ça fait du bien.

Il lève les yeux au ciel.

— C'est ta réponse à tout ça, n'est-ce pas ?

Si je confirme en souriant, il le prend mal ou pas ?

— Ouais, je réponds avec un petit sourire.

— Je ne vois pas ce qu'il y a de drôle, Sascha. Tu détruis Nicolas, tu détruis le groupe et tout ce que tu trouves à dire c'est « ouais » ?

Mmmh, oui, il a l'air encore plus furieux qu'avant.

Je ne supporte pas l'odeur de la beuh mais je supporte encore moins Damien quand il est défoncé. Il devient agressif, méchant, et dans ces moments-là, ça ne sert à rien de discuter avec lui. Sauf que là, il n'en a pas fumé assez pour que ça justifie son attitude.

— Je ne suis pas en cloque, je finis par dire. Ça te va ? T'es content ?

— Non.

Aïe. Son ton est froid, tranchant.

— Tu es en train de briser le cœur de mon meilleur ami, poursuit-il. Je t'aime bien mais si je dois choisir entre vous, ce sera vite plié.

Je recule sous l'impact de ses paroles. Je crois que j'aurais préféré qu'il me frappe. C'est d'autant plus grave que ce n'est pas le Damien que je connais, ça. Il a toujours été celui qui apaise les esprits échauffés, qui ramène tout le monde à la raison. Une fois, je l'ai vu amadouer une fosse de concert alcoolisée avec un calme olympien. Ce n'est quand même pas cette histoire de capote qui l'a rendu aussi sanguin, si ?

Je n'ai plus du tout envie de rire.

— Alors, c'est ce que je représente pour toi ? je demande d'une petite voix. Rien ?

Les larmes me montent aux yeux. Je me déteste d'être aussi faible. Je suis incapable de me disputer avec quelqu'un sans pleurer. Quand j'ai mal je pleure. Quand j'ai de la peine je pleure. Et quand je suis en colère, je pleure aussi, pour changer.

Ça craint.

Je refoule mes larmes. Je refuse que Damien voie ma faiblesse. Mais il s'en aperçoit quand même et il baisse les yeux.

Avantage Sascha.

— Tu veux pas nous laisser régler ça entre nous, Nicolas et moi ?

— Nicolas a prouvé qu'il en était incapable. Il t'aime trop. Et toi… tu joues avec lui, tu passes ton temps à souffler le chaud et le froid. Alors c'est moi qui vais mettre un terme à tout ça.

Je n'ai jamais voulu former un couple avec Nicolas, c'est trop compliqué et ce n'est pas ce que je veux. Une relation occasionnelle, sans attaches, me convient parfaitement. C'est mieux pour tout le monde comme ça.

Alors pourquoi j'ai soudain l'impression qu'on m'arrache le cœur ? Je n'ai pas envie que Nicolas me quitte. J'ai l'impression d'être un petit animal piégé dans un labyrinthe. Je cours, je gratte les murs mais il n'y a pas d'issue. Non, non, pas par là. Non.

— Ce n'est pas à toi d'en décider !

Il hausse un sourcil.

— Alors tu vas arrêter de coucher à droite, à gauche ? De sortir sans dire où tu vas et de rentrer soûle à pas d'heure ? De le prendre pour un con ? Une queue qui est là quand ça t'arrange et que tu peux jeter quand tu n'en veux plus ?

Il monte le ton au fur et à mesure qu'il énumère tout ce que je fais à Nicolas. Régulièrement. Ça fait mal ça aussi.

Dans sa bouche, j'ai l'impression d'être la pire des salopes. Et pourtant il n'a pas tort, je fais tout ça. Mais je ne suis pas une salope, si ?

Mes sorties, mes coucheries, la distance… Je n'ai pas le choix ! Ou bien, si ?

Il m'a retourné la tête.

Le silence s'étire entre nous quand il a terminé sa tirade et que je réfléchis à ce qu'il vient de dire. Damien prend mon mutisme pour un acquiescement et reprend :

— C'est bien ce que je pensais.

Apparemment, la colère l'a quitté et c'est de la déception que je lis maintenant dans ses yeux.

Je me sens minable.

— C'est fini, Sascha. Fous-lui la paix et laisse-le se trouver une gentille fille. Une qui ne l'entraînera pas dans sa spirale d'autodestruction.

Bon sang, à quel moment Damien est devenu mon psy ? La pensée me fait sourire mais Damien le prend pour ce qu'il vient de dire.

— Deal ? il me demande.

Je ne sais pas quoi répondre. Quelque part il a raison. Je crois que je sais même pourquoi il a joué les connards : je n'aurais rien écouté si ça n'avait pas été le cas.

Le petit hamster dans son labyrinthe est toujours pris au piège. Il continue à gratter les murs mais c'est fini. Il est déjà foutu. Il y avait de la mort-aux-rats dans les graines qu'il a grignotées un peu plus tôt, c'est juste qu'il ne le sait pas encore.

Sans même que je m'en rende compte, une larme finit par franchir le barrage que j'ai érigé et perle sur ma joue.

Damien le remarque.

Je m'essuie les yeux. Je baisse la tête. Je m'allume une autre cigarette pour me redonner contenance.

J'entends Damien repartir à l'intérieur du studio. Il est satisfait. Pas moi.

Chapitre 6

À quel moment est-ce que ça a dégénéré ?

La même question tourne en boucle dans ma tête depuis que j'ai quitté le studio. J'ai la sensation que ma vie a déraillé du jour au lendemain et je n'arrive pas à saisir comment on en est arrivés là.

On s'est déjà pris la tête avec Nicolas mais ça n'a jamais mis en péril notre amitié et le groupe. Je ne veux pas que notre relation crée des tensions entre nous mais y mettre un terme me terrifie. Même si en réalité, je n'ai jamais considéré qu'on était ensemble…

J'adore ce qu'il y a entre nous quand on fait l'amour. Quand je le regarde dans les yeux, je me vois telle qu'il me perçoit et c'est agréable d'avoir quelqu'un dans ma vie qui tient à moi à ce point. Même si je ne le mérite pas.

Damien a raison. J'abuse sciemment de Nicolas. Si je clarifiais la situation il se trouverait peut-être quelqu'un d'autre…

Tout se mélange dans ma tête et ça me rend folle. Je marche pour rentrer chez moi, pour réfléchir, pour me changer les idées. Ça ne fonctionne pas vraiment.

Je ne m'aperçois que mes pieds m'ont amenée à *L'Usine* que lorsque le bâtiment abritant le bar Metal se dresse devant moi.

J'aime bien cet endroit. Il ne paie pas de mine et il n'y a pas de terrasse, ce qui veut dire pas d'espace fumeur, mais j'y rencontre des gens qui connaissent le groupe, des amis d'amis, de nouvelles têtes… On peut y danser, chanter, faire des rencontres…

Quand j'arrive la salle de l'étage est noire de monde. C'est l'affluence, car tous les mercredis il y a un show burlesque à la cave.

Le spectacle ne m'intéresse pas mais le fait que le bar fasse salle comble, si. C'est plus facile de se fondre dans la masse, de se perdre dans la foule et de cesser d'exister en tant qu'individu, ne serait-ce que quelques heures.

Je me mettrais bien une mine si seulement je pouvais boire. Rien de tel que de se soûler pour tout oublier.

Je ne peux même pas me faire un petit shoot de ma drogue personnelle : je n'ai pas encore bien récupéré de ma séance de chasse quelques jours auparavant et je sais que vu mon humeur, si je commence, je ne m'arrêterai pas avant d'avoir franchi la ligne rouge.

Et puis j'évite d'utiliser mon pouvoir dans les endroits où je vais souvent.

Je me fraie un chemin jusqu'au bar assailli de clients venus chercher une bière avant le début du show et je commande un Coca. Le barman me lance un regard étonné. J'y ai toujours droit quand les gens découvrent que je ne bois pas. Il y a ceux à qui je dis que c'est à cause de ma religion, d'autres auxquels j'annonce l'air de rien que je suis enceinte, et puis il y a aussi le très simple « Je conduis » que j'explique ce soir au barman en mimant un volant. Les gens ne pourraient-ils pas simplement se mêler de leurs affaires et me servir un Coca quand j'en demande un ?

Le barman est mignon. Je ne l'avais jamais vu avant. Très fin mais avec une musculature sèche et nerveuse, brun, les cheveux en bataille, du khôl sous les yeux, un tatouage sur le bras qui ressemble au mien. L'effet est très joli quand il me tend ma bouteille et que je l'attrape, on dirait que ses lierres se poursuivent sur mon avant-bras ; là où j'ai fait couvrir mon mal-être d'ado orpheline par de l'encre colorée. Je lui souris. Il me fait un clin d'œil. Il faudra que j'essaie de lui parler quand il y aura moins de monde.

Je sors du bar. L'atmosphère y est étouffante. Je m'assieds sur le minuscule rebord de la façade et m'allume une cigarette.

J'ai la tête baissée quand il passe à côté de moi. Un type au magnétisme irréel. Je n'ai vu que ses rangers et pourtant je sais tout de suite ce qu'il est : vampire.

J'en suis certaine. Aucun humain ne dégage une telle aura de puissance et de danger. Dès que je le sens, je relève les yeux mais je ne distingue que son dos avant qu'il s'engouffre dans le bar.

Grand, large d'épaules, les cheveux mi-longs d'un étrange argenté. Il porte un long manteau en cuir qui arrive jusqu'aux talons de ses grosses rangers couvertes de piques en métal.

J'ignore pourquoi les vampires sont aussi liés à la culture goth/Metal. Je me suis toujours demandé si c'étaient eux qui imitaient notre look ou bien l'inverse. Force m'est d'admettre qu'ils traînent souvent dans les mêmes bars que moi.

J'éteins ma cigarette et suis le vampire à l'intérieur. Déjà les rouages s'activent dans ma tête à la recherche d'un plan pour l'éliminer. Je vérifie rapidement mon stock de seringues de nitrate d'argent. Il m'en reste deux. Ça devrait aller mais il va me falloir « faire les courses » prochainement.

Je n'avais pas l'intention de partir en chasse ce soir mais, si une proie se jette sur moi, je ne vais pas lui dire non. Et puis, éliminer un vampire me fait toujours un bien fou. Ça me remontera peut-être le moral.

Je ne dois pas le perdre de vue.

À l'atmosphère étouffante des lieux se mêle à présent l'aura caractéristique du vampire. Elle émane de lui en vagues qui viennent se briser sur les humains qui l'entourent, inconscients du danger et de sa nature.

Les suceurs de sang partagent tous cette capacité à se rendre irrésistibles aux yeux de simples mortels. Il est presque impossible de ne pas succomber s'ils décident de vous charmer. Par chance, mon pouvoir semble m'immuniser contre les effets de leur aura. Je la ressens, je peux l'identifier mais je ne tombe pas en extase chaque fois que j'en croise un.

Contrairement à la petite barmaid qui parle à mon type en lui servant un improbable cocktail rouge.

Autre caractéristique des vampires : ils adorent verser dans le théâtral. Ils n'ont aucun problème à boire des boissons normales mais si celles-ci peuvent être couleur sang, c'est mieux. Poseurs.

Le type se retourne, je croise son regard avant de détourner les yeux. Ses prunelles ont la couleur de l'argent liquide, comme ses cheveux. Si je n'avais pas été immunisée, je crois que je me serais noyée dans ses iris. Traits fins, mâchoire carrée, lèvres élégantes étirées par un rictus à mi-chemin entre le charmant et le terrifiant, un air d'assurance et d'autorité comme si le monde lui appartenait.

J'imagine que c'est un peu le cas. Ou du moins ce qu'il ressent.

Après tout, quand on exerce un pouvoir de vie et de mort sur tout ce qui nous entoure et qu'on est immortel, pas étonnant qu'on devienne prétentieux.

Si je ne haïssais pas les vampires pour le massacre du couvent, je crois que je les détesterais pour ce petit air de supériorité qu'ils arborent tous en permanence.

Cependant, mon client du soir est un cran au-dessus du vampire habituel. Il faut dire que sa puissance est aussi un cran au-dessus de ce que j'ai croisé jusqu'ici.

Aucun risque que ça me décourage : j'aime les défis, j'ai une carte joker qu'il ne verra pas venir et il va payer pour ma journée pourrie.

Il descend à la cave. Je le suis l'air de rien.

Le show est en bonne voie au sous-sol. Une des danseuses tourne à moitié nue autour d'un bienheureux client assis sur un tonneau. Les yeux à hauteur de ses seins uniquement parés de nippies.

Je me demande ce que le vampire fout là. Il se place contre un mur, dans un coin mal éclairé de la salle mais je vois ses yeux presque phosphorescents luire dans l'obscurité, rivés sur la danseuse et son assistant du jour.

Je me mêle à la foule en m'efforçant de trouver un endroit d'où je pourrai donner l'impression que j'observe le spectacle tout en surveillant ma cible.

La danseuse se place face au type assis et se penche sur sa gorge. D'un coup, il en gicle du sang. Dans quoi est-ce que je me suis encore fourrée ?

Je panique une demi-seconde en espérant que je ne suis pas tombée dans un nid de vampires quand je remarque que le type qui vient de se faire arracher la jugulaire rit en applaudissant le spectacle, tout comme le reste de la foule. Du faux sang. Ok.

Ça doit être thème vampires ce soir. Bien ma veine.

Malgré mon désir de vengeance, je me suis toujours bien gardée de chercher les lieux de réunion des vampires. En dépit de la force empruntée à celui que je possède, et l'effet de surprise de mon pouvoir, je ne peux pas combattre un groupe entier de suceurs de sang. Je pourrais en supprimer un ou deux mais, si je tombe dans un nid, c'en sera fini de moi. Je veux éliminer ceux qui ont massacré les sœurs, mais pas au prix de ma vie. J'ai arrêté de me punir quand j'ai compris que je pouvais m'en prendre aux vrais responsables à la place.

Le show terminé, la foule commence lentement à remonter l'escalier pour s'amasser devant le bar et se désaltérer après toutes ces émotions.

J'essaie de ne pas perdre mon vampire de vue mais, entraînée par le mouvement général, je me retrouve à monter sans savoir où il est.

Tant pis, il n'y a pas d'autre issue au sous-sol.

Enfin, j'espère que non.

Une fois à l'extérieur, je m'allume une cigarette. J'ai la porte en vue. Si mon vampire sort, je ne pourrai pas le rater.

— Alors, tu viens souvent ici ?

Je sursaute et me retourne. Le barman. Je l'avais complètement oublié.

— Régulièrement, ouais.

— C'est marrant, je t'avais jamais remarquée avant.

C'est bien le moment qu'il me drague tiens. Je suis en chasse et je déteste que quelque chose vienne se mettre en travers de ma route dans ces moments-là.

— Moi non plus je ne t'avais jamais vu avant.

— J'ai commencé la semaine dernière.

Non seulement ce n'est plus le moment mais en plus ce type est un peu con, non ? Il s'étonne que je sois une habituée alors qu'il ne bosse là que depuis sept jours. On peut venir régulièrement sans être un pilier de bar !

— Cool.

— Moi c'est Erik, avec un k. Comme les vikings.

Je lève intérieurement les yeux au ciel. Erik avec un k comme « kitsch » contrairement à c comme « con » ? J'ai tiré le gros lot.

— Sascha. Enchantée, je balance avec un petit sourire forcé.

Il faut que je trouve un moyen de me retourner.

— Sascha ? Comme la chanteuse de… Mince, c'est vraiment toi ? J'adore Nightshade, j'étais à votre dernier concert au *Paravent*.

— Ah ouais ? C'est cool.

— Tu me signerais un autographe ?

— Euh, bien sûr.

Il devient de plus en plus urgent que je me débarrasse de ce mec.

Je sens la pulsation caractéristique de l'aura du vampire se rapprocher. Il est sur le point de sortir du bar. Même avec le dos tourné à la porte, je le sais. J'aurais pu m'en douter dès le départ mais je crois que la proximité d'Erik avec un k a tendance à éliminer mes neurones un à un.

— Je suis désolée, je dois filer, je dis à Erik.

— Oh, c'est dommage.

— Ouais, mais on se reverra… (Ou pas.) À une prochaine !

Je me tourne juste à temps pour voir le vampire disparaître à l'angle de la rue suivante.

Je me précipite à sa suite.

Il marche vite mais il ne disparaît pas comme certains vampires le font alors que la rue est déserte. Soit il suit quelqu'un, soit il sait que je le suis et il veut jouer.

Sa démarche est gracieuse et mesurée. Étonnamment élégante et contrôlée pour un type de sa carrure. Tous les vampires sont comme ça, mais ma cible de ce soir encore plus. Comme s'il avait été danseur avant de se faire vampiriser et que l'économie de mouvements était une seconde nature pour lui.

La rue dans laquelle il s'engage ensuite est sombre et peu fréquentée. Le moment pour moi de passer à l'action.

Je le rattrape, je le hèle, il se retourne, je contemple un instant ses magnifiques yeux argent et je pose ma main sur la sienne.

Je sens mon essence s'insinuer en lui peu à peu, c'est toujours un peu plus long, un peu plus difficile avec les vampires. Mais je sais que ça fonctionnera.

Soudain, j'ai l'impression qu'on tire sur mon esprit et que quelque chose, quelqu'un, essaie d'entrer en moi. C'est comme s'il tentait de prendre possession de mon corps tandis que j'envahis le sien.

Ce n'est pas normal. Ça ne marche pas comme ça.

Je panique, je tente d'interrompre le transfert mais je suis comme engluée dans une toile d'araignée géante.

Les yeux rivés sur ceux du vampire, je me sens absorbée et puis, et puis…

Plus rien.

Chapitre 7

Quand je me réveille, j'ai froid, j'ai mal aux bras et aux poignets et je ne suis pas seule.

Je suis attachée, nue, dans une sorte de cave et le vampire est là. Il me tourne le dos, penché au-dessus d'un établi. Il chantonne.

Dire que je suis dans la merde est un euphémisme.

Je ne distingue pas grand-chose dans l'obscurité de la pièce à part que les murs sont en briques, que le plafond forme des arches et que j'y suis attachée par une putain de chaîne.

J'ai les bras au-dessus de la tête et les entraves me cisaillent les poignets. Mais ce n'est même pas à moitié aussi flippant que le fait que je sois entièrement nue.

En cet instant, je crois que j'aurais préféré que le vampire me tue dans la ruelle. Qu'est-ce qu'il compte me faire ici ?

Je reporte mon attention sur lui. Il fredonne un air qui m'est familier.

Il est torse nu et je distingue ses larges épaules et les muscles fins qui roulent délicatement sous sa peau à chaque geste qu'il fait. Je ne devrais pas trouver ce spectacle fascinant. Qu'est-ce qu'il m'a fait pour que mon immunité contre son aura saute ?

Je sens toujours la puissance qui se dégage de lui par vagues. Mais il y a quelque chose de différent. Comme s'il l'avait mise en sourdine. Calmée. C'est bizarre.

Il a attaché ses longs cheveux, ce qui me permet de voir son dos. Celui-ci semble couvert de cicatrices. J'en distingue deux immenses et très nettes qui courent des deux côtés de sa colonne vertébrale et des centaines d'autres plus petites, en désordre autour des deux principales.

Les vampires n'ont pas de cicatrices. Quand ils sont transformés, leur corps est régénéré. Rajeuni, soigné, parfait.

Quand j'ai possédé mon premier vampire j'ai pu voir le film très détaillé de sa transformation et la manière dont, en quelques heures et avec pas mal de douleur, il était passé de vieille loque à jeune vamp fringant.

J'attends. Je ne peux rien faire d'autre. Avec un peu de chance, il va s'approcher suffisamment de moi pour me toucher et je pourrai me libérer.

J'occulte la petite voix qui me dit que si je n'ai pas réussi à le posséder la première fois, il n'y a aucune raison que ça marche maintenant.

Je reconnais soudain le morceau qu'il chantonne : *Murders in the Rue Morgue*, Iron Maiden.

Au moins, ce n'est pas qu'un poseur, il connaît ses classiques.

Le vampire se retourne enfin. Il me sourit. Pas de canines. Je me serais plantée ?

Enfin, même s'il n'est pas un vampire, il n'est pas humain non plus et quelque chose me dit qu'il est mal intentionné.

Ça a peut-être à voir avec le fouet qu'il tient dans la main…

— Enfin réveillée, constate-t-il.

Sa voix est grave, un peu rocailleuse, comme si elle avait été cassée ou qu'on lui avait tranché les cordes vocales et qu'elles s'étaient mal régénérées. Mais elle est aussi belle, chaude et donne envie de s'y blottir.

— Qui es-tu et qu'as-tu essayé de me faire ?

Je teste la résistance de mes chaînes en réfléchissant à une réponse adéquate.

— Va te faire foutre. Libère-moi.

C'est tout ce qui me vient.

— Peut-être. Si tu réponds à mes questions.

— Je suis sûre que tu as l'intention de me tuer quoi que je dise alors pourquoi attendre ?

Non, je ne suis pas une pro de la négociation.

Il fait claquer son fouet dans le vide.

— Si tu ne réponds pas à mes questions, je connais toute une série d'activités qui feront passer la mort pour douce et bienvenue, dit-il tout en me tournant autour. Je ne le répéterai qu'une seule fois : qui es-tu et qu'as-tu essayé de me faire ?

— Merde.

On ne peut pas dire que j'ai de la repartie ces derniers temps.

Il est derrière moi, son ombre s'étire sur le mur d'en face. Je le vois armer le bras. Le fouet claque sur mes fesses, les lanières de cuir me mordent la peau.

Ça fait mal mais je serre les dents et je ne dis rien.

Il frappe de nouveau.

Je me concentre sur son ombre. Elle est immense et quelque chose la déforme, donnant l'impression qu'il a deux grandes ailes dans le dos.

Il frappe encore une fois. Une larme perle sur ma joue mais je tiens bon. Je ne lui ferai pas le plaisir de lui dire qui je suis avant qu'il me tue. Mon secret me suivra dans la tombe. Je ne l'ai dit à personne jusqu'ici, ce n'est pas un malade armé d'un fouet qui me tirera les vers du nez.

Bon et puis, je n'ai pas l'intention de mourir ce soir. Il suffira qu'il commette une petite erreur pour que je puisse me libérer.

— On va faire ça différemment, il me murmure à l'oreille.

Il est proche, si proche. Je sens la chaleur se dégager de son corps et s'enrouler autour du mien. Je frissonne.

C'est étrange parce que quelque part entre les pics de douleur, j'éprouve une forme d'excitation. Je n'ai pas le contrôle de la situation et ça me plaît. Ces sensations contradictoires m'effraient bien plus que les coups de fouet.

— Je sais que ton Maître, Lazarus, t'a envoyée me tuer. Tout ce que je veux savoir c'est comment tu comptais exécuter cet ordre.

— Mon Maître ? Je n'ai pas de Maître.

— Ta loyauté est touchante, mais inutile en l'occurrence. Tu veux savoir une chose sur ton Maître adoré ? Tu crois qu'il va venir te sauver si tu tiens ta langue mais, devine quoi ? Tu n'es pas la première à échouer dans cette mission. Et Lazarus ne s'est jamais pointé à la rescousse des précédents.

Pour souligner ses paroles il me donne un coup de fouet.

— Je connais pas ce Lazarus. J'ai pas de Maître. Et tu frappes comme une fille.

C'est faux. Ses coups de fouet me font très mal mais j'ai connu pire. Au couvent, l'éducation se faisait aussi au coup de canne. Irina ne m'aurait jamais frappée. Mais la mère supérieure ne se gênait pas pour le faire.

J'espère l'énerver suffisamment pour qu'il commette une erreur. Il suffirait qu'il me gifle pour que je le possède.

Il part d'un rire grave et étrangement sincère tout en retournant vers son établi à l'autre bout de la pièce. Le froid laissé par son absence est mordant. Plus douloureux que les coups de fouet.

— Peut-être que j'enverrai un mot à ton Maître pour lui dire à quel point tu as été loyale, il me lance avec un sourire.

— Ni dieu ni Maître, connard !

Un peu cliché peut-être mais je suis dans le sujet, non ?

Il hoche la tête comme si j'étais complètement idiote.

Bon d'accord, c'est vraiment trop cliché. Tant pis.

— Néanmoins, tu as été moins maligne que les précédents sur un point…

Il attrape mon sac qu'il avait posé sur son établi à côté de ses fouets et de ses… pinces ? Le tout semble effroyablement organisé. Les « outils » sont disposés les uns à côté des autres. Droits, parfaitement alignés.

À bien y regarder, cette pièce et mon geôlier dans leur ensemble sont comme ça : ordonnés, nets, sans rien qui dépasse.

Il agite mon sac comme si les réponses à tout s'y trouvaient.

La brûlure du fouet sur mes fesses s'estompe et je sens le sang couler sur ma cuisse. Il n'y a pas été de main morte, l'enfoiré.

Il fouille dans mes affaires, les sort une à une en les répartissant soigneusement sur son établi. J'ai du mal à croire qu'on puisse classer aussi proprement mon fourbi et je me demande ce qu'il compte en faire.

Envoyer un objet m'appartenant à ce Lazarus, qui qu'il soit ?

Il finit par trouver ma petite croix en argent. Un cadeau d'Irina. J'y tiens beaucoup parce que c'est tout ce qui me reste d'elle mais je n'aime pas la porter. Trop de symbolisme religieux à la con.

— Voilà qui devrait faire l'affaire, marmonne mon geôlier comme si ça signifiait quelque chose. Ni dieu ni Maître, hein ? il ajoute avec un clin d'œil.

Ouais bon, une anarchiste avec une croix, ce n'est pas le profil habituel.

Il serre le pendentif dans son poing, ferme les yeux.

Au bout de quelques minutes, il les rouvre et rive sur moi son regard argenté. J'arrive à peine à le soutenir mais je tiens bon. Je ne lui ferai pas le plaisir de baisser le mien.

Il reprend son fouet et cette fois, quand il l'abat, les lanières me lacèrent la peau et m'arrachent un gémissement.

— Tu es encore pire que ce que je croyais, il marmonne avant de me donner un nouveau coup.

Je serre les dents tandis que le fouet claque. Je ne sais pas ce que la croix lui a fait mais il est passé de moyennement curieux voire un peu amusé à furieux.

Quand il repasse devant moi, je distingue dans ses yeux l'intensité de sa colère.

— Ton Maître adoré ne viendra pas te chercher. Alors je te conseille de me dire ce que je veux savoir, et peut-être que je me montrerai charitable et te tuerai vite !

— Une mort rapide… Ce n'est pas ce que j'appelle la charité.

— Et massacrer des nonnes dans un couvent, tu appelles ça comment ?

Son sourire est cruel, carnassier, inhumain.

Ok, maintenant, je suis terrifiée. Toute cette mise en scène, les coups de fouet, mon agresseur, je ne prenais rien vraiment au sérieux jusqu'ici. Trop irréel pour être vrai. Je crois que je m'imaginais que j'allais me réveiller d'un instant à l'autre. Ou qu'une équipe de tournage allait sortir de derrière les colonnes de briques pour m'annoncer que je suis dans une émission de caméra cachée.

La part plus réaliste en moi pensait pouvoir s'en sortir en l'énervant assez pour qu'il me touche afin d'initier un transfert mais, maintenant qu'il me regarde comme un serpent face à une souris, la peur me saisit aux tripes, vraiment.

Quand la douleur du dernier coup de fouet commence à s'estomper, le sens de ses paroles me percute enfin.

Je lui crache au visage.

— Tu peux frapper mon corps autant que tu veux, mais tu ne me tortureras pas l'esprit avec ça.

Il me regarde avec dédain.

— Je ne comprendrai jamais les serviteurs humains. Qu'est-ce qu'il t'a promis en échange ? La vie éternelle ?

— Mais faut te le dire comment ? Personne ne m'a rien promis. Je ne suis la servante de personne !

— Tu veux me faire croire que tu t'es mise par hasard sur mon chemin comme tu t'es trouvée par hasard à massacrer des nonnes avec Lazarus ?

Il est d'un calme glacial depuis le début mais je sens qu'il contient sa rage en prononçant ces mots.

Je l'enverrais bien promener une fois de plus pour la forme, mais je comprends qu'il va falloir le convaincre de me relâcher plutôt que de jouer les fortes têtes. Et puis, ce qu'il dit a beau n'avoir aucun sens, il semble savoir quelque chose sur le massacre du couvent.

— Ce Lazarus était au massacre du couvent ? je demande.

— Tu devrais le savoir, tu y étais avec lui.

— Non, je vivais là-bas quand les vampires ont attaqué, je finis par cracher.

Il brandit le fouet avant de baisser le bras, sa fureur rapidement remplacée par de l'étonnement. Puis il se ressaisit et fait de nouveau claquer la lanière sur ma peau.

— Si tu y avais vécu, tu ne serais pas au service des vampires à présent, menteuse.

— Mais je ne suis pas à leur service, je les tue ! je crie.

La douleur des coups de fouet n'est rien en comparaison de la peur que je ressens à l'idée de dire la mauvaise chose et que l'interrogatoire se termine par une mort pénible.

— Pourquoi m'avoir attaqué alors ?

— J'ai cru que tu en étais un.

Un sourire terrifiant apparaît sur son visage, qui serait beau s'il n'était pas déformé par la cruauté.

— Tu mens encore.

L'espoir que j'avais de m'en sortir vivante s'étiole peu à peu.

— Non ! je lâche dans un hurlement quand son fouet me mord de nouveau la chair.

— Je n'ai rien d'un vampire, tu n'avais aucune raison de t'en prendre à moi à moins d'être à leur service.

— Tu as leur aura.

— Les humains ne perçoivent pas les auras.

— Parce que j'ai l'air totalement humaine d'après toi ?

Je crois qu'à un moment donné, mon cerveau a abandonné la bataille et qu'il me laisse partir en roue libre sans aucun contrôle sur mes paroles.

— Tu m'as toi-même demandé ce que j'ai essayé de te faire dans la ruelle. Tu te doutes bien que ce n'est pas à la portée de n'importe quel humain !

— Et qu'est-ce que tu as essayé de me faire ?

— Je voulais...

Les mots ont du mal à passer ma gorge. Je ne l'ai jamais dit à haute voix.

— Je voulais te... posséder.

La surprise le dispute à l'incrédulité sur son visage. Je décide que c'est ma chance et maintenant que je lui ai parlé de mon pouvoir, je n'ai plus de raison de continuer à jouer les dures à cuire. D'autant que je ne supporterai pas un autre coup.

— Écoute, je ne sais pas qui tu es ni ce que tu es. Je m'excuse de t'avoir confondu avec un vampire mais tu veux pas me détacher maintenant ? J'ignore qui est ce Lazarus dont tu parles tout le temps et je ne sers pas les vampires, je les tue pour me venger. Ils ont massacré ma seule famille. Libère-moi…

Il semble réfléchir un moment, il hésite.

— S'il te plaît ?

Le « s'il te plaît » m'arrache la bouche mais au diable la fierté, je veux sortir de cette cave en un seul morceau.

Il repose son fouet sur l'établi. À la place qui lui est réservée. C'est bien un truc de psychopathe de ranger ses outils de torture par tailles et par couleurs.

— Si tu veux vraiment te venger, pourquoi tu ne t'en es pas prise à Lazarus directement au lieu d'attaquer des gens au hasard ?

— Parce que je viens de découvrir l'existence de ce type qui t'obsède tant. Et je n'attaque pas des gens au hasard, j'élimine les vampires qui croisent ma route. Un bon vampire est un vampire mort.

À ces mots il sourit. Mais cette fois ce n'est pas un rictus cruel qui lui déforme le visage, plutôt un vrai sourire qui fait pétiller ses yeux.

— En fait, on pourrait s'entendre toi et moi.

Je lui répondrais bien « dans tes rêves » mais tant que je serai pendue au plafond comme un jambon, je devrai me retenir de faire la maligne.

— Ok, je vais te détacher et on va discuter.

Ouais, discuter. À la seconde où il me libérera, j'ai l'intention de filer sans demander mon reste.

— Calmement, d'accord ? il ajoute.

Je hoche la tête. Calmement, bien sûr.

Il bricole un truc avec mes chaînes et mes bras retombent soudain. Je n'ai pas trop de sensations dans les doigts mais ça fera l'affaire.

Je lui colle l'uppercut le mieux senti que je peux dans ces conditions et je m'apprête à lui envoyer un coup de genou mais il me bloque et m'immobilise dans une étreinte de fer.

—Arrête ! il m'ordonne d'un ton sec. Tu veux te venger oui ou non ?

À ces mots, j'arrête de me débattre.

C'est bizarre.

Raphaël – c'est son nom – m'a rendu mes fringues, donné des pansements pour mes fesses et – peut-être le plus étrange des trois – fait du thé. Et maintenant il est assis en face de moi.

Je n'arrive pas à croire que je m'apprête à discuter tranquillement avec un type qui m'a fouettée jusqu'au sang à peine une demi-heure auparavant.

Je tire une latte sur ma clope et je regarde la fumée s'échapper par ma bouche en volutes.

Depuis qu'il m'a libérée, j'ai eu envie, plus d'une fois, de lui coller mon coude dans le nez et de me tirer. Mais s'il m'offre ma vengeance sur un plateau, je peux passer l'éponge sur l'interrogatoire à la cave. Il s'est même vaguement excusé, et les excuses ça marche malheureusement bien sur moi.

J'attends qu'il prenne la parole mais il me fixe simplement de ses yeux si perturbants. Son regard est comme du mercure liquide. Vibrant, brillant, attirant et dangereux.

En fait, Raphaël dans son intégralité correspond à cette définition. Son aura ne cesse de se briser en vagues inlassables sur moi et plus j'en encaisse les effets plus je ressens le besoin troublant de me jeter sur lui, de lui arracher son pantalon et… bref.

Il est séduisant et son aura le rend envoûtant. En somme, je ne suis immunisée contre rien de ce qu'il dégage.

À travers la fumée de ma cigarette je détaille sa mâchoire ferme, agitée par une sorte de tic qui lui creuse les joues de temps à autre, ses lèvres charnues juste ce qu'il faut pour donner envie de les embrasser, ses cheveux, raides, longs, aussi changeants que ses yeux, ses épaules, larges, puissantes, son torse et ses abdominaux, délicatement sculptés, ses longs doigts fins que j'imagine courir sur ma peau…

Hé !

Je reporte mon attention sur le reste de la pièce.

Après notre petite séance dans son salon SM privé, il m'a emmenée dans ce qui semble être son appartement. Situé juste au-dessus de la cave des horreurs, l'endroit est chaleureux et accueillant.

Je n'aurais jamais cru dire ça un jour parce que je ne suis pas du genre à m'attacher à la déco mais je trouve que cet intérieur transpire le mâle. Certes, je n'ai pas vraiment beaucoup de points de comparaison. On pourrait imaginer que ballottée comme je l'ai été par la vie, j'en aurais vu des tas mais en réalité, je n'avais vécu que dans trois endroits différents. Le couvent, qu'on pourrait résumer par « austérité ». Les sœurs ne croyaient pas aux biens matériels. Passons. Austérité féminine. Comment était-il possible de rendre féminin un couvent aux murs gris meublé du strict minimum, cela reste un mystère et pourtant, il y avait quelque chose. Une différence subtile dans l'ambiance. Dans le squat où j'ai vécu ensuite, c'était un joyeux bordel. Du bric-à-brac ramassé dans la rue et chez Emmaüs agencé au petit bonheur la chance. Le genre de bazar qui pourrait n'avoir aucune personnalité et qui pourtant reflétait très bien celle de mes « colocs » de l'époque. Et puis il y avait mon appart. Mon chez-moi. Mon nid. Que je serais bien en peine de qualifier. C'est chez moi. C'est tout.

L'appartement de Raphaël, donc, respire l'homme. Pas que ça sente la vieille chaussette sale. Juste qu'il y a une atmosphère particulière dans laquelle on imagine mal une fille vivre. La lumière est tamisée, la déco soignée, ici un bar en bois noble devant la cuisine, là de la pierre et une cheminée, ici des tapis sombres, totalement en décalage par rapport aux murs de briques, aux voûtes et aux chaînes du sous-sol. Même si les deux ont pour point commun d'être particulièrement bien ordonnés, à la limite du compulsif.

Le canapé sur lequel je suis assise est en cuir noir et je savoure la sensation du matériau frais sous mon cul meurtri.

Heureusement que j'ai la douleur rémanente de cette séance de torture pour me rappeler que je ne dois pas sauter sur mon séduisant interlocuteur. Bon sang, même regarder le cendrier me donne envie de le baiser.

J'éteins ma cigarette et décide de mettre fin à ce silence pesant.

— Alors ?

— Alors ? il répète de sa voix rocailleuse.

Ok donc en plus, on va jouer au plus malin.

— Comment tu sais pour le couvent ?

— C'est quoi ton mode opératoire ?

J'ai envie de l'envoyer se faire voir – à l'asile, de préférence – mais la curiosité l'emporte. Je dois savoir ce qu'il a à me proposer.

— Je possède un vampire quand j'en croise un et je l'élimine.

— Comment ça marche ?

— Hé, chacun son tour ! Comment tu sais pour le massacre du couvent ?

— Disons que j'ai moi aussi quelques talents.

Il n'a pas vraiment répondu à ma question mais je vais faire avec.

— Quand je touche quelqu'un, je peux prendre possession de son corps. Qu'est-ce que tu es ?

Il peut toujours courir pour que je sois plus prolixe que lui.

— J'élimine les vampires, tout comme toi. Tu n'as pas besoin d'en savoir plus.

Qu'il refuse de me dire ce qu'il est alors que moi j'ai craché le morceau m'irrite au plus haut point, mais je n'ai pas envie de l'énerver. J'ai eu une démonstration de premier ordre de ce dont il est capable. Et puis, je trouverai bien le moyen de découvrir autrement sa vraie nature.

— Qui est ce Lazarus dont tu parles tout le temps ?

— Le Maître des vampires.

— C'est-à-dire ?

— Pourquoi ça n'a pas marché sur moi ?

— Si je le savais ! Je ne me serais pas retrouvée attachée dans ta cave.

— Ok, mauvaise question. Il y a des limites à ton pouvoir ?

— Le Maître des vampires ?

— Le plus puissant vampire à des kilomètres à la ronde, il est comme une sorte de roi pour la communauté vampirique. Il ordonne, et ses sbires exécutent. Et comme tu as pu le constater, il est particulièrement vicieux et cruel. Les humains ne représentent qu'un vaste garde-manger pour lui.

— Tu as dit qu'il m'avait envoyée te tuer, c'est quoi ton problème avec lui ?

— J'essaie de l'éliminer depuis quelque temps, ça a tendance à le contrarier.

Raphaël sourit comme s'il venait de dire quelque chose de drôle. À sa place je ne trouverais pas ça vraiment amusant d'avoir ma tête mise à prix par le Maître des vampires, mais Raphaël est bizarre. Bien qu'il ait un sourire charmant.

— Alors, c'est quoi les limites ?

— Je dois entrer en contact avec l'hôte, peau contre peau. À part ça, pas grand-chose… sauf toi.

Son sourire s'élargit.

Je m'allume une autre cigarette et je cogite.

— J'imagine que mettre la main sur ce Lazarus n'est pas simple.

Je crois que mon sens de la repartie a filé au moment où mon pouvoir m'a plantée. Ou alors ça a commencé plus tôt ? Je me sens nulle. J'ai l'impression que tout part en vrille autour de moi depuis quelques jours.

Ça aussi, ça a commencé plus tôt, en fait.

Disons que ça a empiré ces derniers jours. Si je croyais en Dieu, j'aurais tendance à penser qu'il a une dent contre moi.

— … on est deux contre un maintenant.

Les derniers mots de Raphaël me tirent de mes réflexions.

Je retiens une exclamation et exhale un peu de fumée plutôt que de jouer les vierges effarouchées. Ça fait longtemps maintenant que je ne remplis plus le profil.

Un ange passe pendant que je réfléchis à ce qu'il vient de dire. Faire équipe avec ce fou furieux ne se situe pas vraiment en haut de ma liste de priorités. Cela dit, je crois que je n'ai pas tellement le choix. Si je veux venger Irina et les sœurs, je dois m'attaquer à ce Lazarus et de toute évidence, je ne suis pas de taille toute seule.

Peut-être qu'il vaut mieux avoir le psychopathe au fouet de mon côté.

— Tu as un plan ? je finis par demander.

Chapitre 8

Autre soir, autre bar. Ce coup-ci, je ne suis pas seule. J'ai rendez-vous avec les garçons pour faire de la promo. Je ne les ai pas revus depuis la dispute à la répét'.

Je me suis arrangée pour être absente ou endormie aux moments où Nicolas était à la maison. Depuis ma conversation avec Raphaël, mes cauchemars se partagent le temps d'antenne avec des rêves qui pourraient être agréables…

Je crois aussi que le fait de devoir m'éloigner de Nicolas fait qu'inconsciemment, je m'empêche de hurler en pleine nuit.

Il va bien falloir crever l'abcès à un moment, mais quand je l'aperçois devant le bar avec des amis, je décide qu'on verra plus tard. Je jette ma cigarette à moitié consumée et j'entre rapidement pour éviter d'avoir à le saluer alors qu'il est avec du monde.

Je me faufile entre les clients en rasant le mur en velours rouge, il y a foule ce soir, et je me rends au fond de la salle. Julien est vautré sur un des fauteuils en cuir défoncés, en grande conversation avec deux types que j'ai déjà croisés quelques fois.

Quand il me voit, il se lève et m'enlace pour me faire la bise.

— Fred, Antoine, je vous présente la chanteuse de Nightshade. La fantastique, l'unique, Sascha.

— Salut, je murmure trop timidement après cette présentation grandiloquente.

Fred me fait un grand sourire, Antoine me détaille d'un air appréciateur.

— J'espère que vous pourrez venir au concert, je dis. Dimanche soir, au *Cactus*.

Antoine hoche la tête.

— Compte dessus poupée, il me lance avant de partir se chercher un autre pichet de bière.

Fred le suit. Julien se rassied et m'attire à côté de lui sur le large fauteuil.

Il me regarde un instant, et passe une de mes mèches rebelles derrière mon oreille.

— Ça a pas l'air d'aller, toi.

J'aimerais lui dire que non, ça ne va pas. Je me suis violemment engueulée avec Damien – que je considère comme mon grand frère – et la condition à notre réconciliation c'est que je mette un terme à ma relation avec Nicolas – qui est... non, en fait, mieux vaut que j'évite d'aller dans cette direction – en sachant parfaitement que je vais lui briser le cœur. Une fois de plus. Ajoutons à ça que j'ai passé une nuit dans un cachot médiéval avec un grand malade armé d'un fouet dont je ne sais pas encore quoi faire. Que j'ai découvert que ma seule famille avait été massacrée sur ordre du Maître des vampires. Information qui aurait dû me mettre en joie vu le temps que j'ai passé à courir après mais qui me laisse un goût amer dans la bouche dans la mesure où assouvir ma vengeance en dézinguant ce fumier implique 1) de fréquenter le malade au fouet et

2) de m'attaquer à un vampire que ledit malade au fouet n'est pas parvenu à éliminer seul. Tout ça juste après avoir découvert que mon unique avantage sur les suceurs de sang n'est pas aussi infaillible – puisque monsieur Fouet y est immunisé – que je le pensais.

Non, ça ne va pas.

Je hoche la tête.

— Si, si. Mal dormi. C'est tout.

Ce qui est plutôt vrai aussi dans la mesure où, cerise sur le gâteau, je passe maintenant mes nuits à alterner entre les vampires en train d'incendier le couvent et Raphaël en train de… Ou pas.

Raphaël que je n'ai pas vu depuis bientôt une semaine. Ça me touche bien plus que ça ne le devrait et j'en suis consciente. Hormis le fait que j'ai un but précis à présent – même si j'ignore comment on va s'y prendre –, je suis impatiente de passer à l'action, et j'ai remarqué que j'avais développé une obsession malsaine pour mon étrange nouvel allié. La nuit, je suis enchaînée nue dans sa cave mais au lieu de ressentir de la douleur quand son fouet me lacère les chairs… Pour la quatrième fois en dix minutes, mon cerveau sonne l'alerte. Mieux vaut que je ne pense pas consciemment à tout ça, ça rendrait ces fantasmes pervers trop réels et c'est hors de question.

Je ne peux pas avoir envie d'un type qui m'a fouettée jusqu'au sang pour me faire avouer un truc que je n'ai même pas fait !

On n'a pas mis grand-chose au point l'autre soir. Raphaël s'est contenté de me dire ce qu'il sait de Lazarus. Au moins, il s'est montré plus prolixe sur ce sujet-là. Puis il a dit qu'il avait une course à faire et qu'il m'appellerait après. Depuis je ronge mon frein. À ce stade, on pourrait dire que je dévore mon frein. Après des années à attendre ma vengeance je devrais avoir la patience de la laisser refroidir encore un peu, mais je me sens inutile et je tourne comme un lion en cage à espérer ce coup de fil.

Ça n'a aucun rapport avec le fait que j'ai envie de le revoir.

—Tes jolis yeux sont tout cernés, dit Julien.

Je souris. Julien est un dragueur invétéré. Il n'y a jamais eu et il n'y aura jamais rien entre nous mais il ne peut s'empêcher de me traiter comme toutes les filles qui l'entourent. Avec des câlins et des compliments. C'est plutôt agréable.

—C'est dommage, ça cache le violet.

Mes yeux sont violets. Une couleur peu commune. Ce que personne ne sait, c'est que parfois, ils virent au bleu… et parfois au rouge. La variation est subtile, raison pour laquelle mon entourage ne s'en rend pas compte, mais je me fais flipper moi-même quand je m'en aperçois.

Pendant quelques secondes j'ai l'impression que Julien va m'embrasser. Il ne manquerait plus que ça.

Puis il se reprend et enchaîne.

—Après que… enfin l'autre jour, Nico nous a joué la ballade que vous avez composée ensemble. J'aime bien.

—Cool !

—Et Damien m'a dit pour *Redemption*.

Je me mords la lèvre. D'un coup je me sens mal de ne pas avoir soutenu le morceau de Julien alors qu'il est le seul encore de mon côté.

—C'est pas grave. Je comprends. Je vais la retravailler.

Tandis qu'il me parle de ses projets de réhabilitation de cette chanson, son regard est attiré vers l'autre côté de la salle.

Je me tourne vers son nouveau centre d'intérêt. Une fille – quoi d'autre ? – dans une microrobe blanc et bleu représentant un squelette. Elle est penchée sur un canapé et nous offre une vue imprenable sur ses fesses.

Julien s'aperçoit que je l'ai repéré.

— Excuse-moi, il dit en se focalisant de nouveau sur moi. Donc je disais…

— Elle te plaît, hein ? Va la draguer si tu veux. Je peux rester toute seule.

— Vraiment ? il demande les yeux brillants.

— Ouais, bien sûr.

Il se lève, pose un baiser sur ma joue et file.

J'observe sa technique d'approche pendant quelques minutes.

Ce qu'il y a d'incroyable avec Julien ce n'est pas tant qu'il drague tout ce qui bouge, c'est surtout que ça marche et qu'il repart avec une fille différente chaque soir alors que ce n'est pas vraiment un sex-symbol. Cheveux blond vénitien, yeux bleus, nez retroussé, il doit faire cinq bons centimètres de moins que moi et les autres le charrient parce qu'il est galbé comme une chips. Pourtant il a une assurance et une confiance en lui qui le rendent irrésistible auprès de la gent féminine.

Il faudrait qu'il partage un peu de sa sagesse avec Nicolas.

Je vais me chercher un verre. Ça me prend un peu de temps de me frayer une place au niveau du grand bar en U qui occupe le centre de l'avant-salle. Le côté positif à traîner ici : la serveuse ne me fait pas les gros yeux quand je lui demande un Coca, elle me connaît bien. On échange deux trois mots avant que quelqu'un me tapote l'épaule.

Je me retourne. C'est Fred, que j'ai rencontré en début de soirée.

— Alors, ça va depuis tout à l'heure ?

— Ouais. Et toi ?

— Je voulais te dire que j'aime beaucoup ce que vous faites. Julien m'a fait écouter une démo et c'est sûr je vais venir au concert.

— Cool !

— Alors ça fait longtemps que tu chantes ?

— Quelques années, ouais.

— C'est vraiment super. Moi je joue de la gratte dans un groupe : Kremation. Je me disais qu'on pourrait s'organiser un petit concert à l'occasion.

— C'est une super idée.

Au moment même où il me dit ça, je vois Damien se diriger vers le fond de la salle.

Je le hèle : c'est lui qui gère les plans avec d'autres groupes et l'organisation des concerts.

— Salut, il me dit en me faisant la bise.

— Salut. Je te présente Fred, il est guitariste pour Kremation et il voudrait qu'on s'organise un concert.

Tout de suite les yeux de Damien s'illuminent. Il ne vit que pour ça : les concerts. Plus on en fait, mieux il se porte.

Moi aussi j'adore faire de la scène mais chez Damien c'est presque maladif.

— Génial mon pote, je vais prendre ton numéro, dit-il à Fred.

Je ne sais pas trop comment – son expression, un regard, quelque chose –, je comprends que Fred aurait préféré me donner son numéro plutôt que de le filer à mon grand frère / garde du corps / batteur.

Mais il dicte quand même les chiffres à Damien avant de marmonner un « à plus alors ».

Je le regarde s'éloigner. Joli cul, beaux cheveux, pas très grand mais plutôt sexy. En d'autres circonstances, je ne lui aurais peut-être pas dit non.

Damien me prend par la main et m'entraîne hors du bar.

— Hé, je voulais te dire, je m'excuse d'avoir été dur avec toi l'autre jour.

Voilà qui est inattendu.

— C'est pas grave.

Je ne suis pas vraiment rancunière. Il suffit que les gens s'excusent ou aient l'air désolé pour que je leur pardonne.

— T'avais raison, je ne devrais pas me mêler de tes histoires avec Nico. Il est grand, il peut se débrouiller. (*Waouh!*) Mais tu devrais quand même lui parler.

J'aurais dû me douter que c'était trop beau pour être vrai.

— Je vais essayer.

— S'il te plaît, Sascha. On est quatre dans ce bateau, le fais pas couler pour ça.

— Ouais.

Je sens qu'il va en rajouter une couche mais c'est le moment que choisit un de ses amis que je connais de vue pour s'incruster dans la conversation.

— Eh les amoureux! Je vous dérange pas? Il paraît que t'as des billets pour le concert de dimanche?

Damien sort les tickets de sa poche.

— T'en veux combien?

J'en profite pour m'éclipser. Je n'ai pas envie d'être encore là quand il aura fini la transaction et qu'il voudra poursuivre notre discussion.

Je retourne à l'intérieur. J'essaie de faire ce pour quoi je suis là: vendre des tickets, faire de la promo, créer des contacts.

C'est la partie que j'aime le moins mais quand on est un groupe amateur, on n'a pas vraiment le choix.

Je fourgue quelques tickets à un groupe de garçons partiellement éméchés. Je ne sais pas s'ils viendront vraiment au concert, mais au moins, moi j'ai récupéré des sous. Damien sera fier de moi.

Quand j'ai fini de faire le tour de tous les gens que je me sens d'aborder, je me retrouve un peu désœuvrée. Je vois Julien partir main dans la main avec Miss Squelette. Je ne sais pas pourquoi, je ressens une pointe de jalousie en les voyant ensemble. C'est ridicule, je n'ai jamais craqué pour Julien, ça doit venir d'autre chose.

Je sors fumer sur le trottoir. Je profite un peu du calme – très relatif à une terrasse de bar mais tout de même mieux qu'à l'intérieur – et de la solitude.

Je cherche Damien ou Nicolas des yeux mais je ne trouve ni l'un ni l'autre. Je pensais qu'on se verrait tous ensemble pendant la soirée, qu'on boirait un coup et qu'on parlerait compo ou qu'on raconterait des conneries comme on a l'habitude de le faire. Sauf qu'apparemment eux n'avaient pas l'intention de passer du temps avec moi…

J'envisage de partir quand une voix m'arrête.

— Tu nous quittes déjà ?

C'est de nouveau Fred. Il est un peu fait.

— Je pense que je vais rentrer, ouais.

— Ton carrosse va se transformer en citrouille ?

Je souris. J'ai toujours aimé ce conte.

Je délibère une demi-seconde avant de lui lancer :

— Tu rentres avec moi ?

J'entraîne Fred directement dans ma chambre. Il ne se fait pas prier.

Je le pousse sur le lit, je m'installe à califourchon sur lui. On s'embrasse. Il me caresse les fesses. Mauvaise idée. Cette partie de mon anatomie a besoin d'un peu de temps pour se remettre. Je repousse ses mains et lui enlève son tee-shirt avant de retirer mon top en résille.

Quand je baisse la tête pour l'embrasser, ce sont les yeux d'argent liquide de Raphaël qui me regardent. Je me détourne. Je me relève pour aller mettre de la musique et trouver une capote. Je suis en train de choisir une playlist quand je sens des mains retirer mon soutien-gorge et me caresser les seins. Je me colle contre le torse de Raphaël… de Fred. Je suis avec Fred.

Je me retourne vers lui, je l'embrasse en déboutonnant sa braguette.

Il fait disparaître ma jupe et ma culotte avant de me soulever pour que je m'asseye sur le bureau. Je ferme les yeux et enfonce les doigts dans ses magnifiques cheveux argentés tandis qu'il me pénètre.

— Oh, Sascha, il me murmure à l'oreille en me mordillant le lobe.

Sa voix n'est pas rocailleuse, pas aussi grave que dans mon souvenir.

Je rouvre les yeux. Ce sont des prunelles marron qui me renvoient mon regard. Ah oui, c'est vrai. Fred.

Il ondule des hanches, et je savoure la sensation que me procurent ses mouvements. Je m'accroche à ses épaules, je lui griffe le dos. Son dos lisse et sans cicatrices.

Il m'embrasse dans le cou tout en passant une main entre nous pour me caresser.

— Jouis pour moi Sascha, il souffle contre ma peau.

Je me laisse emporter par les sensations.

Les vibrations de la musique, ce corps d'homme, dur, musclé, pressé contre le mien, son sexe en moi, sa bouche sur ma gorge, sa peau légèrement salée, son parfum musqué, ses cheveux comme de la soie, glissant sur ma poitrine et mon ventre.

Oh ! Raphaël. Raphaël.

Je suis à deux doigts de l'orgasme et j'ai dangereusement envie de me laisser entraîner.

De ses doigts, fins, habiles, il me stimule à la perfection et d'un seul coup, je décolle.

L'orgasme me traverse de part en part et me secoue comme rarement.

Je suis aspirée dans le corps de mon amant. À l'extase s'ajoute une avalanche de souvenirs.

Putain ce qu'elle est bonne.

Cette pensée est comme une douche froide instantanée. L'avantage c'est que ça me permet de reprendre le contrôle de mon pouvoir plus rapidement.

Je réintègre mon corps aussi vite que je l'ai quitté. J'ouvre les yeux. Fred me regarde intensément.

—Alors, le voyage t'a plu bébé ?

Mouais. Sauf que c'est pas vraiment avec toi que j'ai couché.

Je le repousse sans rien dire.

Je récupère ma culotte par terre et je vais à la salle de bains. J'espère qu'il ne va pas s'incruster.

J'essaie de ne pas trop réfléchir à ce qui s'est passé. Je ne comprends pas pourquoi je fais une fixation sur Raphaël. Pourquoi il m'obsède ? Pourquoi je pense à lui quand je couche avec un autre mec ?

C'est pas bon, ça.

Je prends une longue douche chaude. Je laisse mes pensées dériver. Je laisse l'eau me bercer.

Quand je sors de la salle de bains, le soleil du matin illumine le couloir. J'irais bien me coucher mais je ne sais pas si machin est parti. Je n'ai pas envie d'un câlin postcoïtal.

À la place je vais dans la cuisine, me faire un café.

—Salut, me lance Nicolas.

Il est assis à la petite table près de la fenêtre. Les cernes sous ses yeux me disent qu'il n'a pas dormi. Il a l'air fatigué et triste.

—Salut, je murmure. Tu veux un café ?

Il lève sa tasse pour me montrer que c'est déjà fait.

—T'as une petite mine, je dis pour combler le silence.

—J'ai pas dormi.

Je m'assieds sur le plan de travail avec mon café. Je sens qu'il est temps qu'on ait cette discussion tous les deux mais je n'ai pas envie de m'installer face à lui.

—Tu ne me demandes pas pourquoi ?

Il y a comme de l'amertume dans sa voix.

—Pourquoi ?

—Parce que la fille dont je suis fou amoureux a ramené un coup d'un soir dans l'appartement qu'on partage. Que je ne pouvais pas dormir avec le bruit qu'ils faisaient.

Aïe. C'est raté pour la conversation entre adultes. Je ne sais pas quoi répondre à ça.

—On n'a pas fait tant de bruit que…

—Tu ne nies même pas, bordel. (Il part d'un rire sans joie.) Tu te fous de ma gueule et tu ne le nies même pas !

—Je…

Il ne me laisse même pas commencer une phrase.

—Tu, toi, toi, toi, tout le temps toi ! Et moi là-dedans, hein ? Tu couches avec moi quand ça t'arrange. Je ne sais même pas pourquoi tu le fais vu que j'arrive pas à te faire prendre ton pied ! Et quand tu en as marre tu vas juste te trouver un autre pigeon qui saura te faire crier. Tu le ramènes chez nous ! Tu t'envoies en l'air sous mon nez ! Tu sais ce que ça me fait ?

Il n'a pas entièrement tort. Ce n'était pas très élégant de ramener machin ici. Pour ma défense, il faut dire que je ne suis pas habituée à devoir faire attention.

—Ce n'est pas chez nous ! j'éclate. C'est chez moi et je t'héberge le temps que tu trouves autre chose !

Il baisse les yeux avant que je puisse y distinguer tout le mal que je lui fais.

Ce n'était peut-être pas la meilleure réponse à lui donner mais j'en ai ma claque de leurs reproches à Damien et à lui. Je croyais qu'ils étaient mes amis et il s'avère que…

que quoi d'ailleurs ? Qu'ils ne me connaissent pas du tout et se sont convaincus que je suis une petite princesse qui n'a aucun problème dans la vie alors que c'est si compliqué pour eux.

Flash info les mecs, j'en ai bavé. Alors je ne suis peut-être pas un modèle d'équilibre mais on pourrait m'accorder le bénéfice du doute ou des circonstances atténuantes. Non ?

Ben non. Parce qu'ils ne savent pas. Qu'ils ne doivent jamais savoir.

Échec et mat, Sascha.

Je comprends que c'est le serpent qui se mord la queue mon histoire alors je me blinde. Une fois de plus.

Je suis seule. Je le resterai. Je le sais.

Mais je peux peut-être arranger un peu les choses.

— Nicolas, je suis désolée.

Au fond de moi, je pleure et je crie de devoir faire ça alors que tout ce que je voudrais c'est le secouer pour qu'il comprenne qu'il ignore tout de moi.

Je mets en sourdine cette partie de moi et je me rapproche. Je m'assieds en face de lui.

— Je le pensais pas. Tu sais que je t'adore et que tu es toujours le bienvenu ici. (Ça, ce n'est pas difficile à dire.) Seulement, peut-être que Damien a raison… (Les mots sont bloqués dans ma gorge. Je déglutis péniblement. J'inspire un grand coup.) Peut-être qu'on devrait arrêter… Je ne te mérite pas.

Une saleté de larme passe la barrière que j'ai érigée et coule sur ma joue. C'est vrai. Je ne le mérite pas. C'est un garçon génial, doux, attentionné et moi, je ne suis qu'une putain de princesse cassée, qui se traîne tout un bestiaire de problèmes.

— Tu devrais te trouver une fille bien. Une fille mieux que moi. Une qui pourra te donner ce que tu veux.

L'émotion fait trembler ma voix mais je tiens bon. Je le lui dois.

À ces mots, Nicolas se lève, contourne la table et me prend dans ses bras.

— Je n'ai pas envie d'une autre fille, il murmure. C'est toi que je veux, Sascha. On s'en fiche de Damien et de ses conseils. J'aimerais que ça marche entre nous… Dis-moi pourquoi ça ne peut pas marcher !

Je pleure pour de bon maintenant, mais je le repousse. Je ne supporterai pas d'avoir cette conversation mille fois avec lui.

— Je sais que tu m'aimes, Sascha. Tu pleurerais pas comme ça si tu t'en fichais. Alors pourquoi tu ne me laisses pas une place dans ta vie ? Pourquoi tu ne veux pas me faire confiance et me dire ce qui va pas ? Pourquoi tu cries dans ton sommeil toutes les nuits ? Pourquoi tu me repousses quand je sais que tu as besoin de moi ?

Je n'ai rien à répondre. Oui, je l'aime. Profondément. Mais si je lui dis tout, si je lâche les rênes et me repose sur lui je sais que… je sais que je vais me noyer dans les ténèbres que je tiens à distance depuis si longtemps. Mes murailles ne le supporteront pas. Tout s'effondrera et que restera-t-il alors de la Sascha que Nicolas aime ?

Mon téléphone sonne. Je profite de la diversion pour ne pas répondre à Nicolas et je décroche.

C'est Raphaël.

— Ce soir ? Chez toi ? D'accord.

Je raccroche. Nicolas me regarde depuis le pas de la porte. Il secoue la tête.

Je lui dirais bien « C'est pas ce que tu crois » mais c'est vraiment trop cliché. Et comme pour tout le reste je ne peux pas lui expliquer de quoi il s'agit, alors autant le laisser se faire des idées.

Chapitre 9

Quand j'arrive chez Raphaël, il est un peu plus de 20 heures. Derrière une immense porte cochère pas bien différente de celle de mon immeuble, une petite cour abrite quelques appartements de rez-de-chaussée. Le genre anciennes écuries transformées en logements « atypiques » au début du siècle. Ce qui explique que Raphaël a pu s'aménager sa petite salle des horreurs dans le sous-sol attenant.

Quand on voit les grands bambous décorés de lampions électriques placés de sorte à préserver l'intimité de ceux qui vivent derrière ces grandes baies vitrées, on a du mal à imaginer ce que dissimule la façade de Raphaël.

Je suis nerveuse. J'ai dormi toute la journée. Cauchemardé toute la journée serait plus exact et j'ai hâte de savoir comment d'après lui on pourrait à nous deux s'attaquer à ce Maître des vampires. J'essaie de ne pas penser au fait que ma nervosité est aussi due à autre chose. Comme le fait que je suis incapable de le regarder dans les yeux sans imaginer ce que j'y verrais tandis qu'il s'enfoncerait en moi.

Je tente aussi d'occulter le fait que j'ai enfilé une robe sexy et des talons en pensant à lui. Ma tenue ne sera pas du tout confortable si ses plans pour ce soir impliquent une grosse bagarre ou de courir pour se sauver mais, au moment de choisir, j'ai laissé mon envie de le séduire l'emporter sur le pragmatisme.

J'ai envie que Raphaël me trouve belle, j'ai envie qu'il ait envie de moi, même si je ne sais pas d'où me viennent ces idées et qu'une voix intérieure – la voix de la raison sans doute – me conseille de laisser tomber.

Raphaël m'ouvre. Il porte un bas de jogging, son torse finement sculpté est couvert d'une mince pellicule de sueur, et il tient une immense épée dans la main droite.

— Entre, fais comme chez toi. Je vais prendre une douche, il me dit en laissant la porte ouverte avant de disparaître dans un couloir.

Je me rends au salon et m'installe sur l'un des canapés en m'assurant que ma jupe remonte sur ma cuisse de manière suggestive.

— Y a de l'alcool dans le bar, il me lance de l'autre bout de l'appartement.

Hmm, je vais devoir lui expliquer deux trois trucs. Penser ça me procure un sentiment étrange. Je n'ai jamais parlé de mon pouvoir à personne. Jamais. Pas à mes amis, pas aux gens que j'aime. Et ce secret, parmi d'autres, est en train de foutre en l'air la vie que je me suis péniblement construite. Pourtant, j'ai tout déballé à un inconnu. Un inconnu armé d'un fouet et qui sait quelques trucs sur le surnaturel mais quand même, ça me fait bizarre d'en parler avec quelqu'un.

Je refuse d'admettre que c'est aussi un peu libérateur. Que c'est peut-être la raison pour laquelle je n'arrive pas à me sortir Raphaël de la tête depuis que je l'ai rencontré. Il sait et en fait, ça va. Il ne me prend pas pour un monstre et je parviens à garder les ténèbres à distance quand même.

Il revient au bout d'une dizaine de minutes. Il a enfilé un jean qui met en valeur ses hanches et ses fesses, en revanche toujours pas de tee-shirt. Il faut croire qu'il est allergique.

Ce n'est pas moi qui vais me plaindre de pouvoir admirer ses pectoraux.

Il se dirige jusqu'au bar, se sert un verre de whisky, me lance un coup d'œil.

— Faut pas être timide tu sais. Whisky ?

— Non je… je ne bois pas.

— Jamais ?

— Jamais.

Il hausse les épaules.

— Autre chose ? Coca ?

— Ouais, je veux bien.

Il me sert un verre et vient s'asseoir.

— Au sujet de l'alcool…

— Tu fais ce que tu veux.

— Non c'est pas ça… C'est juste que, je ne peux pas boire. Ça détraque… mon pouvoir.

Il hoche la tête.

— Autre chose de ce genre ?

— La drogue, pareil.

Je garde la partie sur le sexe pour moi. Je n'ai pas envie que Raphaël sache que je ne peux pas prendre mon pied.

Cela dit, son attitude détachée et ses questions pratiques sont à des bornes du comportement habituel des mecs envers moi.

Je ne me considère pas comme une bombe et, comme toute fille, j'ai mes complexes – mes fesses trop rondes, mes cheveux constamment en bataille quoi que je leur fasse, mes pieds trop grands –, mais j'ai suffisamment confiance en moi pour que ça ne se voie pas trop. Du coup, la plupart des mecs instaurent immédiatement un rapport de séduction quand ils me rencontrent et je n'ai jamais eu à faire d'efforts pour en ramener dans mon lit… comme hier.

Raphaël, lui, a tout de suite établi entre nous un rapport… professionnel ? Je n'ai pas d'autre mot pour le décrire mais j'ai l'impression que tout ce qui lui importe, c'est mon pouvoir, et qu'il n'est pas du tout intéressé par autre chose chez moi.

C'est vexant et un peu rageant dans la mesure où il respire la sensualité et que depuis que je l'ai rencontré, j'ai envie de lui sauter dessus.

— Donc tu peux posséder le corps de qui tu veux ? Sans limites ? Sans restrictions ? Qu'est-ce que tu fais du tien pendant ce temps-là ?

Ses questions me tirent de mes réflexions. Il n'a même pas baissé les yeux une fois sur mon décolleté et encore moins sur mes cuisses. Habituellement, les mecs matent, plus ou moins discrètement, mon tatouage.

— Oui, oui et oui. Mon corps est comme une coquille vide. Je m'évanouis et je reste inanimée jusqu'à ce que je reprenne le contrôle.

Il digère mes paroles un moment, boit une gorgée de whisky.

J'ai l'impression de passer un entretien d'embauche. Je suis de plus en plus nerveuse. Je m'allume une cigarette en m'intimant d'arrêter de penser à tout ce que je voudrais faire avec Raphaël.

— Tu peux prendre le contrôle intégral de ton…

— Hôte ? Oui. J'ai accès à tout. Souvenirs, pensées, fonctions motrices, sensations, capacités spéciales.

Son regard s'illumine et je ressens une petite pointe de satisfaction avant de me rappeler que la seule chose qui l'excite ici, c'est mon pouvoir.

— Je pense que tu vas vraiment m'être utile.

— Ouais.

Je suis un peu plus sèche que je n'en avais l'intention : je me suis déjà très utile à moi-même. Et je commence à me demander à quoi il me sert, lui. À part qu'il est immunisé contre mes capacités et qu'il se balade torse nu avec une épée.

— Et toi ? C'est quoi ton truc ?

— Je suis un guerrier. (Je hausse un sourcil.) Tu n'as pas besoin d'en savoir plus.

Je reste perplexe. Je viens de lui en balancer plus sur moi qu'à qui que ce soit, jamais. Et il m'envoie bouler comme ça ?

— Tu sais que guerrier n'est plus une orientation acceptable depuis 1700 ?

Il part d'un petit rire de gorge qui vient chatouiller un peu plus mes désirs mal placés. Je reprends tant bien que mal le contrôle de mes pensées pour me concentrer sur la raison première de ma présence ici. Je me sens tellement bête de fantasmer sur ce type qui n'est de toute évidence pas intéressé.

Il n'ajoute rien. J'imagine que ça signifie qu'il n'en dira pas plus sur ce qu'il est. Je laisse courir cette fois encore.

— Donc si je résume, dans notre petite association, je suis le cerveau et la finesse et tu es le gros tas de muscles armé d'une épée ?

Le sourire qu'il me décoche est plutôt énigmatique. Je soupire :

— Si tu veux qu'on bosse ensemble, va falloir arrêter de te la jouer vieille mystique.

— Ok. Disons que je suis la puissance et que tu es la finesse. Ça te va ?

— Ouais. Et c'est quoi le plan alors ? Je possède Lazarus pendant que tu agites ton épée près de sa tête ?

— Ce serait trop simple. Lazarus est si vieux et si puissant qu'il est virtuellement impossible à tuer.

Moi qui pensais que ça allait être un plan suicide, j'étais loin du compte.

— Et donc nous deux, moi, la voleuse de corps et toi le guerrier, on va tenter de dézinguer un vampire virtuellement immortel ? je demande en forçant sur le ton sarcastique de ma question.

— Oui.

— Bon, accouche. C'est fatigant là.

Il sourit.

Si seulement il pouvait arrêter de faire ça, peut-être que je pourrais garder le contrôle de mes hormones déchaînées.

— Nous devons découvrir son point faible.

— Mais tu viens de dire que…

— J'ai dit « virtuellement » impossible. Les méthodes standard pour venir à bout d'un vampire lambda ne fonctionnent pas sur lui. Il n'empêche que tout ce qui est vivant peut mourir. C'est une loi de la nature. Il suffit de trouver comment. C'est là que tu entres en scène.

— Mmmh.

Je suis dubitative. Je fais même la moue pour marquer à quel point je suis dubitative.

— Je suis allé nous procurer de quoi nous renseigner…

J'écarquille les yeux en continuant à faire la moue. Je dois avoir l'air débile mais le message est plutôt clair, non ?

— C'était ça ta « course » ?

Il hoche la tête et, sans tenir compte de mon manque de foi en ses plans, se lève et me demande de le suivre.

On descend une volée de marches, on retourne dans la cave et ça ne me plaît pas trop. Quand à mi-chemin de l'escalier j'envisage de remonter, il se tourne vers moi et me tend la main :

— Ne t'inquiète pas, cette fois tu entres de ton plein gré. J'ai quelqu'un à te présenter.

Je prends sa main chaude et ferme et je fais taire la petite voix en moi qui imagine déjà cette main sur d'autres parties de mon corps.

Dans la cave à peine éclairée, les chaînes retiennent quelqu'un d'autre prisonnier. Un vampire. Nu.

— C'est un fétiche bizarre que tu as là, je murmure.

— C'est pour vérifier l'absence de symboles de protection, il répond avec un rire rauque dans la voix.

Je hoche la tête comme si ça avait du sens alors que ça n'en a pas. La seule chose que je comprends c'est que même quand il m'a foutue à poil pour sa petite séance de fouet, il ne l'a pas fait avec des arrière-pensées à mon égard. Ce qui me contrarie bien plus que ça ne le devrait.

— Et maintenant ?

— C'est un serviteur de Lazarus. Ces types sont loyaux à leur Maître à un point qui défie l'imagination. J'ai déjà essayé de les torturer sans résultat. Ils ne disent rien et meurent en silence...

Quand il parle de torture, un frisson me parcourt l'échine.

— Crois-moi, ils encaissent bien plus que toi.

Je ne sais pas si ça devrait me réconforter ou non.

— Je t'ai ménagée, il ajoute avec un clin d'œil.

Non définitivement, ça me fait flipper. Une bonne chose parce que ça calme enfin un peu mes ardeurs.

Quelqu'un peut me rappeler pourquoi je fais une fixation sur ce type déjà ?

— Bref, je pensais te faire prendre possession de son corps et te renvoyer chez Lazarus récolter des informations...

— Mais c'est inutile parce que j'ai accès à ses souvenirs.

Raphaël hoche la tête.

Je m'approche du vampire. Fascinée. J'en ai déjà croisé pas mal et je les ai tous dézingués, mais j'ai fait ça vite. Je n'avais pas le temps de m'arrêter pour faire la causette.

Celui-ci est enchaîné, impuissant. Et il se dégage de lui une aura bien supérieure à celle des vampires que j'ai croisés jusque-là. Elle est loin d'égaler celle de Raphaël, mais la force de ce vampire est indéniable. Il est haut placé sur l'échelle alimentaire.

Comme si tous les vampires que j'avais croisés jusqu'à présent avaient été jeunes et faibles. Mais bien que ça me perturbe, ce n'est pas vraiment le moment de calculer la probabilité d'une telle hypothèse.

Je plaque la main sur son torse.

Il me regarde avec un sourire carnassier révélant ses canines pointues et brillantes.

— Sympa de me rapporter…

… un en-cas Raphaël!

À la seconde où je prends possession de son corps, un afflux de sensations me paralyse quelques secondes. Je distingue l'odeur de la brique mouillée, celle des outils en métal sur l'établi, celle du bois du meuble, et plus puissante encore, la fragrance de mon sang. Mon corps, évanoui dans les bras de Raphaël, est un festin pour mon odorat. Je sens le sang chaud, sucré, puissant, presque écœurant. Je paierais cher pour planter mes canines dans cette gorge.

Bon sang, il est fort l'enfoiré. Jamais auparavant je n'ai possédé un vampire qui parvenait à pénétrer à ce point ma réflexion.

Quand je prends un hôte, je suis aux commandes. Entièrement. Qu'il soit vampire ou humain, je le domine et le maîtrise sans problème. Il semble que je n'avais jamais croisé quelqu'un d'assez puissant pour me résister. Or ces derniers temps, je ne rencontre plus que des immunisés…

Je reprends le contrôle de Samuel ; c'est son nom. Je me concentre sur ses souvenirs en occultant l'odeur de mon sang qui me chatouille les narines.

Mon accès à ses souvenirs est fragmenté. C'est pénible de naviguer dans son esprit.

— Alors ? me demande soudain Raphaël.

— Une seconde, je lui réponds de la voix grave du vampire. Laisse-moi me concentrer.

J'essaie de trouver des informations sur Lazarus mais Samuel se défend. Il ne peut pas me virer de ses souvenirs, mais il s'arrange pour m'entraîner vers des zones sans intérêt de sa mémoire.

Sa vie d'humain, sa transformation en vampire.

Soudain je suis assaillie par l'odeur de la fumée et des flammes. Le sang qui coule en grandes quantités éveille le prédateur en moi et je pars d'un rire féroce quand cette femme passe en courant à côté de moi. Je la rattrape. Elle hurle, se débat, la terreur dans ses yeux est exaltante. Je plante mes crocs dans sa gorge et la sensation de la vie quittant son corps m'enivre.

Je rejette son corps qui retombe comme une vulgaire poupée de chiffon et je retourne à l'intérieur du couvent. J'espère que je serai celui qui retrouvera la fille que le Maître veut. Il sera content. Il me récompensera.

Quelque chose m'extrait de ce souvenir.

J'aurais voulu en savoir plus, mais les sensations exacerbées qui m'ont assaillie me terrifient au point que je n'ose pas creuser plus loin. Je me raccroche à la pensée qui va me mener vers Lazarus.

Samuel me combat. Il tente de me ramener dans le souvenir du massacre mais je tiens bon. Je me fraie un chemin jusqu'à son Maître.

Quand je le trouve enfin, je suis suffoquée par sa beauté. Il est si grand, si puissant, si majestueux. Je suis à genoux devant sa supériorité. Je ne suis qu'un ver de terre face à tant de grandeur.

Je parviens tant bien que mal à dompter le fil des pensées de Samuel. Une chose est sûre, il respecte profondément son Maître.

J'arrive au souvenir qui m'intéresse. Le vampire se débat de plus belle. J'ai l'impression que je vais perdre le contrôle. Mais je tiens bon. Ses pensées sont fragmentées, j'ai du mal à collecter toutes les informations.

Puis d'un coup, je me retrouve dans mon corps.

Je n'y suis pas retournée de mon plein gré, j'y ai été renvoyée. Violemment. Avec un coup de pied à mon cul spirituel.

Le vampire grogne et se débat dans ses chaînes. Il hurle des insultes à Raphaël.

Je reste abasourdie. J'ai des difficultés à reprendre le contrôle de mon propre corps. Puis, comme dans un film au ralenti, je vois Raphaël se saisir de son épée.

Il la brandit et son ombre s'étend sur le mur comme pour avaler la lumière. Des ailes, une épée.

Les lumières vacillent.

Raphaël abat son bras et décapite le vampire. Je crie. Je ne sais pas pourquoi.

Il ne reste plus que de la poussière sous les chaînes.

Raphaël revient vers moi. Son torse est couvert de cendres. Il pose l'épée à côté de lui et me prend dans ses bras. Il me berce un instant. Il me murmure quelque chose.

— Sascha, tout va bien. Tout va bien.

Je finis par me calmer. Je ne sais pas ce qui m'a pris. L'afflux de sensations était trop fort.

Tout était trop fort. Trop réel. Trop présent.

Le couvent. Le massacre. Les flammes. Le sang. J'aurais voulu explorer ce souvenir. Mais c'est impossible à présent. Le vampire est mort. Et le souvenir est parti avec lui.

J'ai appris une chose pourtant. L'attaque sur le couvent n'était pas aussi gratuite que je l'ai cru. Ils cherchaient quelque chose. Quelqu'un. Pourquoi ?

Raphaël m'emporte à l'étage. Il me pose sur le canapé, me donne à boire et une cigarette. Je suis tellement dans les vapes que je ne profite même pas de la sensation de ses mains sur mon corps.

— Ça va mieux ? il demande au bout d'un moment.

— Oui, c'est juste que… je n'ai jamais possédé un vampire aussi puissant.

— Tu as découvert ce qu'on voulait savoir ?

Concis, droit au but. Pas une seconde inquiet de mon état.

— Je crois que oui.

Je tire une latte sur ma cigarette, le temps de réunir mes pensées.

— Il y a une dague. Elle est gardée dans une crypte au Père-Lachaise. C'est la seule chose qui peut tuer Lazarus.

— Tu en es sûre ?

— Je ne sais pas. C'était dans les souvenirs de Samuel en tout cas.

— Je vais aller la chercher.

— Non. Tu ne peux pas. Il y a un sort de protection sur l'entrée. Seuls les serviteurs les plus loyaux de Lazarus peuvent passer la porte. On doit… je crois que je dois y aller.

Soudain les paroles de Raphaël prennent leur sens. La raison pour laquelle il m'a déshabillée quand il m'a attachée.

Il cherchait une protection magique tatouée sur la peau du vampire, comme il en a cherché une sur la mienne.

— Il faut qu'on trouve un vampire avec un tatouage, je conclus.

Chapitre 10

Les lèvres de Raphaël sur les miennes sont douces, chaudes. Son baiser est possessif mais tendre en même temps.

Je me noie dans ses yeux d'argent.

Une sonnerie retentit. Prise dans les brumes du sommeil, j'ai du mal à identifier la provenance du son. J'ouvre un œil. J'attrape mon téléphone.

Je suis à la fois déçue et rassurée que ces baisers passionnés n'aient été qu'un rêve. Je ne sais pas pourquoi je craque autant sur Raphaël, d'autant qu'il semble évident que je ne l'intéresse pas. Pour lui, je ne suis qu'une façon d'arriver à un but. Un outil. Et je devrais le considérer de la même façon : un moyen d'assouvir ma vengeance sur Lazarus. Rien de plus.

— Allô ? je demande d'une voix engourdie par le sommeil.

— Sascha, t'es où ? Ça fait vingt minutes qu'on t'attend.

Aïe ! La répétition !

J'avais complètement oublié. J'ai une gueule de bois monstrueuse. Conséquence directe de la possession de la veille. L'effet est encore accru par le fait que c'était un vampire. Un vampire très puissant.

— Je suis désolée. Je me suis pas réveillée.

Et Nicolas a eu le bon goût de partir sans faire de bruit. Il aurait pu me réveiller. Ce n'est pas comme si on n'allait pas au même endroit.

— Bon, bouge-toi les fesses, me balance Damien avant de raccrocher.

J'aurais voulu me doucher, prendre le temps de me préparer mais tout ça va devoir attendre. J'avale une aspirine en enfilant une robe et des chaussures.

Heureusement que j'habite près du studio.

J'arrive avec une bonne demi-heure de retard. Nicolas me lance un regard en biais, Damien secoue la tête, l'air déçu. Julien est complètement absorbé par l'accordage de sa basse. Il m'ignore. Je crois que même lui ne me défendra pas cette fois-ci. Julien se fout de tout, une seule chose compte pour lui : la musique. Il ne tolère aucune entorse à la rigueur du groupe. Rater une répétition, pour Julien, ça mérite la peine capitale.

Je m'efforce de me faire toute petite. Je sais que j'ai merdé et je ne suis pas fière. D'autant que je n'ai pas d'excuse. Ou du moins, aucune excuse que je puisse donner aux garçons.

« Désolée, j'ai possédé un vampire hier soir, ça ne s'est pas super bien passé. Où est mon câble jack ? »

Je pose mon sac et j'attrape le micro. Quitte à être en retard, autant ne pas en rajouter avec trois plombes de préparations.

— Par quoi on commence ? je demande.

— *Redemption*, me lance Damien.

Si je ne savais pas que lui aussi ce morceau le fait chier, je jurerais qu'il le fait exprès pour me contrarier.

Ils commencent à jouer sauf que je ne reconnais pas le morceau. Ils l'ont retravaillé. C'est mieux, mais ils auraient pu me prévenir.

J'essaie de déterminer quand je dois commencer à chanter mais les accords sont tellement méconnaissables que je m'y perds. Soudain Nicolas nous interrompt.

— Ok, on reprend. Sascha, concentre-toi s'il te plaît.

Me concentrer ? C'est fort, ça. Ils jouent un morceau que je n'ai jamais entendu de ma vie.

Ils recommencent à jouer sans me laisser le temps d'en placer une.

— Attendez, attendez, je leur dis. Vous avez tout changé dans ce morceau, je m'y retrouve plus.

— C'est bien ce que tu voulais, non ? me lance Julien, amer.

Au temps pour le « *T'en fais pas, je trouverai autre chose.* »

— Donc je suis censée deviner la structure du morceau ?

— Si t'avais lu tes mails ou que t'étais arrivée à l'heure, tu la connaîtrais.

— Y en a pas un qui aurait pu me le dire ? J'ai pas regardé ma boîte depuis deux semaines, on se voit tous les jours ou presque, vous êtes obligés d'envoyer des mails ?

C'en est trop. Je craque.

Je me tourne vers Nicolas.

— Et puis toi là, on habite ensemble que je sache ! T'aurais pas pu m'en parler ou me réveiller ce matin ?

— Je ne voulais pas troubler ton repos, madame je rentre à pas d'heure !

— Ah donc pour m'espionner y a pas de problèmes mais venir me parler c'est trop dur !

— Je ne t'espionne pas ! Pas ma faute si tu rentres soûle à 4 heures du matin ! J'espère que celui-ci valait le coup…

— Ça suffit ! je crie.

Nicolas s'interrompt en pleine phrase. Les deux autres trouvent soudain le plafond passionnant.

Je m'avance vers Nicolas. Je le regarde droit dans les yeux. Je pourrais lui dire que ma vie sexuelle ne regarde que moi, que je rentre à l'heure que je veux, qu'on a déjà eu cette conversation et que j'ai dit que c'était fini. Mais quand j'affronte son regard, ses yeux que j'aime tant, les mots meurent sur mes lèvres. La colère disparaît, remplacée par une profonde tristesse.

J'aimerais tant pouvoir tout leur dire.

Je me sens si bien avec Raphaël parce qu'il connaît la vérité sur moi.

Mais Raphaël est différent. Il comprend, lui. Eux, ils ne comprendraient pas. Ils me prendraient pour une folle. Une dégénérée. Ils me craindraient même, peut-être.

Moi, je craindrais quelqu'un qui aurait le pouvoir de prendre possession de mon corps et de me faire faire tout ce qui lui passerait par la tête.

J'aurais beau leur répéter que jamais je ne leur infligerais ça, ils ne me croiraient sûrement pas. Et à la seconde où ils déconneraient, qu'ils ne se souviendraient plus de la veille parce qu'ils l'auraient trop arrosée, ils se retourneraient contre moi et m'attribueraient toutes leurs erreurs.

Non, définitivement, c'est impossible. Je ne peux rien leur dire.

Je dois trouver un autre moyen d'arranger la situation.

Je m'aperçois que je suis à deux doigts d'empoigner Nicolas par le col. Je laisse retomber mes mains et je m'écarte.

C'est le moment que Damien choisit pour s'arracher à la contemplation des taches du plafond. Il s'approche doucement de moi, me passe un bras autour des épaules et me glisse :

— Allez viens, on va faire un tour.

J'ai l'impression que les répétitions se déroulent de plus en plus souvent devant la porte du studio à fumer des cigarettes.

Je me sens mal pour le groupe. Ça commence à tourner pour nous. On a plusieurs démos, on enchaîne les dates, des gens nous reconnaissent parfois… On est encore loin de la gloire mais on a quand même bien progressé depuis nos débuts il y a trois ans.

Je m'adosse au mur à côté de la porte. J'allume une cigarette, j'observe les volutes de fumée. J'attends que Damien me fasse la morale.

— J'ai parlé avec Nicolas.

Encore.

Je me retiens à peine de lâcher un sarcasme.

— Il pousse le bouchon un peu trop loin.

J'en reste bouche bée. Lui qui jusqu'à présent défendait son pote contre vents et marées.

— Je sais que vous avez eu cette discussion que tu ne voulais pas avoir. Et qu'il a lourdement insisté. Il pense qu'il a eu raison mais je crois que vous êtes tous les deux en tort dans cette histoire.

Ouais bon, ç'aurait été trop demander qu'il comprenne que je n'y suis pour rien.

— Je vais essayer de lui faire entendre raison. En attendant, est-ce que tu pourrais limiter tes, euh… sorties ?

Ça va être compliqué avec Raphaël qui risque de m'appeler n'importe quand, mais je hoche la tête.

— Allez viens, faut qu'on finisse cette répét'. On a un concert à préparer.

Chapitre 11

Savoir que j'ai rendez-vous avec Raphaël me met du baume au cœur et rend cette journée moins naze. Je n'arrête pas de me répéter que la perspective d'aller dérober une dague magique dans une crypte avec un corps d'emprunt ne devrait pas me faire cet effet-là, mais passer du temps avec Raphaël, quels que soient ses sentiments à mon égard et les miens pour cette obsession ridicule, me semble un excellent moyen de me vider de ma frustration et d'arrêter de penser à Nicolas.

Raphaël m'a dit que nous devions agir vite car la disparition de Samuel ne tarderait pas à être remarquée, ce qui inciterait sans doute les vampires à renforcer leurs mesures de sécurité. C'est donc ce soir ou jamais.

Il n'a pas voulu m'expliquer le plan au téléphone, il m'a juste donné rendez-vous près d'un bar goth du centre-ville, *Le Caveau*, avec l'instruction de m'habiller « goth et sexy ». Comme si je n'étais pas comme ça tous les jours.

J'ai donc revêtu ma plus belle robe en skaï, mini – au point qu'on voit le début de mon tatouage –, moulante, très décolletée et des Doc Martens, j'ai – encore plus que d'habitude – forcé sur le maquillage et mon poids en bijoux divers – bracelets, bagues, boucles d'oreilles, colliers – me couvre le corps. L'uniforme de base en somme.

Quand j'arrive au point de rendez-vous, Raphaël est déjà sur place. Il me regarde approcher avec un regard appréciateur que je ne manque pas de remarquer, en espérant que ça signifie que ma robe a enfin réveillé ses instincts de mec.

Cette fois-ci il a enfilé des vêtements même sur le haut du corps. Dommage, j'aurais bien aimé le voir se balader torse nu dans les rues de Paris.

— Et maintenant ? je lui lance en arrivant.

— Maintenant, tu entres là-dedans, tu trouves un vampire avec un tatouage et tu le possèdes.

— Rien que ça ?

Il hoche la tête.

— Et toi tu fais quoi pendant ce temps ? Tu te cures les ongles avec ta grosse épée ?

Je ne sais pas pourquoi j'ai envie de le charrier sur le sujet de l'épée. À dire vrai, les mystères qu'il fait sur sa nature m'agacent un peu mais je refuse de l'admettre. Alors j'essaie de le pousser à dire quelque chose, mais il est plus doué que moi à ce petit jeu.

— Je ne peux pas entrer. Les hommes de Lazarus risquent de me repérer. Donc tu dois y aller seule.

Super. Moi qui croyais qu'avoir un partenaire rendrait toute cette histoire un peu moins risquée. Je vais devoir me jeter dans la gueule du loup. Seule.

— Il y a un petit souci dans ton plan infaillible, cela dit.

Il hausse un sourcil et m'observe, dubitatif. J'ai l'impression qu'il me déshabille du regard. Enfin non, ça impliquerait qu'il veuille me déshabiller. Là, c'est plus comme si ses yeux voyaient à travers mes vêtements et ma chair, jusqu'au plus profond de mon âme et qu'il l'observait avec indifférence.

Je trouve ça terriblement frustrant.

En temps normal, je n'ai pas de mal à charmer la plupart des types que je fréquente. Mais avec Raphaël, ça ne suffit pas. Peut-être parce qu'il sait ce que je suis. Ce qui me conforte dans l'idée que personne ne doit savoir. Jamais.

J'essaie de ne pas m'attarder là-dessus. On est ici parce qu'on a une mission à accomplir et ce n'est pas parce que je fais une fixation idiote sur mon ténébreux partenaire que je dois tout foutre en l'air.

— Je suis déjà venue plein de fois dans ce bar et c'est pas vraiment un nid, j'enchaîne. C'est plein de goths avec de fausses canines, mais je n'y ai croisé qu'un seul vampire et il n'avait aucun rapport avec Lazarus.

— C'est parce que tu ne savais pas où chercher. Les vampires un peu plus puissants que ceux que tu as déjà affrontés sont capables de dissimuler leur nature et de passer pour mortels aux yeux d'humains non exercés.

Ce qui expliquerait que je n'en avais jamais croisé avec le niveau de pouvoir de Samuel.

— Comment je les reconnais alors ?

— Maintenant que tu le sais, ça devrait suffire à percer leur glamour. Tu n'es pas tout à fait une humaine standard.

Aïe. Pas une humaine standard. Il ne fait que reprendre ce que j'ai dit l'autre soir dans la cave, pourtant dans sa bouche, ça me fait mal. Comme s'il retournait le couteau dans la plaie déjà suppurante de tous mes doutes.

Mais Raphaël n'a pas l'air d'avoir dit ça pour me blesser alors j'essaie de ne pas m'en formaliser. Je range simplement l'information dans un coin de ma tête, je sais que quelque part dans la soirée, ça finira par rejaillir et je passerai un mauvais moment. Mais pas maintenant. Maintenant, je dois me concentrer.

— Bon, ok, attends-moi dans la ruelle près de la porte. Il faudra que tu récupères mon corps. Je peux pas le laisser là-dedans.

Raphaël hoche la tête d'un air grave.

Je passe la porte d'un pas décidé. Que le spectacle commence !

Et niveau spectacle, je ne suis pas déçue. Une fois franchis l'entrée et l'escalier qui mène vers le bar, j'arrive à la première salle qui abrite une grande piste de danse peuplée de metalleux et de gothiques divers aux taux d'alcoolémie variés, en train de danser et de se peloter. Je les ignore et m'avance vers les petites alcôves plus intimistes au fond du sous-sol. L'odeur de l'humidité des vieilles pierres, mêlée à celles de la sueur et du sexe est étouffante. C'est toujours l'orgie là-dedans. Mais je ne sais pas pourquoi, ce soir, ça me touche plus que d'habitude. Il faut dire aussi que je ne fréquente plus les lieux depuis une mésaventure avec un habitué.

Si j'avais su que c'était le nid à vampires de la ville j'aurais peut-être… en fait non, j'aurais passé mon chemin aussi. Éliminer de temps en temps les suceurs de sang qui croisent ma route, je peux le faire, sauter à pieds joints dans un nid pour me frotter à leur Maître, c'est une autre affaire.

Je mets en sourdine la petite voix qui me dit que c'est pourtant exactement ce que je suis en train de faire. Le fait que Raphaël m'attend dehors rend la chose un peu plus facile.

Comment ça se fait qu'en si peu de temps il soit devenu aussi essentiel dans ma vie ?

Ok, sourdine aussi.

Mon regard passe sur les couples qui s'envoient en l'air dans les alcôves. J'ai l'impression d'être une voyeuse et autant cette idée est perturbante parce que ça n'a jamais été mon trip, autant ça m'excite de m'imaginer à leur place avec Raphaël.

Sourdine, sourdine, sourdine !

Je dois me focaliser sur ma mission. Il me faut un vampire. Un vampire avec un tatouage. Dans la pénombre qui règne ici, ça ne va pas être évident de trouver. D'autant que Raphaël avait l'air de dire que ces types ne sont pas du genre à porter leurs marques bien en vue.

Je suis à deux doigts de renoncer quand le chatouillis spécifique d'une aura bien trop puissante pour être humaine me donne la chair de poule. Le type dont elle provient est à quelques mètres de moi et il me reluque clairement.

Tant mieux.

Je m'approche lascivement et quand je me trouve à quelques centimètres à peine, je me mets sur la pointe des pieds pour atteindre son oreille. La musique résonne tellement fort entre ces murs qu'il est impossible d'avoir une conversation normale.

— Salut, je murmure de ma voix la plus suave en lui léchant presque le lobe. T'es tout seul ?

— Plus pour longtemps ma jolie, il me répond avec un grand sourire.

Fantastique. Reste plus qu'à espérer qu'il a un tatouage.

Je l'entraîne dans une alcôve libre et je m'installe sur ses genoux. L'avantage de l'endroit c'est que je peux le draguer comme la pire des salopes sans que ça semble outrancier ou louche.

J'entremêle mes doigts aux siens et je joue avec son bras. J'ai tout de suite repéré qu'il a un tatouage sur l'intérieur du poignet. Espérons que c'est le bon.

Je tourne son poignet vers moi et observe la marque attentivement.

Un serpent qui se mord la queue. Ce n'est pas ça. D'après ce que j'ai vu dans les souvenirs de Samuel, je cherche une sorte de rune.

J'espère que les vampires de Lazarus ne sont pas du genre à se faire tatouer ça sur le cul.

— C'est l'Ouroboros ? je lui demande en minaudant au maximum.

— Ouais ma jolie, il te plaît ?

— J'adore.

Je lui montre mon bras couvert de lierre.

— Et toi, tu aimes le mien ?

Il me lèche le bras sur toute la longueur du tatouage avant de murmurer :

— Exquis.

Je ris un peu avant d'enchaîner :

— J'en ai d'autres tu sais…

Il me détaille d'un air appréciateur. Il faut que j'arrive à lui faire me montrer ses tatouages avant qu'il se mette en tête de lécher mes ronces comme il a léché le lierre.

— Et toi, tu en as d'autres ?

Il sourit et écarte le col de son tee-shirt pour me montrer sa clavicule ornée d'une très belle rune. Bingo !

— Trop cool ! Il veut dire quoi celui-là ?

— Ça c'est un secret, ma jolie. Mais si tu veux, tu peux le goûter ! Et je goûterai les tiens…

Beurk, hors de question. Rien que d'y penser j'ai l'estomac qui se retourne.

Comme tous les vampires, il est séduisant, plein de charme et il respire le sexe à plein nez. Si je ne connaissais pas sa vraie nature, je pourrais m'envoyer en l'air juste là dans cette alcôve avec lui.

Un frisson me parcourt à l'idée que j'ai fait exactement ça il y a quelques années quand je fréquentais encore cet endroit et que le type était peut-être un de ces vampires trop puissants pour que je les détecte.

Pourtant mon dégoût à l'idée de coucher – ou d'avoir couché – avec l'ennemi ne fait pas le poids comparé à l'excitation que je ressens près de tous ces couples qui se tripotent et gémissent autour de moi. Cette atmosphère va me rendre folle.

C'est un vampire, un monstre, le simple fait d'être assise sur ses genoux me donne envie de vomir et c'est quelqu'un d'autre qui éveille mon désir en ce moment.

Je grimace involontairement à la suggestion du vampire.

— Qu'est-ce qu'il y a ? Ça ne te plaît pas comme idée ?

Zut, il a remarqué.

— Non, euh… c'est juste que… (*vite, vite, une idée !*) je manque un peu d'air ici. Ma robe est très serrée, je dis en lui montrant mes seins au passage.

— Tu peux l'enlever…

Merde… une autre idée…

— Je préférerais prendre un peu l'air. Et je fumerais bien une cigarette…

Je n'aurais jamais cru dire ça un jour, mais l'interdiction de fumer dans les lieux publics est une bénédiction en cet instant.

Je me relève en lui prenant la main.

— Tu veux bien m'accompagner ? je demande avec un clin d'œil.

Le vampire se lève et me suit à travers la foule dansante. J'y suis presque. J'ai peine à y croire. Le bar. L'escalier. La porte. Et on est dehors.

Il m'attire contre lui et m'embrasse à pleine bouche en me soulevant de terre. Je suis plutôt grande et je porte des talons mais il me dépasse malgré tout d'une bonne tête. Tout comme Raphaël.

Quand il me repose, je pousse un petit gémissement de circonstance avant de l'entraîner vers la ruelle où m'attend mon « guerrier ».

— Viens, je voudrais trouver un endroit plus tranquille, je murmure en chargeant ma phrase d'autant de sous-entendus que possible.

Il me suit sans faire d'histoires. Qu'est-ce qu'un vampire pourrait craindre d'une fille comme moi ?

Je le plaque contre le mur d'une main, et je pose l'autre sur son bras. Peau contre peau.

Tada !

Le transfert est encore en train de s'opérer lorsque Raphaël sort de l'ombre et rattrape mon corps évanoui avant que celui-ci touche le sol.

Quel sens du timing.

Avec les sens améliorés du vampire, je sens l'odeur de mon sang coulant dans mes veines. Sous cette fragrance sucrée, appétissante, je décèle le parfum encore plus enivrant du désir.

Je regarde mon corps, évanoui, dans les bras de Raphaël et je me surprends à songer que j'aimerais être dans mon enveloppe en cet instant, pour sentir ses mains posées sur mon corps.

— *Petite traînée, dès que je serai libéré, tu vas souffrir et ton amant là n'y pourra rien. Je vais vous faire très mal à tous les deux.*

J'ai un léger mouvement de recul en entendant cette pensée résonner à l'intérieur de mon esprit. C'est la première fois que je possède quelqu'un qui comprend ce qui se passe et garde suffisamment le contrôle pour pouvoir s'adresser à moi pendant la possession ! Je suis abasourdie.

Raphaël me regarde bizarrement.

— Sascha, tout va bien ?

Je me ressaisis en quelques secondes.

— Euh, je crois, oui. Le vampire est puissant. Plus que Samuel. Il ne faudra pas attendre pour le tuer.

— Compris.

À ces mots, le vampire, Igor, se met à s'agiter et à se débattre pour se libérer de ma présence. Au souvenir de la manière dont Samuel est parvenu à m'éjecter, je tressaille.

Je ne dois pas permettre que ça arrive de nouveau ce soir, Premièrement c'est très désagréable et deuxièmement, je ne suis pas sûre de notre capacité à contenir Igor si cela devait arriver.

Je fais un effort supplémentaire de concentration pour mieux asservir le corps du vampire puis je hoche la tête à l'intention de Raphaël : c'est parti !

— Attends, tu déconnes là, je lance sans même m'en rendre compte quand on arrive à la voiture de Raphaël.

— Quoi ? il me demande en chargeant mon corps sur la banquette arrière.

— C'est une Smart ! Tu conduis une Smart !

Je pars d'un bref éclat de rire vite calmé par le regard que me jette Raphaël et le ricanement d'Igor qui résonne dans mon crâne.

— Et alors ?

— Rien, c'est juste que tu n'as pas vraiment le profil à conduire une Smart, je réponds en m'installant sur le siège passager.

— C'est pratique à garer en ville. Il faut un profil spécial pour conduire une Smart ?

Je secoue la tête.

Je ne suis vraiment pas du genre à m'intéresser aux voitures et à juger les gens d'après celle qu'ils possèdent.

Je n'ai pas vraiment mon permis. Enfin, j'ai le papier, mais c'est parce que, lassée au troisième passage de la conduite, j'ai pris possession du corps de l'examinateur pour me l'attribuer. Ce n'était pas vraiment très malin étant donné que depuis, je n'ose pas toucher un volant. Du coup, je n'ai pas non plus de voiture. Ce qui ne me met pas en position de juger.

Simplement, j'imaginais qu'un type comme Raphaël aurait un truc clinquant et puissant. « Salut, je suis un dangereux guerrier dans un grand manteau noir avec une épée géante et je conduis une Smart. » Non, définitivement, ça ne le fait pas.

Le temps que je me remette de ce choc, on est déjà arrivés au Père-Lachaise.

Comme je le disais, les vampires ont tendance à être des poseurs. Ce qui explique que s'ils doivent planquer un truc, ils le mettent dans une crypte du plus célèbre cimetière de Paris. En ce qui me concerne, j'aurais caché la seule chose en mesure de me tuer dans un coffre à la banque ou je l'aurais coulée dans une dalle de béton au fond de l'océan.

Pour le coup, je suis reconnaissante aux vampires d'aimer le théâtral, sinon cette mission aurait été bien plus compliquée.

Raphaël trouve une place pour se garer dans une ruelle non loin du cimetière. On sort de la Smart. Raphaël jette une couverture par-dessus mon corps évanoui sur la banquette arrière, verrouille la voiture et tire un plan du cimetière de son manteau. Au moins, on ne peut pas lui reprocher de ne pas être prévoyant.

Tout ça n'est pas très héroïque mais au diable les apparences tant que ça marche.

Après un rapide repérage, on escalade le mur du cimetière. Heureusement que je suis dans le corps du vampire, sinon cette petite acrobatie aurait été un peu plus compliquée. Je suis loin d'avoir deux bras gauches, mais grimper aux murs n'est pas une activité que je pratique quotidiennement.

On se faufile à travers les allées en essayant de ne pas attirer l'attention du groupe de gothiques en cercle autour d'une tombe avec des bougies ou du couple en train de s'envoyer en l'air sur la tombe de Jim Morrison, et on parvient enfin à la crypte qui nous intéresse.

Un petit mausolée qui ne paie pas de mine, isolé dans un coin du cimetière. C'est sûr que personne ne doit y prêter attention.

— Je t'attends ici, me chuchote Raphaël.

Je fracture la porte de la crypte et entre. Un léger picotement au niveau de la rune tatouée sur la peau d'Igor me signale que j'ai probablement passé la protection magique sans encombre.

— *Petite idiote*, murmure le vampire dans ma tête.

— La ferme, Igor.

La voix masculine du vampire se réverbère sur les murs de pierre dans le mausolée vide.

La porte se referme avec un grincement et un déclic sinistres. Je grimace intérieurement : me voilà coincée et séparée de mon unique allié, avec un vampire plus qu'hostile, dans un mausolée. Ça pourrait être pire. Je pourrais avoir mes règles.

Non, ma tentative d'humour pour me détendre et me calmer ne fonctionne pas. Tant pis. Entrer, prendre la dague, sortir, ça devrait être dans mes cordes même si je ne suis pas rassurée.

Je me retourne vers l'intérieur de la crypte et balaie les murs nus du regard. Mmmh, il semblerait qu'il manque quelque chose. Je ne repère aucune cachette où une dague pourrait être dissimulée. Pas de tombeau, pas de coffre, pas d'urne, pas d'alcôve dans le mur.

Les souvenirs de Samuel m'ont révélé que la dague se trouvait dans cette crypte. Mais lui-même ne portant pas de tatouage, il n'était jamais entré et je n'ai donc pas pu obtenir d'informations plus précises pour localiser l'arme.

Impossible d'appeler Raphaël à la rescousse. Je suis seule. Encore.

Igor part d'un rire méprisant en s'apercevant de ma déconfiture.

— Rira bien qui rira le dernier, je murmure avant de me plonger dans les souvenirs du vampire.

Préparée à ce qu'il m'offre une légère résistance, je force violemment l'accès et passé le déferlement initial d'informations et de souvenirs divers qui défilent devant mes yeux, je parviens à l'élément que je cherche.

C'est comme ces coupures de journaux qui défilent à grande vitesse jusqu'à ce qu'on parvienne à celle qu'on veut, mais en version film.

J'ai l'image, j'ai le son, j'ai les odeurs.

Je suis dans la crypte. Un parfum de vieille pierre se mêle à l'odeur riche de mon Maître. Il est avec moi. Il me parle. Mais la connexion est un peu brouillée parce que je ne comprends qu'un mot sur deux. La dague est dans sa main. Il s'avance vers moi, ver de terre insignifiant. Marrant, il a dressé tous ses vampires pour qu'ils se considèrent ainsi. Il doit avoir un problème d'ego, ce type. Il me plante la dague dans l'épaule. La douleur me scie les jambes. C'est comme une nouvelle mort. *Pourquoi, Maître ? Je croyais vous avoir bien servi.*

Je tombe à genoux. Lazarus m'observe avec un sourire froid. Puis l'agonie se dissipe comme un voile qui se lève. La douleur n'est plus qu'un mauvais souvenir quand la dague quitte mon épaule. Il n'y reste qu'un petit symbole d'où perle une goutte de sang. Lazarus se penche sur moi et y pose sa bouche divine. C'est l'extase. Sa langue sur ma blessure me fait éjaculer dans mon pantalon.

Il m'attrape l'avant-bras et me remet sur mes pieds.

Maître, je t'appartiens pour l'éternité. Je ne te trahirai jamais. Je suis à toi, corps et âme.

Puis Lazarus se retourne et range la dague à sa place.

Je reviens au présent. Je suis toujours dans la crypte et je sais où est planquée la dague. La satisfaction court dans mes veines, mêlée à une étrange sensation postorgasmique apportée par le souvenir d'Igor. Marrant, je le croyais plus branché filles.

Lorsque Igor comprend que j'ai exploré ce souvenir, ses ricanements sont remplacés par de violentes insultes. Dans le flot incohérent d'injures, je comprends qu'il n'est pas homo mais que l'amour de Lazarus transcende toute notion de sexualité ou un truc du genre. Et surtout, je comprends qu'outre le fait que ce souvenir m'a permis de découvrir l'emplacement de la dague, Igor se sent… violé ?

J'en ressens une satisfaction perverse.

Ça t'apprendra à massacrer des nonnes, connard !

Quelque part dans les images qui ont défilé au début, j'ai vu les flammes sur le mur d'enceinte. Il y était, lui aussi. J'envisage une demi-seconde d'explorer sa mémoire pour en apprendre plus, puis je décide qu'il vaut mieux attendre d'être ressortie du mausolée pour jouer à ça. C'est grâce à ma visite prolongée de ses souvenirs que Samuel a pu m'expulser de son corps comme il l'a fait.

Je me concentre sur ma recherche de la dague. En tâtonnant sur le mur, j'arrive à trouver le petit renfoncement que j'ai repéré dans les pensées d'Igor. Je crois qu'en fait, sans le vouloir, il m'a facilité la tâche. Il était tellement fier que je sois bloquée qu'il a pensé à ce moment de sa vie en riant, rendant plus aisé l'accès à ce souvenir en particulier.

J'appuie sur le petit bouton dissimulé dans le creux du mur et une petite portion de pierre glisse, révélant l'arme. Quand je dis que les vampires aiment le théâtral.

Lorsque je touche la dague, je ressens de nouveau un picotement au niveau de la rune tatouée d'Igor mais aussi une sensation plus généralisée. Comme un frémissement qui agite mon esprit avant de disparaître aussi vite qu'il est venu.

Je mets ça sur le compte du sort de protection de la dague et ressors de la crypte.

Igor ne rit plus du tout. Ses insultes et ses menaces m'assourdissent. Je n'y prête pas attention et tends la dague à Raphaël.

Il la prend, ferme les yeux en serrant l'objet dans sa main.

Puis il les rouvre, hoche la tête et plante violemment la dague dans le cœur d'Igor.

Je vois le coup venir au ralenti et me détache du corps quelques secondes avant que la lame transperce sa cible.

Je me réveille d'un bond dans la voiture de Raphaël. Ce n'est pas passé loin cette fois.

Quand je prends possession d'un corps, j'ai accès à toutes ses fonctions vitales, y compris toutes ses sensations. Plaisir, douleur, tout se répercute sur mon esprit comme si je le vivais véritablement.

Après avoir eu la lumineuse idée de suicider mon premier vampire, j'ai passé deux jours en position fœtale à trembler.

Bref, tuer mon hôte alors que je m'y trouve encore est une très mauvaise idée. Je vais devoir l'expliquer à Raphaël avant qu'il recommence ce genre de mauvais tour. Je pourrais ne pas toujours avoir d'aussi bons réflexes que ce soir.

Je sors de la voiture et je m'y adosse en m'allumant une cigarette pour me calmer les nerfs en attendant que Raphaël revienne.

Je le vois sauter le mur quelques minutes plus tard et revenir vers moi au pas de course.

— Qu'est-ce qu'il y a ? il demande.

— Il y a que tu as failli le tuer pendant que j'étais encore à l'intérieur !

Son air étonné m'indique qu'il ne voit pas de quoi je parle.

— Si tu tues mon hôte pendant que je suis encore dedans, j'ai l'impression de mourir et c'est très désagréable, je martèle.

Son expression change au fur et à mesure de mon explication et à la fin, il a l'air vraiment contrit.

Comme je le disais je ne suis pas quelqu'un de très rancunier. Je crois que c'est un défaut.

Ça ne rate pas avec Raphaël : en voyant l'expression de son visage, je décide aussitôt de passer l'éponge et je change de sujet.

— C'était quoi ton petit tour de passe-passe avec la dague avant que tu plantes Igor ? C'est la même chose que tu as fait avec ma croix, n'est-ce pas ?

À son silence prolongé je vois que de toute évidence il a l'intention d'éluder ma question une fois de plus.

Je l'arrête d'une main sur le bras alors qu'il s'apprête à ouvrir la portière de la voiture.

— Si on doit s'attaquer au Maître des vampires ensemble, j'ai besoin d'en savoir un peu plus sur toi !

Il se retourne, l'air contrarié. J'ai l'impression qu'il se livre à un débat intérieur. Je n'ai pas l'intention de lâcher l'affaire ce coup-ci alors je m'efforce de durcir mon expression autant que possible pour faire passer l'info : crache le morceau ou va te faire voir.

Je ne sais pas trop de quoi je pourrais le menacer en réalité, mais peu importe tant qu'il peut lire dans mes yeux que je suis déterminée à insister lourdement s'il le faut.

— Psychométrie, il finit par balancer comme si c'était évident.

Je hausse un sourcil.

— Quand je touche un objet, je peux déterminer son histoire, ses origines et parfois quelques infos sur son propriétaire actuel.

Je me croyais bizarre mais Raphaël se pose là aussi question pouvoir. Sa révélation soulève un tas d'autres questions que je décide de garder pour plus tard. Je doute d'arriver à lui tirer plus d'informations ce soir.

— Cool ! C'était pas si difficile que ça, tu vois ? je lui dis pour le taquiner.

Il me sourit. Je suis charmée.

Je m'avance pour remonter dans la voiture mais soudain j'ai la tête qui tourne et je perds l'équilibre.

Raphaël me rattrape avant que je touche le sol. Une habitude ce soir.

Je me repose sur ses bras puissants et il me soulève pour me porter jusqu'à la voiture. Il me regarde dans les yeux. Je manque de me noyer dans l'intensité de l'argent liquide qui y coule.

— Ça va ?

— Oui, je… je crois que garder Igor sous contrôle m'a demandé trop d'efforts pour ce soir.

Raphaël me repose près de la portière passager. Ses yeux restent rivés sur les miens. Je suis tellement hypnotisée par son regard que je remarque à peine que je m'agrippe à son bras.

Il penche la tête vers moi, je me mets sur la pointe des pieds.

Nos lèvres se rencontrent. Sa bouche est douce sur la mienne. Exactement comme je l'avais imaginée. Sa saveur est légère, enivrante. J'ai l'impression d'avoir un avant-goût du paradis.

Il passe les bras autour de ma taille, me serre contre son torse ferme. Son baiser s'approfondit, se fait plus exigeant. Il passe la langue sur mes lèvres. Je les entrouvre et pars à sa rencontre.

Le monde disparaît autour de nous dans un tourbillon de couleurs. J'ai l'impression de ne jamais avoir été embrassée auparavant.

La vibration de mon téléphone contre ma hanche nous tire tous les deux de cet état de grâce. Raphaël recule.

J'aimerais dire qu'il recule maladroitement mais tout ce qu'il fait, il le fait avec une grâce improbable pour un type de sa carrure. Avec Raphaël, il n'y a jamais un geste en trop, une parole superflue. Tout est mesuré, et minuté à la perfection. Comme quand il a rattrapé mon corps dans la ruelle.

J'aimerais au moins pouvoir penser que ce baiser volé l'a perturbé autant que moi, mais il semble être déjà passé à autre chose.

Moi en revanche, je titube comme si j'étais soûle et je me mords les lèvres tout en cherchant mon téléphone.

Je décroche.

— Bordel, qu'est-ce que tu fous Sascha ? (C'est Damien.) On monte sur scène dans dix minutes !

Oh merde !

Le concert !

Chapitre 12

J'arrive vingt minutes plus tard au *Cactus*, essoufflée et épuisée. Ma tête vibre et me lance comme jamais. Le bon côté c'est que tant que j'ai la migraine, je n'ai pas envie de sauter sur tout ce qui bouge… ou presque. Le mauvais c'est que faire de la scène… Rectification : faire quoi que ce soit avec la migraine est un enfer.

Ça ne va pas être drôle d'enchaîner un set dans mon état mais je n'ai pas le choix. Je sais que les garçons vont être furieux et cette fois, ils ont de quoi. Arriver en retard et nauséeuse à un concert, c'est vraiment le pire que je pouvais faire.

Nicolas va encore s'imaginer que je suis allée me soûler et m'envoyer des inconnus. Ça ne devrait pas me toucher pourtant je ne parviens pas à me dire que ce n'est pas le plus important.

Le plus important, c'est que les garçons m'ont confié l'argent des préventes, qu'il est resté tout ce temps dans mon sac et que connaissant le gérant, ce dernier doit déjà être en train de planifier d'annuler le concert, pensant qu'on n'a pas apporté le fric. Avec toutes les tensions de ces derniers jours, c'est la goutte d'eau qui risque de faire déborder le vase.

On a déjà fait pas mal de passages ici et c'est une des salles les plus chouettes pour les groupes amateurs, ce serait con qu'on y devienne indésirables.

En entrant dans le bar, je prie pour que le set n'ait pas déjà été annulé. Si c'est le cas, je suis sûre de me faire lyncher.

La lumière vive et les murs verts – ça ne s'appelle pas le *Cactus* pour rien – m'agressent les yeux. Les lutins en pleins travaux dans mon cerveau prennent ça pour un signal et s'y mettent au marteau-piqueur. Je serre les dents en priant – j'en suis là ! – pour ne pas vomir sur le premier rang en plein set.

J'ai avalé des cachets sur le chemin – quand on a autant de migraines que moi, on ne sort jamais sans – mais il n'empêche qu'ils ne feront pas effet avant un moment et, qu'en général, j'ai quand même besoin de m'allonger et de fermer les yeux pour que ça passe.

J'ai envie de crier et de me frapper la tête contre les murs fluo. Comment j'ai pu oublier le concert ?

La douleur et la culpabilité s'entremêlent au point que je ne peux plus les distinguer. J'ai envie de m'allonger et de mourir. Je secoue la tête. Aïe, mauvaise idée. Si je fais ça, les garçons vont me tuer.

J'élimine dans l'œuf la réponse : *tu as oublié le concert parce que Raphaël et ta vengeance ont pris le pas sur le reste de ta vie.* Je ne veux pas penser ça. C'est hors de question.

Les dents toujours serrées, les poings contractés, je fends la foule – et en plus il y a foule ce soir ! – pour me rendre au fond de la salle, vers la prétendue scène et là où devraient se trouver les autres.

Habituellement quand on fait un concert, il y a deux pelés trois tondus, quelques potes, pas de quoi fouetter un chat. Je ne sais pas comment on a réussi l'exploit d'ameuter autant de monde et ce serait génial si je n'avais pas merdé… Bon sang, ils vont vraiment être furieux.

Au niveau de la scène, Damien est en train de se friter avec le gérant du bar. Au moins, ils ne se sont pas encore fait virer.

J'ajuste ma robe pour exposer un maximum de décolleté, je la relève un peu pour dévoiler aussi un maximum de cuisses et j'affiche mon plus joli sourire en m'avançant vers Damien et le gérant. Le ton est en train de monter sérieusement, il faut que j'arrive à désamorcer la situation rapidement si je veux pouvoir espérer arranger le coup.

— Hé, salut, Erwan ! Comment tu vas ? je lance au gérant en lui faisant la bise.

Dans le même mouvement j'écarte Damien pour qu'il aille se calmer les nerfs ailleurs.

— Sérieusement poupée, tu as déconné ce soir.

— Je sais, je suis désolée, j'ai eu de gros ennuis…

Je minaude violemment, tout y passe : le battement de cils, le mouvement discret pour mettre en valeur mes seins, l'effleurement de bras… N'importe quoi pour qu'il nous laisse jouer.

En principe Erwan est un type sympa, plus sympa que l'abruti qui gère le *Paravent* par exemple. Mais ça reste un commerçant et il croit de toute évidence qu'on a essayé de l'entuber avec les préventes.

Cependant, je m'aperçois que son regard a dévié de mes yeux à mon décolleté à la seconde où j'ai dit « ennuis ». Ça devrait faire l'affaire. J'enchaîne.

Je sors l'argent de mon sac et le lui tends avec un grand sourire.

— Y a vraiment pas mal de monde ce soir, on a vendu une centaine d'entrées. Tu crois que tu peux me pardonner le retard et nous laisser jouer maintenant ?

Il hoche la tête en empochant le fric.

— Ouais, ouais. Va chercher tes potes.

Je me retourne immédiatement pour aller récupérer les garçons. Ils doivent être dehors en train de faire tourner un joint.

— Mais que ça se reproduise plus, poupée ! me lance Erwan avec une main au cul et un rire gras.

— Ouais t'inquiète, je lui dis avec un clin d'œil.

Je déteste qu'on me mette la main au cul. Je n'aime pas non plus qu'on m'appelle « poupée ». Mais peu importe. J'ai réussi ma mission.

Le retour à l'air libre fait du bien à ma tête : ce léger vent frais et les douces lumières jaunâtres des lampadaires publics sont comme un baume magique après l'assaut de sensations visuelles et sonores du bar. Bon sang, je ne vais jamais y arriver.

Je retrouve les autres exactement comme je m'y attendais, en train de se passer le joint assis dans la ruelle sur laquelle donne la porte de secours. Damien semble un peu calmé, Julien complètement défoncé et Nicolas aussi. Quand je les rejoins, Damien se lève d'un bond.

— Sascha, c'est quoi le plan que tu nous as fait là ?

— Je suis désolée. On peut en parler après le concert, histoire de pas les faire attendre plus ?

Je préférerais rester dehors mais je n'ai pas le choix. Je dois assurer.

Nicolas éteint le joint et ils retournent tous les trois à l'intérieur. Je prends plusieurs longues inspirations d'air frais qui parviennent à calmer le gros des marteaux-piqueurs et j'enfile mes lunettes de soleil pour me protéger de la luminosité insupportable que je vais devoir affronter sur scène.

J'entre avec un grognement mais ça va un peu mieux.

Les garçons sont en place, les balances faites. Ils ont largement eu le temps de s'en occuper.

Je monte sur scène, prends le micro et on démarre le premier titre du set : *Feel How Low*. Un morceau d'attaque qui permet de capturer l'attention du public sans trop en exiger d'eux pour leur laisser le temps de se chauffer.

Nicolas est complètement à côté sur les plans de guitare et Julien passe son temps à essayer de rattraper ses pains mais il nous met encore plus dedans.

Damien et moi on tente de compenser mais c'est loin d'être évident. D'autant que niveau puissance vocale je suis largement en-dessous de ce que je peux faire habituellement.

On croirait une redite de notre dernière partie de *Guitar Hero*. Sauf que ce soir, ce n'est pas un jeu et que si la lumière s'éteint sur scène, il n'y aura pas de nouvelle partie.

On finit le morceau tant bien que mal. La foule applaudit mais j'en entends bien quelques-uns nous huer. Pas grave, on va se rattraper sur la prochaine.

— Salut le *Cactus* ! je lance. Vous êtes chauds ce soir ?

Un « ouais » massif me répond. Bon, ça ne devrait pas trop mal se passer.

— On vous entend pas trop là, est-ce que vous êtes chauds ? je crie.

Le public me hurle son enthousiasme.

— Le prochain morceau s'appelle *Goth the Riot*.

Un morceau qui commence par un plan de batterie par-dessus lequel le public et moi devons faire « ohohoh » avant que la guitare et le pogo commencent. Simple mais efficace.

Le début se passe bien mais quand Nicolas se met à jouer c'est la débandade. Il sort les notes deux fois plus lentement que ce qu'il devrait, le public s'endort presque.

On passe vingt minutes de plus à lutter sur scène. Chaque morceau est presque pire que le précédent.

Je dirais bien que j'ignore ce qui leur prend mais je le sais : ils ont fumé des joints tout l'après-midi parce que je n'étais pas là et ils sont tellement défoncés qu'ils n'arrivent plus à enchaîner deux notes convenablement.

Quand on termine enfin le set, je remercie timidement le public. J'ai tellement honte de notre performance que je ne donne même pas le nom du groupe.

On remballe notre matériel en silence. J'attends avec impatience le moment où Damien va faire la morale aux deux autres. En soi, c'est ridicule parce que c'est lui qui rapporte la beuh chaque fois, mais il est le monsieur La Morale du groupe et aussi le coach de foot qui refait le match pendant trois jours quand on perd...

Une fois le matériel rangé et chargé dans la voiture de Damien, je m'allume une cigarette et j'attends que le spectacle commence.

Damien se plante en face de moi, les mains jointes au niveau du bout des doigts comme il le fait toujours quand il veut dire un truc désagréable.

Donc il va commencer par me passer un savon pour mon retard. Super. Comme si ça avait été le plus gros problème de la soirée. Ma migraine a fini par passer quelque part entre le quatrième et le cinquième morceau, ce qui m'a permis de donner un peu plus sur scène. J'ai gardé les lunettes noires mais je doute que ça ait gêné le public plus que ça.

— Écoute, Sascha...

Je lève les yeux vers lui en recrachant ma fumée.

Je lui dirais bien que je suis désolée, mais je sais que ça ne servirait à rien. Il va quand même me balancer son speech alors autant le laisser continuer.

— On ne peut pas continuer comme ça.

Julien et Nicolas nous rejoignent et se placent près de Damien. J'ai l'impression d'être au tribunal.

— Je pense… nous pensons… (il se reprend en jetant un regard aux deux autres) qu'il vaudrait mieux pour tout le monde que tu quittes le groupe.

J'en reste bouche bée.

— Quoi ? je m'écrie au bout d'un moment. Tu te fous de moi là ?

Damien reste silencieux. Il est fatigant à être aussi prévisible. Il fait toujours ça : balancer un pavé dans la mare et ensuite attendre sans rien dire que la tempête qu'il a provoquée passe.

— Vous me virez du groupe ? Pour dix minutes de retard ? (La bonne foi ce n'est pas vraiment mon truc.) Alors que les deux, là, étaient tellement défoncés qu'ils ont passé tout le concert à se courir après ? Et à eux tu leur dis rien ?

— Sascha…, dit doucement Nicolas. C'est ta faute si on n'a pas assuré.

Alors là, c'est la meilleure. Je suis championne en mauvaise foi mais j'ai eu de qui apprendre, de toute évidence.

— Ma faute ? Ma faute si on a pas assuré ? Vous avez fumé combien de joints ?

— Il n'y a pas que le retard…, poursuit Damien comme si je n'avais pas parlé. Tu n'avais aucune énergie sur scène. Et c'est quoi ce plan avec tes lunettes de soleil ?

Je leur dirais bien d'aller se faire voir mais je m'aperçois qu'en ce moment c'est ma réponse à tout et que ça n'a rien arrangé les fois précédentes. J'inspire longuement. Le silence est à couper au couteau. L'air vibre de notre mauvaise humeur à tous.

Je jette un coup d'œil à la ruelle et aperçois au bout quelques clients du bar qui nous observent comme des animaux au zoo. Ils vont peut-être en avoir pour leur argent finalement.

Je décide malgré tout de baisser d'un ton et d'essayer d'être raisonnable.

— J'avais la migraine. C'est quoi votre excuse ?

— La migraine ? La migraine ! s'exclame Nicolas. Tu veux dire la gueule de bois !

Au temps pour ma tentative d'apaisement.

J'en ai marre. Ras le bol et plein le cul. Ou l'inverse. Peu importe. La coupe est pleine. Si je trouve encore un synonyme à cette expression à la con c'est dans la tronche qu'ils vont se la prendre, la coupe. Et le bol aussi tant qu'on y est.

Je fulmine. Si j'étais un personnage de bande dessinée, on verrait la fumée me sortir par les oreilles.

Je ne vis pas dans une B.D. En revanche, je suis sûre que mes yeux ont viré au rouge comme ils le font parfois. Ce n'est pas toujours lié à mon humeur ni à de la colère mais c'est souvent le cas.

Heureusement que j'ai gardé mes lunettes de soleil.

— Merde, je marmonne.

— Ah bravo, Sascha, très mature, vraiment, s'esclaffe Damien comme s'il avait le dessus dans cette conversation.

J'ai aussi les larmes aux yeux. Comme toujours quand je m'énerve. Et tandis que mes trois meilleurs amis se regardent en s'auto-congratulant de m'avoir prise la main dans la boîte à bonbons, je décide qu'il est temps d'arrêter toutes ces conneries.

J'enlève mes lunettes et je me redresse. Je suis grande, j'ai des talons, je peux regarder Nicolas et Julien de haut et Damien droit dans les yeux. Pas que ce soit important mais ça me donne l'assurance de faire ce que je m'apprête à faire.

En voyant mes yeux – bon sang, ils doivent être fluo comme les murs du *Cactus* si j'en crois leurs expressions – les garçons s'immobilisent.

Je prends mon temps pour les toiser l'un après l'autre. Je ne sais pas d'où ça me vient mais quand je parle enfin, mon ton est d'un calme olympien.

— Ça suffit. J'en ai assez de votre attitude à tous les trois. Nicolas, on a rompu… on n'a jamais été ensemble. Tu n'es pas mon père, tu n'es pas mon mec, tu es mon coloc forcé. Tu n'as pas à t'immiscer dans ma vie. Si tu veux croire que je me soûle toutes les nuits, grand bien te fasse mais garde ton avis pour toi. Quand je dis que j'ai la migraine, j'ai la migraine.

Il encaisse le choc en silence. Il est quelque part entre la déconfiture, la colère et la tristesse. Je détourne immédiatement le regard de ses yeux parce que je sais que sinon, je vais perdre de ma résolution. Je prends une autre profonde inspiration.

— Damien, si tu veux que les concerts se passent mieux, arrête de rapporter la production annuelle de la Jamaïque en beuh chaque fois qu'on se retrouve ! Ça te fera du bien et les deux autres arrêteront de jouer comme des manches. Je ne suis pas votre punching-ball. Si vous n'êtes pas contents, et il y a de quoi après cette performance minable, trouvez-vous un autre défouloir.

Je ne suis pas peu fière. Pour une fois, j'ai vidé mon sac au lieu de reculer sous leurs attaques. Je m'allume une cigarette dans le silence de mort qui suit ma tirade en attendant des excuses.

Les secondes s'étirent, deviennent des minutes.

Julien, qui n'a rien eu à encaisser, s'écarte et va trifouiller des trucs dans la voiture.

Nicolas se laisse glisser le long du mur et s'assied par terre, la tête entre les genoux.

S'il te plaît, ne pleure pas, s'il te plaît. Si Nicolas craque, je sais que je n'arriverai pas à rester sur mes positions. Je vais reculer et je vais finir par endosser toutes les responsabilités.

J'entends Damien prendre une inspiration en jetant un coup d'œil à Nicolas.

— C'est bon, tu as vidé ton sac ? demande-t-il d'un ton plus calme.

Je hoche vaguement la tête. J'imagine que c'est le moment où il me dit qu'ils ont eu tort de s'en prendre à moi, qu'ils ne veulent pas me virer du groupe ou un truc du genre.

— Ça ne va pas le faire, poursuit-il. Ça ne date pas d'hier mais cette fois, la coupe est pleine.

Eh mais c'est mon synonyme ça !

— Tu es une putain de princesse, Sascha. Au début ça passait mais je… on est soûlés de tes sautes d'humeur. Tu ne t'es jamais sentie concernée par les préventes, ni par la promo. Et maintenant tu te pointes carrément en retard aux répét' et aux concerts. Tu n'as peut-être pas d'instrument mais les balances c'est pas pour les chiens ! Tu es une diva capricieuse et je pense… on pense que le groupe se portera mieux sans toi.

J'écarquille les yeux. Je crois qu'à ce stade mes iris doivent avoir repris leur teinte violette. En revanche, j'ai toujours les larmes aux yeux. Et je ne sais pas quoi dire.

J'ai déjà tout donné. Et surtout, je pensais avoir mieux géré que ça.

Je lance un regard à Nicolas mais je ne trouverai aucun soutien de ce côté-là. Il observe ses pieds, les yeux cachés par une mèche de cheveux.

Damien remarque la direction de mon regard et soupire.

— Fous-lui la paix, tu veux ?

Nicolas sent qu'on parle de lui et relève la tête. Je me prends sa tristesse et sa déception de plein fouet.

—Nicolas, je…

Je craque. C'est plus fort que moi, je m'apprête à m'excuser mais Nicolas m'en empêche. Il m'interrompt en pleine phrase :

—C'est bon, j'ai compris. Je vais me trouver une autre piaule.

Il se relève et pose la main sur le bras de Damien qui a l'air de vouloir rester là à échanger des politesses toute la nuit. Quand ils se retournent, je m'aperçois que j'aurais préféré continuer aussi. Peut-être qu'à la fin on aurait fini par trouver un terrain d'entente.

—Au revoir Sascha, marmonne Nicolas.

Every street I ever walked / Every home I ever had / Is lost / Every flower I ever held / Every spring I ever had / Has died

Je marmonne les paroles de *Like Tears in Rain* de Covenant en marchant. Le rythme de mes pas calé sur celui du morceau qui correspond parfaitement à mon humeur. Me concentrer sur la musique me permet de refouler les larmes et la tristesse.

Quand les garçons sont montés dans la voiture, j'étais en colère, quand j'ai compris que ça impliquait que je devais rentrer à pied parce qu'il n'y avait plus de métros, j'étais furieuse. Mais une fois dans les rues sombres de la ville, je me suis surtout sentie seule. Abandonnée. Et depuis, je suis seulement abattue. Je les ai perdus.

Une voix mauvaise dans un coin de ma tête me souffle que c'est pour toujours. C'est comme un coup de couteau en plein cœur chaque fois que je me laisse y songer. J'ignore pourquoi mais j'ai le sentiment que cette dispute est bien plus grave qu'elle n'en a l'air, que plus jamais ce ne sera comme avant, que plus jamais je ne les reverrai.

Je repousse une fois de plus cette pensée funeste au fond de mon esprit et me concentre sur le chemin. Je ne suis plus qu'à quelques rues de chez moi. Je n'ai qu'une hâte : rentrer et prendre une douche chaude. Le temps s'est rafraîchi et je ne suis pas vraiment habillée pour un trek à travers Paris...

Cette réflexion sur ma tenue me ramène à mon autre problème – obsession – du moment. Raphaël. Et cet étrange baiser. Que j'aurais aimé explorer davantage.

La sensation persistante d'être suivie depuis quelques rues s'accentue soudain et vient me tirer de ce troublant souvenir. Je stoppe la musique et retire mes écouteurs sans m'arrêter en espérant que mes instincts se fourrent le doigt dans l'œil. Je n'ai pas le courage d'affronter quoi que ce soit de plus ce soir.

Je ne suis plus qu'à quelques centaines de mètres de chez moi. Je presse le pas.

Un bruissement de tissu, des pas, un murmure. Cette fois j'en suis sûre, il y a quelqu'un. Je me retourne une demi-seconde pour m'assurer qu'il n'y a personne.

Une main surgit de nulle part devant moi et me saisit à la gorge.

Je ne prends pas le temps d'essayer de voir mon agresseur. Je me transfère au travers du contact de ses doigts froids contre mon cou.

Vampire.

La plaie.

Après une soirée comme celle-ci, mon pouvoir sait se montrer capricieux. Et c'est le cas en ce moment même. Je contrôle à peine les mouvements du corps de mon hôte et je n'ai accès à aucune information de sa mémoire.

Je sais que je dois agir vite car s'il parvient à se débarrasser de moi, je n'aurai aucun moyen de me défendre. Je m'agenouille rapidement vers mon corps sans connaissance au sol et je fouille dans mon sac à main à la recherche de mes seringues de nitrate d'argent. J'en saisis une, je la plante dans le bras du vampire et reprends le contrôle de mon corps avant que la douleur qui l'étreint m'atteigne.

Je suis en train de me relever, un pieu à la main quand un autre vampire sort de l'ombre d'une ruelle adjacente. Je m'immobilise. Comme un lapin face à un faucon. C'est exactement ce que je suis d'ailleurs. Moi, proie, lui, prédateur.

Je ne pourrai pas le posséder lui aussi. Même si je n'avais pas déjà abusé de mon pouvoir ce soir, deux possessions en moins d'une minute, je n'en suis pas capable. Et le temps que j'en élimine un, l'autre risque de se remettre. L'argent a un effet dévastateur sur les vampires mais leur organisme le rejette rapidement.

Le vampire en face de moi me lance un coup d'œil rapide avant de passer au suceur de sang qui se tord de douleur par terre. Je suis son regard et m'aperçois que ce que je craignais est déjà en train de se produire : le nitrate d'argent s'est mis à sortir par les pores de la peau de mon agresseur.

Je ne réfléchis pas. Je bondis. Le poing fermement serré sur le pieu. Je ne suis qu'à quelques centimètres du cœur quand on m'arrache à ma cible avec une force surhumaine.

Le deuxième vampire est intervenu à temps.

Ce n'est pas étonnant. Avec leur puissance et leur vitesse, ils me sont bien supérieurs. Je n'avais aucune chance.

J'aurais dû m'apercevoir qu'il y en avait un deuxième en embuscade avant d'injecter le nitrate au vampire. Je me suis laissé avoir comme une débutante.

Et tandis que le deuxième vampire m'immobilise et que l'autre se relève, remis de son injection, les larmes que j'ai tant retenues ce soir se mettent à couler sur mes joues. Je vais mourir comme ça. Bêtement. Sans raison.

Je ferme les yeux pour ne pas voir la mort arriver. Je me replie sur moi-même pour ne pas sentir les mains de cette hideuse créature sur moi, son souffle sur ma nuque. Je pense aux sœurs et à ce qu'elles ont ressenti ce fameux soir. La terreur qui a dû les étreindre alors qu'elles se faisaient dévorer vivantes par des monstres de film d'horreur qui n'auraient même pas dû exister.

Je me sens faible. Je n'ai même pas la force de me débattre. C'est la fin.

Chapitre 13

Un souffle d'air dans mes cheveux. Une éclaboussure froide. Un cri.

Je rouvre les yeux.

Raphaël se tient face à moi. Son immense épée semble couverte de sang et de poussière. Il n'y a plus de vampire face à moi. Rien qu'un tas de cendres que le vent disperse déjà.

— Lâche-la, et je te laisserai la vie sauve ce soir, dit Raphaël.

Il est immense et terrifiant vu de là où je suis. Ses yeux sont comme deux puits de ténèbres, son visage vide de toute expression, son long manteau légèrement agité par la brise. Dans la faible lumière jaunâtre des lampadaires, il semble fait d'ombres qui ne cessent de se reformer derrière lui, donnant l'impression qu'il a deux immenses ailes de fumée dans le dos.

La main du deuxième vampire est contractée sur mon épaule. J'ai l'impression que s'il serre plus, il va me briser la clavicule. Il semble hésiter.

Honnêtement, qui hésite face à un type de deux mètres de haut brandissant une épée tout aussi démesurée que lui ?

— Ce soir ? il finit par répéter d'une voix hésitante.

— Ma parole, se contente d'acquiescer Raphaël.

Soudain la pression sur mon épaule disparaît.

Je vacille alors que j'expire violemment un souffle que j'avais retenu sans m'en rendre compte. Raphaël range son épée avant de s'agenouiller devant moi.

— Tu vas bien ? me demande-t-il en laissant ses mains courir sur mon corps.

Je sais qu'il ne fait que m'ausculter à la recherche de blessures mais je ne peux m'empêcher d'apprécier le contact doux et léger de ses longs doigts fins sur ma peau nue.

Je hoche faiblement la tête. Incapable de parler.

J'ai souvent affronté des vampires, pris des risques, joué avec le feu. Mais si Raphaël n'avait pas été là, s'il n'était pas arrivé à temps…

Il effleure mon cou, là où j'ai senti le souffle du vampire. Le contact me fait grimacer.

Il a eu le temps de me mordre.

— Il a eu le temps de te mordre, dit Raphaël.

Merci Sherlock !

Il passe un bras sous mes cuisses et l'autre autour de mes épaules avant de se relever d'un geste souple et sans effort. Je l'ai déjà vu me porter mais c'est encore plus impressionnant de l'intérieur. La vague de chaleur et de bien-être que je ressens en me blottissant contre son torse tue dans l'œuf mon système de défense sarcastique qui vient de s'enclencher.

— Non, de l'autre côté, je murmure quand je le vois s'éloigner de chez moi. J'habite dans la rue juste là.

Bon sang, j'ai failli mourir à cent mètres de chez moi. Pour une raison que j'ignore, ça me semble d'autant plus ridicule.

Il repart dans l'autre sens et je le guide jusqu'à mon bâtiment. Je pourrais marcher, je ne suis pas si grièvement blessée, mais c'est trop agréable pour ne pas en profiter.

Devant mon entrée, il ne me repose pas par terre, il se tourne simplement pour que je puisse composer le code et il donne un coup de ranger dans la grande porte cochère qui s'ouvre à la volée.

Quand je pense qu'il faut que je mette tout mon poids pour la pousser, j'ai un fou rire.

L'adrénaline sûrement.

Raphaël finit par me déposer sur mon canapé. Il se relève ensuite dans un grand mouvement de manteau. Il y a quelque chose d'irréel à le voir évoluer dans mon environnement personnel. Comme si le fait de le voir chez moi le rendait plus… humain ? Ce qui est ridicule dans la mesure où c'est ce qu'il doit être, plus ou moins. Comme moi.

— Tu as un kit de premiers secours ?

— Pansements et désinfectants, derrière le miroir dans la salle de bains… première porte à gauche.

Il enlève son manteau, le jette nonchalamment sur un fauteuil et disparaît dans le couloir.

J'en profite pour évaluer les dégâts. Le vampire m'a arraché de la peau sur le côté du cou quand il m'a mordue, je sens sous mes doigts que la chair est à vif.

Raphaël revient de la salle de bains et un léger tic nerveux lui agite la mâchoire lorsqu'il me voit tripoter ma blessure. Mais il réprime rapidement cette réaction et s'installe sur la table basse pour me soigner.

Quand je vois la taille du pansement qu'il va appliquer, la première pensée qui me traverse l'esprit, c'est comment je vais expliquer ça aux garçons, avant de me souvenir que j'ai amplement le temps de guérir…

Je sens les larmes revenir mais je me force à respirer profondément pour les retenir. J'ai une fois de plus trop pleuré.

Raphaël s'en aperçoit et sa main remonte doucement du pansement à mon cou jusqu'à ma joue, qu'il caresse du pouce.

— Merci, je dis dans un souffle étranglé.

Il ferme les yeux un instant, les rouvre.

— De rien, il finit par répondre simplement.

Sa voix est plus cassée qu'à l'accoutumée. Il plonge son regard dans le mien. Les ténèbres ont disparu. Plus d'ombres, plus de jeux de lumière étranges. Rien que Raphaël.

Le souvenir de notre baiser me revient. Inconsciemment, je me passe la langue sur les lèvres. Je le vois suivre le mouvement des yeux. J'ai l'impression qu'il va ajouter quelque chose. Ou qu'il va m'embrasser.

Et que cette fois, ce ne sera pas parce que j'ai trébuché.

Puis sa main quitte ma joue. Le froid la remplace.

L'instant est terminé. Je sais que si je ne dis rien, il va partir maintenant.

— Comment..., je commence. Comment savais-tu ?

Ma question n'a pas vraiment de sens. Il se relève, prend son manteau.

— Je traque ce couple depuis des semaines, finit-il par répondre d'un ton froid, vide d'émotion.

Je ne comprends pas ce soudain revirement. Je sais juste que ce qui est passé entre nous il y a quelques secondes s'est évaporé comme de la fumée.

— Bonne nuit, Sascha.

Chez moi il fait sombre et froid. Je ne sais pas si je me fais des idées. Cette impression me vient peut-être du fait que je sais que j'y suis seule.

Nicolas a pris ses affaires un soir pendant que je n'étais pas là, il est parti.

Quand il s'est pointé quelques semaines auparavant avec sa valise et ses cartons, j'ai cru que le moment de son départ n'arriverait jamais trop tôt. Pourtant, maintenant qu'il n'est plus là, j'ai l'impression qu'il me manque quelque chose.

Je me suis habituée à sa présence, à ses affaires qui traînaient partout, à la lumière de l'entrée qu'il laissait systématiquement allumée nuit et jour, aux petits mots qu'il m'écrivait sur le frigo.

J'ai eu l'impression qu'il vampirisait – hum, façon de parler – mon espace personnel, mon espace vital, quand il est venu s'installer. Je n'avais plus d'intimité, plus de liberté. Mais je n'étais plus seule.

Mon appartement est mille fois trop grand pour moi. Je pourrais me contenter d'un studio mais je pouvais me le payer alors je l'ai pris.

Il n'y a quasiment rien à moi dans ces pièces immenses. J'ai pris un meublé pour pouvoir partir rapidement si besoin et je n'y ai jamais rien ajouté.

Il y a mes guitares, mon ordinateur et c'est tout. Tout le reste appartient à mon proprio.

Nicolas était venu avec des tableaux, des lampes, des livres… Il m'a fait l'impression d'un envahisseur dans mon cocon mais je ne me suis pas rendu compte que je n'avais pas de cocon. Mon appartement est comme moi : une coquille vide attendant d'être remplie.

Je pensais qu'avec le groupe j'avais trouvé un but à mon existence. Je pensais que mon pouvoir me donnait la chance de compenser ce que la vie avait refusé de me donner.

Je me suis plantée.

Je passe mon temps à fuir. Fuir les autres, fuir les sentiments, me fuir moi-même.

Qu'est-ce que je vais devenir sans eux ?

Mais alors même que je prends conscience de tout ça, une rage sourde me saisit aux tripes.

La vie aurait été plus simple si j'avais pu aimer Nicolas. Et pourtant je l'aime, mais pas de la façon dont il le voudrait.

La vie aurait été plus simple si je n'avais pas passé mes nuits à chercher le Maître des vampires pour lui planter une dague dans le cœur. Et pourtant j'ai besoin d'assouvir ma vengeance. J'ai besoin de savoir qu'Irina repose en paix et que les monstres qui l'ont tuée sont morts eux aussi et ne pourront plus faire de mal à personne.

La vie aurait été plus simple si je n'avais pas rencontré Raphaël. Et pourtant malgré cette relation chaotique dont je ne comprends pas les règles, j'ai l'impression qu'il est véritablement important pour moi. Pas seulement parce qu'il m'aide à pourchasser Lazarus.

Je ne sais pas pourquoi, je ne sais pas comment, mais je crois que je commence à développer des sentiments pour Raphaël. Mis à part mon obsession du début que j'impute à son aura, à sa sensualité exacerbée, je crois que quelque chose me séduit dans son attitude, sa manière d'être avec moi. Il donne l'impression qu'avec lui, tout est toujours sous contrôle et dans le chaos qu'est ma vie, j'apprécie d'avoir quelqu'un sur qui me reposer.

Mais il s'est écoulé plusieurs jours depuis qu'il m'a sauvée des vampires et je n'ai pas eu de ses nouvelles. Est-ce que cet incident a remis en cause notre traque de Lazarus ? Est-ce qu'il pense que je ne serai pas capable de mener à bien cette mission ? Ou y a-t-il autre chose ?

La pluie se met à tambouriner sur les carreaux et sur le toit de tôle de mon bâtiment. La première depuis des mois. L'été est fini. L'insouciance est terminée.

Quand j'ai pris cet appartement, que j'ai commencé à payer des factures et à remplir mon propre frigo, j'ai cru que c'était ça la vie.

J'ai cru que j'étais devenue adulte. Que tout ne pourrait aller qu'en s'arrangeant. Après mes débuts de vie chaotiques, je l'avais mérité.

Je n'avais rien compris.

Je rampe jusqu'à mon lit et je tire d'en dessous ma boîte en carton. La seule chose qui compte pour moi dans cet appartement. La seule chose qui a de la valeur à mon cœur. La seule chose que j'ai pu sauver de l'incendie du couvent. Tout a brûlé sauf cette boîte parce que Irina l'avait enterrée dans le jardin quand la mère supérieure lui avait dit de s'en débarrasser.

Quand les sœurs m'ont trouvée sur le pas de leur porte, la mère supérieure a voulu m'emmener à la DDASS. Irina s'y est opposée. Comme je n'étais qu'un bébé de quelques jours, elle est allée me déclarer aux autorités en prétendant qu'elle avait accouché au couvent. La mère supérieure était furieuse mais elle n'avait plus le choix. Pour une raison qui m'échappe elle a simplement demandé ensuite à Irina de faire comme si j'étais réellement sa fille biologique et de ne jamais me parler de mes vrais parents.

Pendant des années, j'ai été convaincue que j'étais l'incarnation du déshonneur d'Irina, même si elle ne m'a jamais fait ressentir une telle chose. Et puis un jour, elle a fini par m'avouer la vérité. Elle a remplacé une peine par une autre.

Je retire le couvercle. Une larme s'écrase dessus.

Je ne me suis même pas aperçue que je pleure.

Une croix en bois, un bracelet en caoutchouc imprimé du prénom « Alexandra » et une feuille de bloc-notes arrachée.

Tout ce qui me reste de mes parents. De ma mère en tout cas. Mon père a-t-il ne serait-ce que su que j'existais ? Qui était-il pour laisser ma mère dans un tel état de désespoir qu'elle s'est sentie obligée de m'abandonner ?

J'ai toujours refusé de m'attarder sur ces questions. Je suis allée de l'avant. Peu importe le passé tant qu'on a le présent.

Mais je commence à comprendre que construire le présent sans passé est beaucoup trop compliqué. Trop de questions sans réponse. Trop de choses que personne ne m'a jamais apprises.

Comment construire une relation quand la seule figure maternelle qu'on ait jamais eue était une nonne ? Comment décider de prendre un job quand on n'a jamais vu personne travailler autour de soi ? Comment se faire des amis quand on n'a jamais vécu autrement qu'en autarcie dans un couvent ?

Toutes ces années, j'ai refusé de me l'avouer mais j'aurais aimé avoir quelqu'un à appeler « maman ». Quelqu'un qui aurait pu me prendre dans ses bras et me dire que ce n'était pas grave et que tout allait s'arranger.

Je pleure de plus belle en dépliant la lettre de ma mère.

La feuille est jaunie, l'encre passée. Dans quelques années, il n'en restera sûrement plus rien. Et ce sera comme si elle n'avait jamais existé. Ma mère. Cette femme qui m'avait abandonnée au bout de quelques jours, pensant que j'aurais droit à une vie meilleure là où elle me laissait.

Je touche la croix en bois. Une vulgaire croix, sans détails, sans fioritures, presque deux bouts de bois assemblés. Elle n'avait vraiment rien d'autre d'elle à me laisser ? Avait-elle été pauvre à ce point ?

Et le bracelet en caoutchouc. Taille enfant. Rose. Avec mon prénom. Au moins m'en a-t-elle fourni un avant de disparaître dans la nuit. Même si personne ne m'a jamais appelée autrement que par le diminutif qu'Irina m'avait donné.

Je soupire.

Pendant des années, j'ai cru que le bracelet provenait de l'hôpital où elle avait accouché. J'ai cru que je pourrais retrouver l'endroit, et peut-être tomber sur une infirmière ou un médecin qui se souviendrait d'elle. J'avais imaginé qu'il ne pouvait pas y avoir des dizaines d'Alexandra nées le même jour que moi à l'hôpital du Saint-Secours.

Après le massacre du couvent, j'ai fait des recherches. J'ai essayé de me procurer l'adresse de l'hôpital. Puis j'ai découvert qu'un tel endroit n'existait pas. Le bracelet ne provenait pas d'un hôpital. Il était distribué par l'association du Saint-Secours. Une œuvre caritative catholique. Ils avaient produit près de mille bracelets « Alexandra » cette année-là.

Ma mère m'a nommée d'après un bracelet de pochette-surprise.

Et c'est tout ce qui me reste d'elle. Je suis seule. Complètement seule. Je n'ai même pas de prénom m'appartenant vraiment.

Ça a été dur à encaisser. Mais je suis allée de l'avant. J'ai refusé de m'appesantir là-dessus. Pourtant ce soir les fantômes du passé sont particulièrement durs avec moi. Cruels.

Ils ne m'épargnent rien.

Je balance les objets dans la petite boîte. La rage qui m'a prise aux tripes resurgit.

Je n'ai pas besoin d'eux. Je n'ai besoin de personne.

Je suis sur le point de repousser la boîte sous mon lit, là où je peux l'oublier, quand j'ai une idée soudaine : le don de psychométrie de Raphaël !

Avec tout ce qui s'est passé depuis qu'il m'en a parlé, je n'ai pas fait le rapprochement. Mais s'il peut apprendre des choses sur les gens rien qu'avec des objets leur ayant appartenu, il pourrait peut-être retrouver ma mère.

Chapitre 14

Il est tard mais je sais que je n'arriverai pas à dormir tant que je n'en aurai pas le cœur net. Je m'habille rapidement. Jean, baskets, tee-shirt tout simple, veste. Il pleut à verse et je ne suis pas d'humeur à ressortir le grand jeu.

Je crois qu'inconsciemment, c'est ma manière de me rebeller contre ce que je suis devenue : une jolie fille qui abuse de ses charmes pour parvenir à ses fins. Habituellement, ça ne me dérange pas. Mais ce soir, je ne veux rien être de plus que Sascha. L'orpheline paumée à la recherche de ses parents. La mauvaise copine qui se pointe en retard à un concert. La femme pas assez sûre d'elle pour s'engager dans une relation amoureuse. Étrangement, il n'y a qu'une personne dans ma vie devant laquelle je ne suis pas obligée de tenir un rôle. De faire semblant d'aller bien. De faire semblant d'être une princesse égoïste je-m'en-foutiste pour dissimuler ma vraie nature comme j'ai caché mes cicatrices sous un tatouage.

Je ne sais pas qui je suis et ce que je suis devenue ne me plaît pas. Il est temps d'y remédier. Et celui que je vais voir détient les réponses à mes questions. Espérons qu'il sera d'humeur à me les donner.

Quand j'arrive devant chez Raphaël, je suis trempée, mon maquillage a coulé, mes cheveux me collent au visage, mon jean goutte…

Je frappe à la porte. Je patiente. Rien. Je tends l'oreille. Il y a de la musique à l'intérieur. Il doit être là. J'ai besoin qu'il soit là !

Je frappe de nouveau. Toujours rien.

Je presse la poignée à tout hasard. La porte s'ouvre.

Ah.

J'étais sûre qu'elle serait fermée. Je me sens con maintenant. Est-ce que j'entre ? Au risque de surprendre Raphaël au mauvais moment ? Ou est-ce que je la referme et j'attends qu'il vienne m'ouvrir ?

Toutes les lumières sont allumées. La musique braille depuis le salon. Le morceau me semble familier.

Quand j'entends ma propre voix gueuler « *How low down ? How low down ?* », je reste bouche bée. Raphaël écoute une démo de Nightshade ? Où est-ce qu'il se l'est procurée ? Pourquoi ?

Intriguée, j'avance dans le couloir. J'arrive dans le salon. Pas de Raphaël.

— Hé oh ? je lance hésitante.

Il ne risque pas de m'entendre par-dessus la musique.

Je m'apprête à éteindre la chaîne puis je prends concience que je suis entrée chez lui sans y avoir été invitée. Je me sens mal un instant, hésite à rebrousser chemin.

L'album se termine et le silence remplace la musique. Le silence et un faible claquement qui semble provenir de la cave.

— Raphaël ? je crie avant même de me poser la question de ce qu'il fait là-dedans.

Et s'il était en train de torturer quelqu'un ? Ou de s'envoyer en l'air ? À cette pensée, je ressens un léger élan de jalousie que je réprime immédiatement. Il a bien le droit de s'envoyer en l'air. On n'est rien l'un pour l'autre. On partage un but commun. Il a besoin de moi et j'ai besoin de lui. Un point c'est tout.

Mais si je l'interromps en pleine séance de baise, il va sûrement être furieux. Je le serais en tout cas. Cependant, je me sens tout aussi bête de rebrousser chemin maintenant.

Un bruit de pas dans l'escalier me prend au dépourvu et je reste plantée au beau milieu du salon comme un lapin dans les phares d'une voiture.

Raphaël surgit du couloir et s'arrête sur le seuil du salon.

— Euh, salut ! je dis.

— Sascha ?

Il a l'air encore plus perdu que moi.

— Je... désolée d'être entrée mais tu ne m'as pas entendue frapper et... euh... la porte n'était pas verrouillée...

Je me sens tellement bête. Je viens lui demander un service et quelle meilleure entrée en matière qu'une invasion caractérisée d'espace personnel ?

— Tout va bien ? il me demande, l'air inquiet.

— Oui euh...

Je me rappelle soudain que je suis mouillée comme un rat mort. Je dois avoir du khôl plein les joues, les cheveux décoiffés et il ne m'a sûrement jamais vue aussi mal fringuée.

— Tu n'es pas blessée ? Tu as été attaquée ?

Bon sang, je suis devenue une victime à ses yeux. Ça craint.

— Non, non, je... j'avais besoin de te parler.

Il écarquille les yeux, semble perdre de sa superbe une demi-seconde avant de reprendre contenance.

— Tu me laisses le temps de prendre une douche ? il finit par demander en désignant la serviette de bain qu'il tient à la main.

J'étais tellement décontenancée que je n'ai même pas assimilé le fait qu'il était nu.

Je rougis, instantanément.

— Euh... oui... bien sûr.

— Fais comme chez toi, je n'en ai pas pour longtemps.

Il fait mine de quitter la pièce puis se ravise et me lance sa serviette, ne gardant plus rien pour cacher sa nudité. Seuls ses cheveux, lâchés, couvrent partiellement son corps sculpté comme une statue de déité antique.

— Tiens, sèche-toi un peu.

Puis il se retourne et file dans le couloir.

Je reste abasourdie un instant, la serviette à la main, à le regarder s'éloigner, son cul sublime à peine couvert par ses longs cheveux qui ont d'étranges reflets rouges.

Quand il disparaît de ma vue, je reprends le fil de mes pensées.

Je retire ma veste et mon tee-shirt détrempés et j'entreprends de me sécher un peu avant d'essayer d'arranger mon maquillage apocalyptique.

Je traîne ensuite un peu sans trop savoir que faire. Il ne m'a pas virée de chez lui, c'est déjà pas mal.

Je m'arrête devant la chaîne hi-fi. Regarde son iPod. Le compteur affiche une trentaine d'écoutes des démos de Nightshade. Plus surprenant encore, en l'absence de vraie pochette, c'est une photo de moi qui illustre l'album.

Je ne sais pas où il a trouvé ce vieux cliché. J'aurais juré que personne ne l'avait mis sur le Net. Ça date de deux ou trois ans. Mon époque punk. J'arbore une crête d'une vingtaine de centimètres de haut, décolorée en blond platine. La photo est plutôt chouette, elle a été prise à l'un des premiers concerts de Nightshade, juste avant que Damien me demande de troquer mes jeans troués pour des jupes courtes et de redonner à mes cheveux une apparence...

humaine. Il avait décrété que quitte à avoir une fille dans le groupe, autant qu'elle ait l'air d'en être une. Je n'ai pas mis longtemps à obtempérer. Je crois qu'il me l'a demandé pile à un moment où je n'assumais plus vraiment ma dégaine de garçon manqué.

Depuis je porte mes cheveux coupés en carré plongeant à géométrie variable, et noirs, tels qu'ils l'étaient avant que je découvre les possibilités infinies qu'offre la décoloration.

Raphaël revient dans le salon, des vêtements à la main. Il a enfilé un jean taille basse et je le soupçonne de ne pas porter de caleçon en dessous parce que je ne distingue aucun élastique révélateur de sous-vêtement, et qu'une fine ligne de poils clairs part de son nombril et disparaît derrière sa braguette. Il est toujours torse nu, comme à son habitude. Il me tend une chemise.

— Tiens, j'ai pensé que tu en aurais besoin.

Je hoche la tête en signe de gratitude.

Je n'ai jamais été très pudique, mais me balader en soutien-gorge dans son salon me semble tout à coup moins naturel depuis qu'il est revenu.

J'enfile la chemise dix fois trop grande et, profitant du fait qu'elle me couvre une bonne partie des cuisses, je retire aussi mon jean trempé.

Raphaël me prend mes fringues et les pose sur le radiateur du salon avant de l'allumer.

— Merci.

Il ne dit rien et se dirige simplement vers son bar où il se sert un whisky.

— Coca, j'imagine ?

— Euh, oui.

Il s'assied sur le canapé. Enfin, pour être exacte, il s'installe sur le canapé comme sur un trône avec un aplomb surnaturel.

Je me pose sur le bord du fauteuil en face. Je me sens toujours comme un envahisseur alors qu'il a tout fait pour que je me sente la bienvenue.

— Alors ? il demande après une gorgée de whisky.

Factuel, droit au but. Pas un mot sur notre baiser, sur l'attaque de vampires… Même pas une remarque sur la musique.

Pas de « Hé, Sascha, comment tu vas depuis qu'un vampire a essayé de t'arracher la gorge ? » ou encore « Au fait, j'aime bien ta musique. »

Et inutile d'espérer un « Je ne t'ai pas embrassée par accident. »

Il faudrait que quelqu'un offre *L'art de la conversation pour les nuls* à ce garçon.

Mais je ne suis pas en position de lui reprocher quoi que ce soit. Je suis venue pour avoir son aide, ce n'est sûrement pas en l'assommant de questions que je vais l'obtenir. Je décide de garder toutes ces conversations pour plus tard.

J'allume une cigarette.

— J'ai un service à te demander.

Il hausse un sourcil interrogateur.

— Voilà, je… je n'ai jamais connu mes parents. Il me reste deux trois babioles de ma mère et je me demandais si tu pourrais…

— Utiliser mon don de psychométrie pour la retrouver ? il finit à ma place.

— C'est ça.

Il tend la main vers moi, paume tendue.

Je n'imaginais pas que ce serait si facile. Il est étrangement coopératif ce soir. Prévenant même. Je ne vais pas m'en plaindre mais je me demande quand même où est passé le Raphaël sur ses gardes, peu loquace et presque glacé que j'ai appris à connaître.

Je farfouille dans mon sac et en sors le mot, la croix et le bracelet.

Il observe mon fourbi avec étonnement puis prend la croix et ferme les yeux comme je l'ai déjà vu faire. Au bout de quelques minutes, il la repose et saisit le bracelet. Il secoue la tête. Puis il passe à la note, ferme de nouveau les yeux.

Je suis au bord de la crise de nerfs. Je tire comme une folle sur ma cigarette, j'ai les genoux qui tremblent, j'ai l'impression que le suspense va me tuer.

Il finit par reposer le mot aussi.

— C'est bizarre, il dit finalement. Il y a quelque chose qui cloche...

Je suis tellement impatiente et paniquée que je n'arrive même pas à formuler une pensée cohérente.

Il reprend la croix, recommence l'opération.

— Non. Tu ne sais vraiment rien sur l'identité de tes parents ?

Je secoue la tête.

— Avec ces trois objets, tu en sais autant que moi.

— Au moins l'un de tes parents était versé dans l'occulte.

Je fronce les sourcils.

— La personne qui t'a laissé ces objets a soigneusement effacé, ou fait effacer, toute trace d'elle. Je ne vois rien. Comme si ces objets n'avaient strictement aucune histoire.

— Je ne comprends pas.

— C'est impossible. Toute chose a une histoire. Et même si l'essence de tes parents en avait disparu, ils auraient au moins dû s'imprégner de la tienne. Là, il n'y a strictement rien.

La déception s'empare de moi au fur et à mesure que j'assimile le sens de ses paroles.

— Rien ? je finis par répéter faiblement.

— Que du vide.

— Du vide, je répète encore, abattue.

— Cependant… (une étincelle d'espoir renaît tout au fond de moi) on peut en déduire que tes parents étaient très puissants.

— Ma mère, je le corrige. C'est ma mère qui m'a laissé ces objets. Je n'ai rien de mon père.

— Ta mère était une puissante sorcière, ou bien elle en connaissait une. Mais c'est plus probable qu'elle l'était elle-même.

— Pourquoi ? je demande.

Les sensations reviennent peu à peu dans mon corps assommé par le désespoir. Ce n'est pas si mal, j'essaie de me dire. Les recherches ne seront pas aussi simples que je l'ai cru, mais il y a peut-être une piste à suivre.

— Eh bien, effacer à ce point un objet requiert un niveau de maîtrise certain et, n'importe qui d'autre aurait laissé une signature.

— Comment ça ?

— Les puissants sorciers monnaient cher leurs services et sont très difficiles à trouver. Un sorcier possédant le niveau requis pour lancer un tel sort aurait probablement laissé sa propre trace sur l'objet pour le bénéfice de potentiels clients. Ta mère en revanche aurait eu tout intérêt à ne laisser véritablement aucune marque si elle ne voulait vraiment pas que tu puisses la retrouver…

Ma mère avait donc fait des efforts hors du commun pour s'assurer que je n'entrerais jamais en contact avec elle. Mon cœur s'enfonce un peu plus dans l'abîme qui le dévore.

— Et puis, ça expliquerait peut-être ton pouvoir, ajoute Raphaël.

Je suis encore en train d'essayer d'avaler la première pilule.

— Un héritage ?

— Quelque chose du genre… Une sorte de dernier présent.

— « Tiens ma fille, je te laisse une croix, un bracelet et le pouvoir de posséder les gens. »

Raphaël sourit.

— Tu ne te rends pas compte de la valeur d'un tel cadeau, n'est-ce pas ?

— Pas vraiment.

— Je n'ai jamais vu l'égal de ton don auparavant. Jusqu'à ce soir je ne pouvais même pas faire de conjecture sur son origine. Pour te léguer une chose pareille, ta mère a dû se séparer d'une quantité de pouvoir considérable. Et crois-moi, les sorciers ne sont pas du genre à se séparer de quoi que ce soit, même pour leurs enfants.

Je pars d'un rire mi-hystérique mi-amer.

Je ne sais plus quoi penser. Ma mère m'aimait au point de me léguer une partie de son pouvoir mais pas assez pour vouloir que je la retrouve ? Qu'est-ce que je dois en déduire ?

Raphaël se lève, se ressert du whisky.

— Toujours pas ? il demande en levant son verre.

— Non, trop dangereux.

Il hoche la tête et revient s'asseoir. Il tend la main comme pour me toucher le genou avant de se raviser et de prendre la croix en bois à la place.

Il la fait tourner entre ses doigts en silence.

— J'imagine que ça s'arrête là alors, je finis par lâcher. Merci d'avoir essayé.

— J'ai un marché à te proposer…

Je lève les yeux de la croix.

Un marché ?

— Tu m'aides dans mes… prochaines missions et je t'aide à retrouver tes parents.

— Missions ?

— Ton pouvoir pourrait m'être très utile pour nettoyer cette ville de la vermine. En échange de la promesse que tu viendras m'assister quand j'en ai besoin, je vais mener ma petite enquête sur ta mère.

C'est plutôt honnête comme proposition. Et puis, je ne le lui avouerais pas, mais j'ai pris mon pied à chercher un moyen d'éliminer Lazarus avec lui. Et pas seulement parce que je veux me venger depuis des années.

Je lui tends la main.

— Deal !

Il fait nuit quand je me réveille.

Je suis restée dormir chez Raphaël. Mes nerfs m'avaient lâchée trop de fois ces derniers temps alors je n'ai pas eu le courage de rentrer chez moi. Seule.

Raphaël m'a installée sur le canapé du salon après une discussion plans de bataille et stratégies qui a duré jusqu'à l'aube. Ça m'a permis de confirmer que Raphaël est un perfectionniste accro au contrôle sur le chemin duquel il vaut mieux ne pas se trouver si on tient à la vie. C'est une bonne chose qu'il soit de mon côté.

J'allume la lumière. Il est 20 heures passées. La soirée est bien avancée. Je suis étonnée que Raphaël m'ait laissée dormir si tard même si j'en avais bien besoin.

Je m'allume une cigarette et je pars en quête de café et de Raphaël.

L'appartement semble vide. Les lumières sont éteintes partout. Il n'y a pas un bruit.

En chemin vers la cuisine je m'arrête devant la porte menant à l'escalier du sous-sol et je tends l'oreille. Rien.

Après ses révélations sur ma mère, j'ai fait l'impasse sur les autres trucs dont je voulais parler à Raphaël. Comme ce qu'il fichait quand je suis arrivée. Je suis parvenue à la conclusion qu'il devait être en pleine séance d'entraînement avec son épée démesurée. Comme la dernière fois. Ça explique le bruit et la douche.

Pas la playlist en revanche. J'ai envie de voir un signe dans le fait qu'il écoutait ma musique. Il ne s'intéresse pas qu'à mon pouvoir hors du commun, la preuve, il écoute ma musique. Mais je dois me rendre à l'évidence : ça ne signifie rien de plus que cet étrange baiser près du cimetière.

Nous n'en avons pas parlé non plus. J'imagine qu'il n'y a rien à dire. J'ai trébuché, il m'a rattrapée, on s'est embrassés. Fin de l'histoire.

Ça me frustre plus que je ne veux bien l'admettre. J'aurais aimé qu'il dise quelque chose. N'importe quoi. Même « c'était une erreur » me serait allé. Ça m'aurait permis d'argumenter. Mais il n'a rien dit et je me voyais mal amener le sujet sur le tapis.

« Hé, je craque complètement sur toi mais visiblement tu t'en fous. Si on en discutait ? »

Non, ça ne va pas le faire.

Je me prépare un café en me demandant où est passé Raphaël. On a décidé de passer à l'attaque ce soir même.

Je bois mon café, fume encore une cigarette puis décide de prendre une douche en attendant.

Je laisse l'eau chaude ruisseler sur moi en réfléchissant à ce que je dois faire maintenant. Quelque part dans ce moment flou qui sépare l'éveil du sommeil, j'ai pris la décision de changer. Changer d'attitude envers les mecs, changer d'attitude envers mes amis – s'ils veulent encore de moi –, changer de façon de vivre.

Je vais trouver un petit job pour ne plus avoir à dépouiller personne, déménager et me faire un cocon douillet. Et peut-être que je vais tenter de donner sa chance à Nicolas… une fois que j'aurai réussi à me tirer Raphaël de la tête et à ne plus le considérer que comme un… Un quoi ? Un collègue ? Un associé ? Ouais, quelque chose du genre.

Mais pour cela, je dois exorciser mes vieux démons. Ce soir, Lazarus. Et bientôt, mes parents biologiques.

Je dois aller de l'avant. J'ai cru que c'était déjà ce que je faisais mais je me trompais. Tout ça va changer maintenant. Je ne me reposerai plus uniquement sur mon pouvoir et je vais essayer d'apprendre à mieux le contrôler. Et peut-être que j'en parlerai à ceux qui me sont proches. Je pense que mon attirance pour Raphaël vient aussi du fait que je peux partager cet aspect de moi avec lui. Si j'arrive à en parler aux garçons, peut-être que je ne me sentirai plus aussi déconnectée d'eux.

Je sors de la douche, revigorée, et je m'aperçois que je n'ai rien d'autre à mettre que mes fringues de la veille. Et elles sont sur le radiateur du salon.

Je sors de la salle de bains au moment même où la porte d'entrée s'ouvre et je me retrouve nez à nez avec Raphaël. Totalement nue.

Je dirais bien « chacun son tour » mais en fait, je ne suis pas en position de plaisanter. Je pousse un cri suraigu dont je ne me savais même pas capable et m'enfuis jusqu'au salon.

Alors que je tente d'enfiler mon jean en vitesse, la porte d'entrée claque et le bruit des pas de Raphaël se rapproche de moi.

Je ne suis pas spécialement pudique mais pour une raison qui m'échappe je ne veux pas que Raphaël me voie nue comme ça.

Ouais, ça va prendre du temps de me détacher des sentiments indésirables que je nourris pour lui.

Je finis d'enfiler mon tee-shirt et me retourne pour le trouver à quelques mètres de moi, un sourire amusé sur les lèvres.

— Chacun son tour, il me lance.

Hé ! C'est ma réplique, ça !

Je lâche un grognement et tente de me redonner une contenance en allumant une cigarette.

Raphaël se tourne vers la cuisine et va poser des sacs sur le bar.

— Je nous ai pris du chinois. J'espère que tu aimes ça.

— Mmmh.

Il revient vers moi et me tend un paquet.

— Et je t'ai trouvé une tenue pour ce soir.

Je hausse un sourcil en défaisant l'emballage. J'en sors une robe en cuir, tout aussi dénudée que celle que j'ai portée l'autre soir mais de bien meilleure facture.

— J'espère que c'est ta taille.

J'espère aussi. Elle est très jolie et je suis bizarrement touchée par ce « cadeau ». Je sais que c'est pour la mission, mais ça n'enlève rien au fait que Raphaël est allé m'acheter une robe.

— Merci, je murmure avant de me diriger vers la salle de bains pour l'essayer.

J'en ressors deux minutes plus tard, le sourire aux lèvres : elle me va comme un gant. Raphaël me siffle quand je reviens au salon. Je souris encore plus.

— Tu aimes ?

— Tu vas tous les faire tomber comme ça. Bon, on mange ?

L'emploi du « les » et la vitesse du changement de sujet ne m'échappent pas. Il m'achète une robe dans laquelle il me trouve jolie mais en fait, il s'en contrefiche. Et moi j'enrage de m'attarder autant là-dessus.

On dîne rapidement en passant en revue les derniers détails du plan.

Raphaël semble convaincu qu'on va réussir. Je ne partage pas son assurance.

— Et si ça tourne mal ? je lui demande.

— Il n'y a pas de raison.

Je n'ai pas envie qu'il pense que je me dégonfle parce que je veux qu'il ait une bonne opinion de moi. Après tout, de ma capacité à mener à bien cette mission dépend notre accord. J'occulte le fait que j'imagine que si ça se passe bien, il m'embrassera peut-être de nouveau.

— J'ai l'impression que ce plan repose trop sur moi.

— Ne t'en fais pas, je vais nettoyer le terrain, tu n'auras qu'à éliminer Lazarus. Ce sera du gâteau.

— Éliminer Lazarus n'est pas vraiment ma définition de « gâteau ».

— On va attaquer à l'aube. Il sera endormi. Je t'emmènerai le plus loin que je pourrai, tu auras le corps du vampire pour te protéger au cas où, mais tu ne devrais pas rencontrer de résistance. Il te suffira de planter la dague dans le cœur de Lazarus et ce sera terminé.

Il a l'air si sûr de lui que je finis par abandonner la conversation. Rien ne pourra le faire changer d'avis. C'est une qualité que j'apprécie chez lui. Une fois concentré sur sa cible, il ne se laisse pas distraire. Il n'empêche que je ne suis pas vraiment totalement rassurée.

— Je suis passé voir un ami à moi pendant que tu dormais, reprend Raphaël après un court silence. Je lui ai confié tes objets pour qu'il essaie de faire sauter le sort de protection.

— Il peut le faire ?

— Il n'en était pas sûr. Il doit me tenir au courant.

Je ressens une légère déception. Je sais que je ne devrais pas trop en attendre, que ça va sûrement prendre du temps de les retrouver, mais je ne peux m'empêcher d'espérer qu'une solution miracle va soudain faire son apparition et que je vais rencontrer mes parents demain.

— Ces autres missions dont tu parlais, tu les sors d'où ? je demande après un moment de silence.

Raphaël me regarde d'un air surpris.

— Tu es tueur à gages ? Employé par le gouvernement ?

Il a l'air encore plus étonné.

— Quelque chose dans ce goût-là, il finit par répondre.

— Si on bosse ensemble, tu peux bien me le dire, non ?

— Crois-moi, moins tu en sais, mieux tu te portes.

Encore un moyen d'éluder la question. Pendant un moment, j'ai pensé qu'il était dans l'armée ou un truc du genre. Ça aurait expliqué l'histoire du guerrier.

— C'est une branche secrète de l'armée qui t'emploie ?

Il me lance un regard ennuyé.

Ok, la discussion est close. Pour le moment.

Je décide de changer de sujet.

— Et tes cicatrices, elles te viennent d'où ? (Il hausse un sourcil.) Les deux grandes dans ton dos.

— Un combat qui a mal fini.

Je grimace.

— Ça a dû faire un mal de chien.

Il hausse les épaules.

— Je ne sais plus trop.

— Tu ne t'en souviens pas ?

— Pas vraiment. C'était il y a longtemps.

À mon tour d'être surprise. Il a au maximum une trentaine d'années mais je penche plus pour vingt-cinq. Du coup, à moins d'avoir une mémoire de poisson rouge, je ne vois pas comment il a pu se faire infliger de telles blessures et ne pas s'en souvenir.

Ça non plus, il n'a pas l'air de vouloir en discuter.

Je ne suis pas du genre à harceler les gens de questions pour qu'ils me révèlent des choses sur eux. Je les laisse me confier ce qu'ils veulent, quand ils le veulent, comme Nicolas. Mais à la différence de ce dernier, c'est aussi pour éviter qu'on m'interroge en retour que j'ai cette attitude. La plupart du temps, ça fonctionne assez bien. Je suis digne de confiance quand il s'agit de garder un secret et ça se voit.

Mais j'ai l'impression que cette méthode ne va pas marcher avec Raphaël. Depuis que je l'ai rencontré, il n'a lâché que le strict minimum sur lui. On n'a pas vraiment eu l'occasion de beaucoup discuter et faire connaissance mais il en sait plus sur moi que n'importe qui, alors que j'ignore presque tout de lui hormis le fait que c'est un « guerrier » qui tue des vampires…

Je décide de tenter une approche différente :

— Tu crois que si je m'en sors bien contre Lazarus, tes employeurs accepteraient de m'embaucher ?

Ça aussi j'y ai réfléchi. S'il travaille pour l'armée ou le gouvernement, il doit toucher un salaire pour ce qu'il fait et il doit connaître pas mal de gens comme nous. Des gens un peu spéciaux. J'aimerais bien fréquenter des gens avec des pouvoirs comme moi. Ça me simplifierait les relations humaines.

Raphaël sourit à cette question.

— On ne t'a jamais dit que la curiosité était un vilain défaut ?

— Ce n'est pas de la curiosité. Je cherche un moyen de gagner ma vie… honnêtement.

À ce dernier mot, il braque son regard sur moi et j'ai la soudaine impression d'être un insecte sous un microscope.

— Je me disais juste que si l'armée te paie pour faire un truc que je peux faire aussi, peut-être qu'ils pourraient me verser un salaire…

Son regard s'adoucit et j'ai de nouveau la sensation que je pourrais me noyer dans ses yeux d'argent liquide si je n'y prends pas garde.

— On verra, il finit par lâcher.

Chapitre 15

Le plan qu'on a mis au point pour ce soir n'est pas bien différent de celui de la dernière fois : entrer et trouver un vampire avec un tatouage qui nous servira de passe universel. C'est après que ça risque de se compliquer un peu.

Il y a moins de monde dans le bar que la dernière fois mais l'ambiance, elle, n'a pas changé. Couples qui se tripotent sur la piste de danse et qui s'envoient en l'air dans les alcôves… ou l'inverse.

Quand j'entre c'est *Feuer Frei* de Rammstein qui résonne dans les enceintes. J'ai toujours adoré l'énergie qui se dégage de ce morceau. J'en profite pour faire un tour sur la piste et pendant un instant, j'ai l'impression d'être une fille normale en train de faire la fête.

Mais l'aura de puissance se dégageant d'un vampire me titille les sens et me rappelle la raison de ma présence. Je me retourne au moment où il me dépasse avant de disparaître derrière une porte réservée au personnel.

Je m'en approche en dansant, l'air de rien. Quelques mètres à peine m'en séparent lorsque je suis submergée par une vague de sensations semblables à celles que je ressens quand un vampire se trouve non loin, mais c'est bien plus intense, marqué. Comme s'ils étaient des dizaines derrière cette porte.

Ma proie doit sûrement se trouver de l'autre côté. J'envisage pendant un instant de passer la porte et de me trouver un vampire à séduire en jouant les idiotes perdues.

Je tente d'actionner la poignée et un étrange picotement me parcourt la main. Je suis prise d'une furieuse envie de m'éloigner au plus vite.

Ok, donc, il doit y avoir un sort de protection sur cet accès.

Reste plus qu'à attendre qu'un vampire ressorte de là. L'avantage, c'est qu'a priori, tout vampire franchissant ce passage doit porter une rune.

Au bout de quelques morceaux – plus quelques dragueurs humains, et lourds –, un vampire sort. Il est immense, plus de deux mètres, et peu avenant mais au moins c'est mon genre de mec. Le draguer me sera moins pénible que lorsque j'ai dû supporter les léchouilles d'Igor. Je frissonne à cette pensée tout en me rapprochant discrètement de ma cible.

Il porte un débardeur en résille noir qui dévoile plus de peau qu'il n'en cache et un pantalon en cuir qui lui fait de sacrées fesses. Moins sexy que celles de Raphaël... Je me recentre sur ma mission et chasse de mon esprit toute évocation de celui qui m'attend à l'extérieur.

Quand le vampire se retourne, je distingue une rune sur son pectoral gauche. Je dois reconnaître que j'ai de la chance de ce point de vue. Deux soirs à chercher un tatoué et deux soirs à en trouver un très facilement. À croire qu'ils portent tous la marque en fait.

Je ne m'attarde pas sur la question et m'avance vers le vampire. Son visage est aussi très agréable à regarder. La mâchoire carrée, adoucie par de longs cheveux de jais, des yeux tout aussi noirs et d'une intensité presque effrayante. S'il n'avait pas été un vampire et que je n'avais pas été en mission, je crois que je l'aurais dragué juste pour le plaisir de le ramener dans mon lit.

Je calme ma libido débordante – trop de possessions et pas assez de sexe ces derniers temps – et me dirige vers le bar où ma cible discute avec un autre type qui semble humain.

Je me mets à espérer qu'il n'est pas gay. Ce serait bien ma veine de devoir séduire un vampire qui n'est pas intéressé par les filles.

Je me hisse sur le tabouret à côté de lui en prenant bien soin de faire remonter ma robe au maximum sur mes cuisses, révélant une bonne partie de mon tatouage par la même occasion. Vu son look, je crois que je suis son genre. S'il aime les filles, je ne devrais pas avoir trop de mal à l'attirer dans mes filets.

En commandant un verre, je lui effleure discrètement le bras. Ses muscles démesurés me ramènent immédiatement à la musculature bien plus fine et élégante de Raphaël. Une petite voix dans ma tête murmure qu'elle préférerait être en train de toucher ses bras à lui. Je la fais taire.

—Oh, pardon, je dis lorsque le vampire se tourne vers moi.

—Il n'y a pas de mal.

Sa voix est grave, gutturale, teintée d'un léger accent que je n'arrive pas à placer. Elle serait parfaite pour chanter dans un groupe de Metal, même si je préfère celle, rocailleuse et abîmée, de Raphaël.

J'adresse mon plus beau sourire à ma cible.

—Moi, c'est Sascha, je lui lance.

—Yvan, répond le vampire de sa voix grave.

On nous fait croire qu'une créature légendaire, ça a forcément un nom classe. Depuis que j'ai découvert l'existence de ces sangsues sur pattes, j'ai été plutôt déçue. Celui-ci ne fait que s'ajouter à la longue liste des prénoms qui n'en jettent pas. Tant pis : classe ou pas, ils meurent tout pareil.

— Ça te dit de danser ?

Ils passent un morceau lent, envoûtant, parfait pour me frotter au grand vampire et lui faire miroiter une bonne partie de jambes en l'air. Je lui prends la main sans vraiment entendre sa réponse et l'entraîne avec moi jusqu'à la piste.

Je vois l'humain avec lequel il parlait au bar franchir la porte à l'accès réservé mais je suis trop focalisée sur ma mission pour me demander comment c'est possible. Les vampires ont peut-être des serviteurs humains ?

Je sors le grand jeu à Yvan. Je me colle à lui, je le caresse, je me frotte. Il semble plutôt réceptif à mes tentatives de séduction.

— J'aime ton parfum, me souffle-t-il, le nez dans mes cheveux.

Sang frais sur un plateau premium, mec !

J'étouffe ma petite voix sarcastique et murmure un simple « merci ». Le garçon n'a pas l'air spécialement doué en drague.

Le morceau se termine et le DJ enchaîne avec *Black Number One* de Type O Negative. J'adore ce morceau. Ce qui me permet d'occulter quelque peu le fait que je suis avec un vampire, que je dois l'éliminer et que dans quelques heures, je ferai face à son Maître. J'essaie de me détendre et de profiter de l'instant.

On se caresse, on s'embrasse et mon corps en manque – ce traître – savoure chaque contact. Quand le morceau se termine, je me mets sur la pointe des pieds et, en m'assurant que mes seins frottent contre son torse, je me hisse jusqu'à l'oreille d'Yvan.

— Si on... se trouvait un endroit plus tranquille ?

Il semble hésiter une seconde.

— D'accord, finit-il par dire. Je ne travaille pas ce soir, ajoute-t-il avec un sourire.

Je me dispense de lui demander ce qu'il entend par là et m'apprête à l'emmener vers la sortie mais il glisse les mains sous mes fesses et me soulève en me faisant passer les jambes autour de sa taille, avant de m'emporter vers l'une des alcôves au fond de la salle. Je ne suis habituellement pas du genre à craquer sur ce type d'attitude façon « homme des cavernes », pourtant des frissons me parcourent tout le corps à cette démonstration de force. Je me retrouve sur les genoux d'Yvan quand il s'assied sur un des rebords de pierre et je sens son érection à travers son pantalon en cuir.

Ce n'était pas vraiment dans mes plans mais je vais devoir faire avec.

Il m'embrasse à pleine bouche et je sens ses crocs contre mes lèvres.

Avant que ses canines proéminentes se rappellent à mon bon souvenir, j'étais tellement dans l'intensité du moment que j'aurais pu m'envoyer en l'air avec lui avant de prendre possession de son corps. Mais c'est un vampire et je hais ces monstres sanguinaires et violents.

Le dégoût l'emporte aussitôt sur l'excitation et j'initie le transfert entre nos corps.

Je m'insère facilement dans le corps d'Yvan. Aucune résistance, aucune barrière. Il est presque comme un humain. On a cru que Lazarus ne tatouait que ses plus puissants serviteurs mais il semble qu'on s'est trompés. Je découvre dans les souvenirs d'Yvan qu'il a à peine deux ans d'existence vampirique ; pas étonnant qu'il ne soit pas plus combatif qu'un humain.

J'attrape mon corps évanoui et je me dirige de ma démarche la plus naturelle vers la sortie. À quelques mètres à peine de mon but, un autre vampire m'arrête.

— Eh, ça va mec ?

Je fais un signe de tête vers mon corps évanoui.

— Trop d'alcool, je vais la mettre dans un taxi.

De ce que je décèle dans les souvenirs d'Yvan, il a déjà fait ça plusieurs fois. Apparemment, c'est un gentleman.

L'autre hoche la tête et me laisse passer.

Je sors du bar et retrouve Raphaël dans la ruelle comme la dernière fois. Quand il me voit arriver avec mon corps dans les bras, il sort son immense épée et la fait tournoyer vers ma tête. Je ne l'ai jamais vu manier son engin et bon sang, c'est une danse à couper le souffle. Littéralement aussi bien que métaphoriquement.

Je suis tellement abasourdie par la perfection et l'élégance de ses mouvements qu'il me faut quelques secondes pour comprendre qu'il pense que le vampire m'a fait du mal et qu'il s'apprête à le décapiter sans autre forme de procès.

— Raphaël, c'est moi, Sascha, je souffle, soudain terrifiée.

La voix grave d'Yvan est une douce musique à mes oreilles. J'envisage pendant un instant de passer la soirée à chanter avant de passer à l'élimination de Lazarus.

Raphaël arrête sa lame à deux centimètres de ma gorge avec une précision terrifiante.

— Je croyais que tu devais le posséder à l'extérieur.

— J'ai dû improviser.

Raphaël est reparti avec mon corps le mettre à l'abri chez lui. Ensuite on devra attendre jusqu'à l'aube pour lancer l'attaque.

D'ici là, je n'ai rien de mieux à faire que traîner dans le bar dans le corps d'Yvan. Je me sens légèrement mal à l'aise dans ses baskets. Je n'apprécie pas non plus d'être entourée d'autant de vampires. Avec mon accès illimité à la mémoire de mon hôte, je devrais pouvoir donner le change sans problème. Il n'empêche que je suis nerveuse.

Je me sens un peu mal vis-à-vis de ce vampire aussi. Pour tuer le temps, j'ai exploré ses souvenirs en détail et à présent, je regrette de l'avoir fait.

C'était un garçon sans histoires qui s'était trouvé au mauvais endroit au mauvais moment. En sortant d'un concert, il était tombé sur une bagarre et avait voulu séparer les types et calmer le jeu. Une bonne action qui lui avait coûté la vie car l'un des deux opposants était un vampire. Il s'était vengé de lui en le transformant puis en le torturant pendant des mois avant de disparaître mystérieusement.

Depuis, il s'était trouvé un travail ici en tant que barman et vivait sa vie presque comme avant, les canines et la soif de sang en plus.

Il n'avait jamais fait de mal à une mouche et avait toujours pris soin de tous ses donneurs de sang. Les autres vampires s'étaient un peu fichus de lui au début quand il avait commencé à remettre ses victimes dans un taxi mais à présent, sa bizarrerie était acceptée, voire suivie par certains.

Sa vie allait trouver sa fin ce soir à cause de moi et ça me foutait les boules. Je haïssais les vampires. Dézinguer n'importe lequel d'entre eux, les dézinguer tous, ne m'avait jamais posé aucun problème. Mais Yvan venait de me faire découvrir qu'ils n'étaient pas tous des pourritures sanguinaires. Et subitement, ma soif de vengeance semblait pire que le mal que je désirais endiguer...

Désolée, Yvan.

Je ne sais pas s'il peut m'entendre mais ça me soulage un peu de le penser.

Les quelques heures qui me séparent du lever du soleil s'écoulent vite et lentement à la fois.

Je passe la majeure partie de la soirée assise dans les ténèbres d'une alcôve à fumer. Parfois des amoureux s'égarent dans le coin et je les vire. Quelques vampires m'ont apporté des bières. Je les ai religieusement vidées par terre dès qu'ils se retournaient.

L'alcool quand je suis dans mon corps me fait perdre le contrôle de mon pouvoir au point que je me transfère dans la première personne que j'effleure. L'alcool quand je ne suis pas dans mon corps peut me renvoyer directement là d'où je viens ou pire, me transformer en simple passager dans le corps de mon hôte. Ça ne m'est arrivé qu'une fois mais l'expérience a été suffisamment traumatisante pour que je ne veuille pas la réitérer.

Je vérifie l'heure pour la millième fois de la soirée.

Plus que quelques minutes avant de passer à l'action. Ce n'est pas trop tôt !

Bientôt les vampires vont commencer à évacuer les humains qu'ils ne veulent pas garder pour la journée et préparer le bar pour ce soir avant de se retirer dans leurs quartiers.

C'est à ce moment-là que je dois aller récupérer Raphaël devant la porte de service qui donne sur une ruelle adjacente. L'agitation devrait lui permettre de passer inaperçu assez longtemps pour qu'il puisse sortir son épée et massacrer tout ce qui a des crocs.

Je fume une dernière cigarette puis je quitte mon alcôve. Presque à regret.

Plus le moment d'éliminer Lazarus approche plus je l'appréhende.

Je mets mes craintes sur le compte de la peur du désœuvrement. Je poursuis ce but depuis tant d'années que le fait de m'en retrouver si proche me terrifie.

Le moment de passer à l'action arrive enfin. Je finis ma cigarette et jette le mégot avec les autres.

Pour toi, Irina.

J'ouvre la porte et trouve Raphaël de l'autre côté, comme prévu.

Il a déjà son épée à la main. Il sort la dague récupérée à la crypte et me la tend manche en avant.

À la seconde où Raphaël franchit la porte, plusieurs vampires se jettent sur nous. Raphaël les transforme en poussière avant même que j'aie pu voir leur visage. Il passe devant moi et je reste abasourdie à le regarder exécuter sa danse mortelle avec son immense lame.

Comment quelqu'un peut-il être aussi gracieux avec une épée aussi gigantesque entre les mains ? On dirait que l'objet est animé d'une vie propre.

Il avance et élimine les vampires devant moi si vite que je n'ai même pas le temps de les compter.

On arrive jusqu'à la porte protégée. La rune sur mon torse se met à luire faiblement et un léger chatouillis me parcourt.

Mais avant que j'aie pu dire à Raphaël que la porte est infranchissable pour lui, il l'ouvre en grand et pénètre dans le couloir derrière.

Hein ? Quoi ?

Je pensais que seuls les vampires marqués pouvaient franchir la protection. Comment Raphaël a-t-il fait pour entrer ?

Mais je n'ai pas le temps de m'attarder sur la question. Un vampire me saute dessus, tous crocs dehors. Avec le corps que j'ai ce soir, mon adversaire n'est pas de taille et je l'élimine d'un coup de dague dans le cœur avec une aisance presque effrayante.

Une fois mon attaquant réduit en poussière, je m'avance à la suite de Raphaël dans le couloir. À la quantité de cendres qui jonchent le sol, je déduis qu'il a rencontré pas mal de résistance mais que celle-ci ne faisait pas le poids. C'est presque à se demander pourquoi il a besoin de moi.

Après le couloir, qui semble interminable, et quelques pièces annexes, on parvient enfin jusqu'à une immense porte en pierre gravée de la même rune que celle qu'arborent les vampires de Lazarus.

D'après les souvenirs d'Yvan, c'est là que je vais trouver son Maître.

Raphaël me saisit l'avant-bras.

—Cette protection est trop puissante pour que je la force. Tu es seule à partir d'ici.

J'imagine donc qu'il a forcé la précédente. Il aurait pu me dire qu'il pouvait faire ça. Il est pénible à faire tous ces mystères. Mais ce n'est pas le moment de lancer un débat.

Je hoche la tête simplement.

—Bonne chance, dit-il en laissant sa main s'attarder quelques instants sur la mienne.

Je prends une profonde inspiration et je touche la porte. Ma rune luit faiblement et le chatouillis se fait de nouveau sentir. Puis la porte pivote et révèle un escalier mal éclairé. Avec ma vision vampirique d'emprunt, ça ne me posera pas de problème mais je n'aimerais pas venir là dans mon corps.

Je descends les marches et au pied de l'escalier, je trouve une salle qui ressemble plus à une grotte naturelle qu'à un sous-sol de bar. Les murs et le sol sont nus. Pas de meubles, pas de fioritures. Rien qu'un immense cercueil de pierre au beau milieu de la pièce.

Poseur.

Je m'avance sans faire de bruit. Je prends plusieurs profondes inspirations pour calmer ma nervosité avant de repousser le couvercle.

Un bras jaillit du cercueil.

Un craquement. Une douleur inouïe. Je m'étouffe, je manque d'air. Je me noie. J'ai mal. Tout est sombre autour de moi.

Les ténèbres. La douleur.

Un cri.

Mes membres ne répondent plus.

J'ai envie de mourir pour que la douleur cesse. Un temps infini s'écoule. J'essaie de crier, d'appeler Raphaël. Je ne sais pas si j'y parviens. Toutes mes perceptions sont noyées par la douleur. Je suis aveugle, sourde, muette.

Mon âme claque comme un élastique en se remettant en place dans mon corps.

L'air dans mes poumons me brûle.

Je vomis.

J'ai toujours aussi mal.

Je suis morte.

Les ténèbres m'engloutissent.

Chapitre 16

— Sascha ! Sascha !

Une voix grave, rocailleuse, me tire des ténèbres glacées qui m'étreignent. J'ouvre les yeux avec peine. Tout est flou. Peu à peu je distingue le visage de Raphaël au-dessus de moi et il est aussi beau qu'un ange.

Beau et terrifiant.

Couvert de sang. Ses cheveux argentés sont écarlates.

Il me serre contre son torse musclé, ses bras forment un étau autour de ma petite coquille fragile. Je me sens comme un nouveau-né. J'ai mal partout, je ne peux pas articuler le moindre mot.

Quand il voit mes yeux s'ouvrir, son expression s'illumine.

— J'ai cru que je t'avais perdue.

Il me semble distinguer une larme qui roule sur sa joue et entraîne le sang dans son sillage, comme un diamant dont la pureté nettoierait tout ce qu'il touche.

Il me caresse les cheveux, le visage, il me serre plus fort contre lui et murmure mon prénom à l'infini.

Soudain la mémoire me revient.

Je suis morte.

Cette prise de conscience me saisit à la gorge et expulse l'air de mes poumons, me laissant haletante et en panique. Je repousse Raphaël tant bien que mal. Toutes mes forces m'ont quittée.

Un arrière-goût amer fait remonter la bile dans ma gorge. Mon estomac se retourne. Je vomis. Raphaël me retient les cheveux en arrière et me pince le nez pour éviter que l'acide me brûle les narines. Je reste là, pliée en deux un long moment à me vider presque sans pouvoir reprendre mon souffle. J'ai l'impression que je ne pourrai jamais m'arrêter. La douleur m'étreint tous les membres et c'est à peine si je sens les mains de Raphaël sur moi.

Après une éternité, quand je n'ai même plus de bile à rendre et que j'ai l'impression que je vais suffoquer, Raphaël me force à me redresser et passe une serviette mouillée sur mon visage. Il me fait avaler un comprimé avec un verre d'eau avant de me reprendre dans ses bras.

— Chut, chut, tout va bien maintenant. Tu es à l'abri, tu es en sécurité. Oh, Sascha, je suis désolé, désolé, désolé...

Il le répète un millier de fois en me berçant contre son torse, en déposant des baisers sur mon visage, mon front, mes cheveux. Puis je sens qu'il me soulève et m'emporte quelque part.

Il finit par arriver à destination. Allume la lumière. Le néon m'agresse les yeux et donne un nouveau souffle à ma nausée. En voyant ma réaction, Raphaël éteint avant de me poser par terre, contre le mur. Je me sens tellement vide que j'arrive à peine à tenir assise.

Il me débarrasse de mes vêtements un à un avant de se déshabiller à son tour.

J'aurais tellement aimé qu'il fasse ça à un moment où je n'aurais pas été malade à en mourir. J'aurais pu profiter du spectacle de ses muscles fins roulant à chacun de ses mouvements gracieux et précis. Au lieu de ça, j'ai l'impression de me désagréger à chaque souffle.

Ma migraine postpossession n'est qu'une vague douleur comparée à la souffrance qui m'étreint tout le corps. J'ai envie de m'allonger, de fermer les yeux et de ne plus jamais les rouvrir. Qui peut encaisser autant de douleur ? Certainement pas moi.

Je sens les mains de Raphaël sur mon corps nu. Elles sont chaudes comparées à ma peau glacée.

Eh, t'as pas l'impression que le moment est mal choisi pour me peloter ?

Je sens qu'on bouge encore. Je rouvre les yeux. Je ne sais même pas quand je les ai fermés. Raphaël est en train de nous installer dans une immense baignoire.

L'eau chaude sur mon corps meurtri est comme un baume qui calme peu à peu mes tremblements. Je n'avais même pas remarqué que je tremblais jusqu'à ce que ça s'arrête.

Raphaël est assis derrière moi, ses pectoraux fermes pressés contre mon dos. Il fait courir ses mains sur tout mon corps mais son contact n'a rien d'érotique. Il est simplement en train de nous laver.

Vu comme je suis installée, s'il trouvait le moment excitant, je le sentirais.

La pointe de déception que je ressens en découvrant qu'aucune érection n'appuie sur mes fesses me rassure sur mon état. Si j'arrive à prêter attention à ce genre de choses, c'est que je vais un peu mieux.

Je me laisse aller contre Raphaël, je m'abandonne à ses caresses même si elles n'ont rien de ce que j'aimerais. Je dois me contenter de ce qu'il me donne.

Les yeux fermés, je laisse mes pensées dériver. Je m'imagine que Raphaël fait courir ses mains sur mon corps parce qu'il a envie de moi, que ses lèvres m'effleurent le dos, la nuque, les lèvres…

Il glisse une main entre mes cuisses et je m'arque contre la sensation de ses doigts sur mon sexe. Un léger halètement m'échappe tandis qu'il me mordille l'oreille. Sa queue, dure et tendue, appuie contre mes fesses et je me tortille légèrement pour l'amener exactement là où je veux qu'elle soit.

Quand une sensation de froid m'étreint, j'ouvre les yeux. Raphaël nous a sortis de la baignoire et il est en train de me sécher avec une serviette. Je reprends doucement mes esprits et je me sens rougir de ce que je viens d'imaginer.

Raphaël m'aide à prendre un bain et tout ce à quoi j'arrive à penser c'est qu'il essaie de me sauter pendant que je suis en train de rendre l'âme. Je suis pitoyable. J'ai vu que je ne lui faisais aucun effet alors pourquoi est-ce que je continue à m'accrocher ? C'est bien mon genre de fantasmer sur l'un des rares mecs que je ne peux pas avoir en claquant des doigts.

Et puis qu'est-ce qui ne va pas chez moi, bon sang ? Une minute je suis à l'agonie et la suivante mes hormones ne tiennent plus en place. Il doit me manquer une case.

Le fil de mes pensées est interrompu par Raphaël qui me soulève de nouveau pour m'emporter dans une autre pièce.

Je le sens me déposer sur une surface douce et confortable. Je dois être sur le canapé. Une couverture, un chaste baiser sur le front. Et puis plus rien.

Je me réveille dans une pièce sombre et inconnue. La douleur qui fait vibrer mes membres me rappelle pourquoi je ne suis pas dans mon lit. L'affrontement, Lazarus, Raphaël… Tout se mélange dans ma tête.

Je me relève péniblement et remarque que je ne suis pas sur le canapé du salon mais dans le lit de Raphaël, qui est lové contre moi, un bras passé autour de ma taille. Je l'écarte doucement pour ne pas le réveiller mais il ouvre immédiatement les yeux et se redresse.

— Sascha ! s'exclame-t-il en me prenant dans ses bras.

Je le repousse un peu.

— Que… qu'est-ce qui s'est passé ? j'articule à grand-peine.

Raphaël baisse les yeux.

— Un piège, il finit par murmurer. C'était un piège.

La mémoire me revient doucement. Les images sont floues, dans le désordre.

— Lazarus s'attendait à notre visite… Tous les vampires que j'ai éliminés n'étaient que des humains transformés à peine quelques heures plus tôt. Après que tu es entrée dans le tombeau, sa véritable armée est sortie de je ne sais où…

Il marque une longue pause. Inspire et expire plusieurs fois d'affilée.

— Je t'ai entendue crier mais je ne pouvais rien faire. J'ai dû… fuir. Le soleil les a empêchés de me suivre.

Il se rapproche de moi et se penche pour me prendre dans ses bras. Je recule.

La douleur est insoutenable. J'ai l'impression que chacune de mes cellules se désagrège puis se reforme avant de se désagréger de nouveau. Les souvenirs de cette nuit m'assaillent soudain comme un raz-de-marée.

Mourir est une expérience atroce. Mourir de la main de Lazarus est un cran au-dessus. Je ne sais pas ce qu'il m'a fait – ce qu'il a fait à Yvan – mais j'ai l'impression qu'on m'a arraché le cœur et qu'on l'a remplacé par un vide béant qui me dévore de l'intérieur avec des milliers de dents acérées.

On m'a arraché le cœur et on l'a remplacé par un Langolier.

J'ai envie de hurler. J'ai envie de me rouler en boule et de mourir. Mourir en hurlant ma douleur.

Je suis morte. Lazarus m'a tuée.

Raphaël me regarde de ses magnifiques yeux d'argent liquide. Il me répète encore qu'il est désolé.

Je me lève tant bien que mal. Je tiens à peine sur mes jambes mais je ne peux pas rester ici une minute de plus.

Je me traîne jusqu'à la porte. Raphaël ne me retient pas.

Quand elle claque, c'est comme un coup de fouet. Je suis morte ce soir et tout a été emporté avec moi.

Chapitre 17

Mon appartement est vide et froid. J'ai l'impression, d'une certaine manière, que les jours se suivent et se répètent.

J'ai déjà joué cette scène. Seule. Effondrée sur le sol de ma chambre. À considérer ma vie et à me demander ce que j'ai fait pour la mériter. Sauf que ce soir, il n'y a pas que la solitude qui me maintient clouée au sol. Il y a la douleur aussi.

Je ne sais pas comment j'ai fait pour me traîner de chez Raphaël à chez moi. Mais à présent que j'y suis, j'ai l'impression que si j'arrêtais de me battre ne serait-ce que quelques secondes, je pourrais mourir de douleur.

Raphaël m'a trahie. Il a dit que ce serait facile. Que je devais simplement entrer et planter la dague dans le cœur d'un vampire endormi.

Est-ce que forcer la deuxième rune de protection aurait été si difficile ? Il avait réussi à en passer une, il aurait pu franchir la deuxième aussi. La seule explication cohérente que je vois, c'est qu'il ne voulait pas se mettre en danger. Il s'est servi de moi. Il m'a fait croire que ce serait simple, il a joué avec mon désir de vengeance. Tout ça pour ne pas avoir à affronter ce monstre de Lazarus lui-même.

Quand je ferme les yeux, je vois son visage. Ses yeux. Ses mains. Il m'a arraché le cœur. Littéralement. Et il a souri avant de me jeter au sol et de me regarder mourir lentement. Un vampire peut survivre plusieurs minutes sans son cœur. Mais ça fait un mal de chien. Quand les flammes ont fini par me consumer, en partant de ce trou béant dans ma poitrine, j'ai ressenti du soulagement. Enfin, la libération.

À chaque seconde qu'a duré ma lente agonie, j'ai essayé de ramper hors du tombeau et hors du corps d'Yvan mais je n'ai réussi à faire ni l'un ni l'autre. Je me suis vidée de mon sang par terre. Pendant que Lazarus regardait et riait.

Je crois qu'il a même dit quelque chose, quelque chose sur Raphaël mais j'étais trop occupée à hurler ma douleur pour distinguer ses paroles.

Puis les flammes sont venues. La mort. La Mort, même.

Et j'ai cru que j'étais réellement en train de mourir. Je ne parvenais pas à me détacher du corps de mon hôte et je me transformais en poussière en même temps que lui.

Avec la certitude que Raphaël m'avait abandonnée. Que j'allais mourir seule dans ce tombeau. La part rationnelle de moi savait qu'il ne pourrait pas venir me sauver. J'avais accepté le plan et ce qu'il impliquait.

Mais au moment d'expirer mon dernier souffle, sur le sol froid et dur de ma tombe, je me suis sentie trahie. J'aurais voulu que… je ne sais pas…

Tout ça n'a aucun sens.

Je crois que j'ai eu la bêtise de tomber amoureuse de Raphaël. Moi. L'insensible. La solitaire. J'ai baissé ma garde avec lui, sans même m'en rendre compte. Et voilà où ça m'a menée.

Bien sûr, c'est mon désir de vengeance qui m'y a conduite en premier lieu. Mais peut-être que je n'aurais pas foncé tête baissée dans ce guêpier si je n'avais pas aveuglément fait confiance à Raphaël. Si je n'avais pas eu de sentiments pour lui, je n'aurais pas étouffé mon sens de l'autopréservation.

Toute ma vie, je n'ai eu personne à qui faire confiance, personne sur qui me reposer. J'ai toujours compté uniquement sur moi-même. Et ça a été si bon de pouvoir compter sur quelqu'un d'autre. Mais une terrible erreur aussi. Une erreur que je ne reproduirai plus jamais.

Pourtant toutes les bonnes intentions du monde n'y suffiront pas. Ce soir, mon cœur saigne et pleure d'avoir été déçu par Raphaël.

Il s'est inquiété pour moi, il s'est occupé de moi, pourtant ce n'est pas suffisant. Je lui ai confié ma vie, mon âme et mon cœur et il s'est montré incapable de me protéger. Il lui a suffi de quelques semaines à peine pour me détruire alors que ça fait vingt-trois ans que je veille sur moi-même sans incident majeur.

Quelle paumée je fais. Incapable d'aimer et de faire confiance à ceux qui m'aiment, j'ai choisi un type insensible obnubilé par sa « mission » pour lui confier mon cœur. Je n'ai que ce que je mérite.

Quand la douleur finit par s'atténuer d'un cran, je me laisse aller. Je flotte doucement dans un lieu hors de l'espace et du temps. Un endroit où je peux craquer sans que ça me coûte la vie. Un endroit où je n'ai pas à porter une armure en permanence.

Je laisse les larmes couler, je laisse la douleur m'emporter, je laisse la peine me renforcer.

Je m'en sortirai. Comme je m'en suis toujours sortie. Je n'ai pas besoin de Raphaël. Je n'ai besoin de personne.

Je peux aller ailleurs. Dans une autre ville. Loin d'ici. Recommencer à zéro. Lazarus ne saura jamais que j'ai participé à cette attaque. Il ne viendra jamais me chercher. Tout n'est pas perdu.

Mes larmes sèchent peu à peu d'elles-mêmes.

Je me lève. Je tiens debout. Je m'allume une cigarette. Je m'assieds devant mon ordinateur. Je pourrais partir dans un pays où il fait beau et chaud. Je servirais des *mojitos* et je passerais mes journées à la plage. Plus de pouvoir, plus de vampires, plus de guerrier séduisant à se damner. Rien que moi, le soleil et la mer.

Le bruit d'une serrure qu'on fait tourner me fait sursauter. Je tends l'oreille.

La porte d'entrée se referme avec un claquement presque imperceptible.

La terreur me prend aux tripes. Je suis seule. Je n'ai rien pour me défendre. Je suis faible.

Pour la première fois de ma vie, j'ai vraiment peur. Jusqu'à ce soir, j'ai cru que mon pouvoir me rendait invincible, immortelle. Même quand les vampires m'ont attaquée devant chez moi, je n'ai pas compris à quel point j'étais vulnérable. Raphaël est venu me sauver. C'est peut-être même ce qui m'a induite en erreur. J'ai cru qu'à présent, j'avais quelqu'un pour veiller sur moi. Qu'à nous deux nous étions imbattables. J'ai découvert que c'était faux et ça fait mal.

Si Lazarus avait trouvé un moyen de me localiser ? S'il était ici, chez moi… S'il faisait subir à mon vrai corps ce qu'il a infligé à celui d'Yvan ?

Je tremble en me relevant.

J'attrape le premier objet lourd qui passe. Je ne regarde même pas ce que c'est parce que je n'ai pas le temps, la porte de ma chambre s'ouvre. Je lève mon arme de fortune.

— Hé Sascha, t'es l…

Nicolas se tourne vers moi et s'interrompt en pleine phrase en me voyant. Il me regarde comme une revenante.

Je m'aperçois que je brandis toujours quelque chose : ma guitare !

Je la baisse.

Nicolas me prend dans ses bras sans un mot. Il me serre fort.

Je me colle à son torse chaud. Il sent la lessive et son parfum. J'emplis mes poumons de son odeur. J'ai l'impression d'être rentrée chez moi. C'est idiot, je suis chez moi. Simplement, cet appartement m'est aussi étranger qu'un troisième bras qui me serait poussé. Ce n'est que la présence de Nicolas qui le rend accueillant, chaleureux, qui fait que c'est chez moi…

On reste là un moment, en silence.

Il me caresse doucement les cheveux. Je m'accroche à lui comme à une bouée de sauvetage. J'ai l'impression qu'il est le seul à pouvoir me sauver de la noyade.

— Bon sang, bébé, qu'est-ce qui t'est arrivé ? il murmure au bout d'un moment.

Mais je sens bien que sa question est purement rhétorique. De toute façon, ce n'est pas comme si je pouvais lui répondre.

Je le serre plus fort contre moi et savoure encore un instant son contact. Ses bras forts, son torse ferme, sa chaleur.

Il tourne la tête, trouve mes lèvres et y dépose un petit baiser timide. Un baiser de réconfort, amical, gentil.

Je m'empare de sa bouche à mon tour mais mon baiser est passionné, désespéré, perdu.

Il l'accepte, il m'embrasse comme un affamé à son tour.

Nos vêtements disparaissent de nos corps en quelques secondes. Il m'allonge sur le lit et se couche sur moi.

Il me caresse, tout doucement. Ses gestes sont hésitants mais passionnés à la fois. Il n'arrête pas de m'embrasser partout. Sur la bouche, les joues, le front, la mâchoire, le cou, la poitrine.

Il est doux et empressé à la fois.

Je passe les mains sur son torse, sur son dos, je le caresse, je le griffe, je lui mordille les lèvres, la mâchoire, la clavicule.

Il s'enfonce en moi. Lentement, tendrement. Il me fait l'amour.

Je voudrais pouvoir me dire que c'est que de la baise mais je le regarde dans les yeux et ses sentiments pour moi y sont aussi nets que s'il me les offrait sur un plateau. Et je sens une connexion avec lui. Un lien si profond que je m'abandonne aux sensations que me procure son corps sans réfléchir aux conséquences.

Nos corps bougent en rythme et nos esprits s'unissent dans cette danse.

Je suis bien dans ses bras. Je me sens en sécurité, je me sens aimée, je me sens vivante.

— Oh… Raphaël, je gémis.

Nicolas s'immobilise. J'ouvre les yeux.

Il me regarde. Il semble triste et déçu en même temps. Je sais qu'il n'y a rien que je puisse dire pour arranger ça. Merde.

Il se redresse tout doucement. Pendant une demi-seconde, j'envisage de le retenir. Il n'y a rien à faire pourtant.

Il se retire, se relève, enfile ses vêtements.

Le silence est pesant.

Comment j'ai pu foirer à ce point-là ? Qu'est-ce qui me prend ?

Je me lève aussi, me rhabille en vitesse.

Un autre jour et je suis de nouveau dans la cuisine avec Nicolas. Je lui ai fait du mal sans le vouloir une fois de plus, et je m'en veux une fois de plus.

Qu'est-ce qui cloche chez moi ?

Je voudrais m'excuser mais les mots me semblent creux. Ils ne franchissent pas mes lèvres.

— Alors ce sera toujours comme ça, entre toi et moi ?

La voix de Nicolas est tendue, tremblante, comme s'il était au bord des larmes ou de la crise de nerfs. J'ai envie de disparaître. M'enfuir. Me cacher.

Je reste là, sur le pas de la porte.

J'allume une cigarette. Je mets en route la machine à café. J'essaie de me laisser le temps de réfléchir.

— Nicolas… je…

— Quoi ? Sascha ? Tu es désolée ?

Oui, ça sonne creux. Je n'ai même pas la force de pleurer.

Je m'assieds avec ma tasse de café, le regard perdu dans le vague j'exhale la fumée de ma cigarette.

— J'ai eu une dure soirée.

C'est tout ce que je parviens à dire.

Nicolas hoche doucement la tête. J'ai l'impression qu'il va exploser d'une minute à l'autre. Et je ne sais pas ce qui m'effraie le plus : qu'il me hurle dessus ou qu'il me montre à quel point je l'ai blessé.

L'un ou l'autre, peu importe. Je me déteste pour ce que je lui fais subir de toute façon.

Il prend une profonde inspiration. Quand il reparle, sa voix est calme, glaciale, métallique.

— Tu sais, j'ai longtemps cru que ça venait de moi… J'ai pensé que je n'étais pas assez bien pour toi. Que je ne méritais pas une fille comme toi… Et puis j'ai vu les losers que tu te tapais. Et j'ai encore cru que c'était moi. Que j'étais moins bien que ces mecs-là…

Ses paroles me font l'effet d'un pic à glace dans le cœur. Je le laisse continuer. Je n'ai rien à dire pour ma défense.

— Et j'ai cru que si je m'améliorais, que si j'étais là pour toi… J'ai cru que je pourrais attendre d'être assez bien pour toi. Qu'un jour, je te mériterais…

Il s'avance vers moi. Calme, mesuré.

Il s'arrête à ma hauteur.

— J'espère que cet enfoiré de Raphaël te traite mieux que ce que tu mérites, bébé.

Il m'embrasse sur le front.

Il sort, sans un mot de plus.

La deuxième fois qu'on m'arrache le cœur. Je croyais avoir tellement souffert la première fois que je serais insensibilisée et pourtant…

Nicolas pousse un cri. J'entends des bruits de… de quoi ? On dirait qu'il est en train de passer une violente colère sur le mobilier.

Je me précipite hors de la cuisine. Un type, gigantesque, en treillis et torse nu, me barre la route.

Chapitre 18

Oh mon Dieu ! Lazarus m'a retrouvée !

Le type sourit de toutes ses dents en me voyant. Il est couvert de tatouages, sur les bras, les épaules, les pectoraux, le visage. Il est gigantesque et terrifiant. Il ne peut être qu'un des sbires de Lazarus.

Et il n'est sûrement pas venu seul : j'entends Nicolas crier et se battre dans le salon.

Je n'ai pas le temps de réfléchir. Mon attaquant se jette sur moi, prêt à m'attraper comme un chat capture une souris.

Je l'esquive de justesse et je le contourne en passant sous son bras avant de poser la main entre ses omoplates.

Merci de combattre à moitié nu, monsieur Gros Muscles !

Je suis absorbée dans son corps instantanément. Cependant, aucune pensée, aucun souvenir ne m'assaille lorsque je prends possession de mon adversaire. Il est comme une coquille vide. Étrange.

Je n'ai pas le temps d'étudier la question. Je me précipite vers le salon où le bruit de bataille semble s'être apaisé.

Je débarque dans la pièce et trouve un deuxième gigantesque tatoué penché au-dessus du corps de mon ami.

Oh non ! Oh non ! Qu'est-ce qu'il lui a fait ?

— Tu l'as trouvée ? me lance le type en se relevant.

Je secoue la tête en m'avançant. Plus je serai près quand il comprendra que quelque chose cloche avec son pote et plus j'aurai de chances de l'éliminer proprement.

— La salope a dû s'enfuir quand son copain s'est interposé, poursuit-il en désignant Nicolas.

— L'appelle pas comme ça, dit une voix derrière moi.

Je me retourne pour voir arriver un troisième gigantesque tatoué depuis le couloir.

Mes chances de l'emporter viennent de se réduire comme peau de chagrin.

Un gargouillis s'élève de là où Nicolas gît par terre.

Pas le temps de réfléchir. Je me tourne vers le type du couloir. Il est plus proche que l'autre et moins d'obstacles nous séparent.

J'attrape le couteau attaché à la cheville de mon hôte et je bondis sur lui.

Lazarus ne m'a pas envoyé de la gnognotte. J'imagine que ça c'est sa garde personnelle.

Je laisse la fureur guider mes gestes. Le massacre du couvent, la débâcle au bar, Nicolas gisant dans une mare de sang. Toutes les images se mélangent dans ma tête tandis que j'arrive au ralenti sur mon adversaire.

— Qu'est-ce qui te prend ? il a le temps de demander avant que ma lame s'enfonce dans sa gorge.

Mais planter un couteau dans la gorge d'un vampire ne le tue pas.

J'arrache mon arme à la chair et je suis aspergée de sang.

L'autre type arrive derrière moi et m'assène un coup de poing dans le dos. Je recule sous la puissance de l'impact. Son pote se vide de son sang par à-coups. Comme si son cœur battait et que j'avais tranché une artère. Mais c'est un vampire, son cœur est mort. Son sang devrait couler en flux continu.

J'aurais voulu pouvoir l'achever avant qu'il cicatrise et se relève mais le deuxième géant tatoué me roue de coups. Ça fait mal. Mais ce n'est rien comparé à tout ce qui m'est déjà arrivé.

Je pousse un cri de rage et je passe à la contre-attaque. Je fends l'air de mon couteau.

À ton tour de reculer, enflure !

Il arrête mon bras en me saisissant le poignet. Il commence à me tordre la main pour me désarmer mais j'ai le réflexe de lui coller un crochet du gauche. Il encaisse le choc mais me lâche.

— Putain, t'es douée, il dit en crachant un peu de sang. Viens, ma belle.

Il se met en garde et me fait signe d'approcher. Il sait ce que je suis, donc pour la surprise c'est raté.

Je ne peux plus compter sur la force pure. De toute évidence ces brutes en ont à revendre mais le combat est trop bien équilibré et je n'ai plus entendu Nicolas gémir depuis quelques secondes. Je n'ai pas le temps de me battre contre ces types à la loyale.

J'attrape la table basse qui se trouve sur mon chemin et je la jette sur le tatoué en face de moi. Il l'esquive sans problème et elle explose en mille échardes de contreplaqué sur le mur derrière lui. Mais ça me donne le temps de me rapprocher et de le frapper dans les côtes avant de lui coller un coup de genou dans le nez lorsqu'il se plie de douleur.

Je m'empare de son couteau et le lui plante dans le dos. Pile entre les omoplates. Le sang jaillit comme un geyser. Et mon agresseur se désintègre en pluie de flammes. Habituellement les vampires font de la cendre mais peu importe. Je me tourne vers Nicolas mais je n'ai pas le temps de m'assurer qu'il va bien. Mon deuxième assaillant s'est remis de sa blessure à la gorge et s'approche de moi.

Il lève la main comme pour demander une trêve. J'en profite pour m'élancer et je le percute comme un bulldozer.

Si je n'étais pas en train de me faire attaquer par des ennemis mortels, je trouverais ça assez amusant d'avoir une telle force à disposition.

—Arrête ! s'exclame l'autre en crachant du sang.

Arrêter ? Ça ne va pas bien dans sa tête ?

Je lui colle un coup de poing en plein visage et il part en arrière avant d'être bloqué par le mur.

Je me rapproche tandis qu'il reprend son souffle. Il tente de m'empêcher de planter mon couteau en plein dans son cœur mais un coup de genou dans les parties finit de régler la question. Deuxième pluie de flammes.

Je me précipite au chevet de Nicolas.

Il a perdu énormément de sang. Il ne respire plus. J'essaie de lui faire un massage cardiaque mais avec les grosses mains de mon hôte, je lui casse une côte dans l'opération.

Je panique.

Nicolas est en train de mourir sur le sol de mon salon et il me reste un ennemi à tuer. J'ai les mains pleines de sang et son odeur cuivrée, écœurante, m'emplit les narines, m'empêchant de former une pensée cohérente.

Ok, ok, calme-toi, je me répète.

Au bout de la dixième fois mon mantra commence à fonctionner. Je parviens à me concentrer. Une chose à la fois : me débarrasser de mon hôte puis appeler les secours.

Je me rends dans la salle de bains et fouille mon tiroir à la recherche des somnifères que je prenais dans l'espoir de bloquer mes cauchemars. Je casse quelques trucs avec mes grosses paluches mais je finis par m'en sortir. Je donne une dose de cheval à mon hôte et j'attends qu'il s'effondre pour réintégrer mon corps.

Sans perdre de temps malgré mes côtes qui me font un mal de chien, j'attrape le couteau qui est resté par terre dans le couloir. Je retourne jusqu'à la salle de bains et j'achève le dernier type. Une fois son corps parti en fumée je retourne dans le salon.

Je me saisis du téléphone pour appeler les secours.

Je vérifie le pouls de Nicolas à la demande de l'opératrice. Il n'y a plus rien. C'est fini. Je raccroche.

Je n'arrive pas à croire que mon ami n'est plus qu'un corps sur le sol de mon appartement.

Un cri strident parvient à mes oreilles. Je comprends qu'il sort de ma gorge. Je suis en train de hurler.

Nicolas est mort.

Nicolas est mort.

Nicolas est mort.

Je me balance d'avant en arrière comme si ça pouvait changer quoi que ce soit.

Nicolas est mort.

Je n'ai plus de larmes à verser.

Je le prends dans mes bras. Je lui caresse le visage. Je lui ferme les yeux.

Ses magnifiques yeux ourlés de cils trop longs pour un garçon. Plus jamais il ne me regardera de ces yeux-là. Plus jamais il ne rira. Plus jamais il ne me fera l'amour.

Et la dernière fois qu'on s'est parlé, c'était pour se disputer.

La douleur est insoutenable. Je n'ai plus la force de me battre. Une vague de ténèbres s'abat sur moi alors qu'un dernier cri s'échappe de ma gorge.

De violents coups frappés à la porte me tirent de ma transe. J'ouvre et les ambulanciers se précipitent dans l'appartement, suivis par deux policiers qui m'entraînent dans la cuisine.

J'étais tellement sous le choc que je n'ai même pas remarqué que j'étais couverte du sang de mon ami étendu mort dans le salon. Nos agresseurs ont disparu. Il y a un couteau plein de mes empreintes quelque part dans l'appartement. Je suis mal.

— Pouvez-vous nous dire ce qui s'est passé, mademoiselle Martin ?

Je n'ai jamais eu de nom de famille à moi alors j'ai choisi le patronyme le plus courant de France quand je me suis fait faire mes papiers. Ça avait demandé une petite possession mais ça m'avait permis de tout effacer de mon passé.

— Je…

Ma voix tremble parce que je ne sais pas quoi dire, je ne me suis pas préparée à répondre à un interrogatoire. Je n'ai pas la moindre idée de quoi leur dire.

L'un des flics me donne un verre d'eau que je bois lentement pour me laisser le temps de trouver une histoire plausible.

— On a été attaqués.

Celui assis en face de moi sort un calepin tandis que l'autre se met à examiner les lieux. Du coin de l'œil, je vois les ambulanciers passer avec un brancard couvert d'une sorte de bâche.

J'ai la nausée. Nicolas est dans un sac mortuaire. Et c'est ma faute.

L'enquêteur attend que je reprenne mais je sens qu'il ne va pas se montrer très patient. Je dois lui prouver que je coopère.

— Il y avait un type et… Nicolas…

— La victime ?

C'est encore pire dit comme ça.

— Oui. Il était dans le salon et j'ai entendu un bruit de bagarre, je suis sortie pour voir…

Je m'étrangle, je suis en train de lui raconter la vérité. Mais il ne me croira jamais.

J'envisage pendant un instant de prendre possession de son corps, mais je ne sais pas ce que je ferai après.

— Nicolas était par terre et le type m'a attaquée mais je lui ai fait lâcher son couteau, et il a pris peur je crois. Il s'est enfui.

Le flic me détaille de la tête aux pieds, longuement. Il n'y croit pas une seconde. Comment j'aurais pu désarmer un homme qui venait de tuer Nicolas ?

Cependant il ne me fait pas part de son incrédulité et poursuit ses questions.

— Comment votre agresseur a-t-il fait pour entrer ?

— Je ne sais pas.

— La porte n'est pas fracturée, lance son collègue depuis l'entrée.

— Nicolas est entré en dernier, il a peut-être mal fermé derrière lui…

Il m'observe par-dessus son calepin où il doit être en train de noter « folle à lier ».

— Et à quoi ressemblait-il ? Vous pouvez nous le décrire ?

— Il était grand et tatoué. Les cheveux rasés.

Je ne sais pas pourquoi je prends cette peine, ce n'est pas comme s'ils avaient une chance de le retrouver.

Le flic qui examinait l'appartement revient dans la cuisine et entraîne son collègue à l'écart. Ils discutent quelques minutes à voix basse puis celui qui m'interrogeait hoche la tête et revient vers moi.

— Vous allez devoir nous accompagner au commissariat, mademoiselle Martin.

Je n'ai aucune envie de les suivre mais je ne vois pas ce que je peux faire d'autre. Je me lève au moment où l'un des ambulanciers revient.

— On devrait d'abord l'emmener à l'hôpital faire quelques examens, dit-il avant de se tourner vers moi : Vous êtes blessée ?

Je secoue la tête.

— Je ne sais pas.

S'ils m'emmènent à l'hôpital, je vais peut-être pouvoir m'esquiver ensuite.

L'ambulancier et les flics discutent un moment en aparté et enfin le premier revient vers moi.

— On vous emmène, il me dit.

J'aurais voulu ne jamais le revoir. J'avais l'intention de rester à l'écart. Affronter Lazarus de nouveau après ce qu'il m'avait fait subir me paraissait au-dessus de mes forces. J'avais espéré pouvoir m'enfuir et tout oublier. J'avais espéré qu'avec le temps l'âme immortelle d'Irina pourrait pardonner mon manquement à ma promesse. J'avais failli à venger sa mort. J'avais failli à venger le massacre de ma famille. J'avais cru pouvoir m'en détacher.

Mais le destin en a semble-t-il décidé autrement. Je ne peux plus reculer à présent.

Lazarus connaît mon existence et il ne lui a pas fallu longtemps pour envoyer ses sbires à mes trousses. Je n'ai plus le choix. L'ai-je jamais eu ?

Il me faut plusieurs heures pour parvenir à me tirer de l'hôpital. Je passe tout un tas d'examens avant de me retrouver seule dans une chambre. La police doit revenir me chercher dans quelques heures, d'après l'infirmière qui me propose des somnifères avant de me laisser dormir un peu.

Je n'hésite pas longtemps avant de filer. Je prends possession d'une infirmière dont je pille le casier pour m'habiller normalement, avant de la laisser endormie dans une salle de repos et de filer l'air de rien par la grande porte.

Je pense à Nicolas que je laisse seul. Dans les ténèbres. Dans le froid. Je ne peux plus rien faire pour lui. Je ne peux que me retourner contre celui qui lui a infligé ça. Par ma faute. Tout est ma faute.

J'ai envie de vomir.

Je me calme en me répétant « une chose après l'autre ».

Je dois aller trouver Raphaël. Je n'y arriverai pas sans lui. C'est une certitude même si ça me tue de l'admettre.

J'arrive devant sa porte. Je sonne. Rien.

Pas un bruit. Pas une lumière. Je sonne encore.

Il n'est pas là.

Je m'assieds sur les marches à côté de sa porte. Je réfléchis. Je peux l'attendre là. Il finira bien par rentrer. Le soleil est levé. Je suis en sécurité. Pour le moment.

J'ai le souffle coupé quand je comprends soudain. Si Lazarus m'a retrouvée aussi facilement, il a dû envoyer ses sbires chez Raphaël aussi. Il le connaissait déjà. Il savait sûrement où le trouver.

Je panique. J'essaie d'ouvrir la porte. Elle n'est pas verrouillée.

Je me précipite à l'intérieur.

— Raphaël !

Personne au salon, ni dans la cuisine.

— Raphaël !

Personne dans la salle de bains.

Personne dans la chambre.

Mon cœur bat plus vite. Je suis hors d'haleine quand j'arrive en haut de l'escalier menant à la cave. Dernière chance.

Ça s'annonce mal : il n'y a pas un bruit.

Je ne sais pas ce que j'espère. Si je ne retrouve pas Raphaël, cela signifie soit que les hommes de Lazarus l'ont eu, soit qu'il est simplement sorti. Si je le retrouve alors qu'il n'a pas répondu à mes cris paniqués en revanche, il n'y a qu'une seule explication…

Alors que j'ai traversé tout l'appartement au pas de course, à présent qu'il n'y a plus qu'un endroit à explorer, je ralentis.

Je descends l'escalier, une marche après l'autre. Précautionneusement. Aux aguets.

Je ne suis pas armée et j'espère simplement que ce silence signifie qu'il n'y a personne nulle part.

J'atteins la dernière marche. J'actionne la poignée. La porte s'ouvre avec un grincement sinistre.

Oh mon Dieu !

Raphaël est étendu au milieu de la pièce dans une mare de sang. Il y en a partout. Sur le sol, sur les murs, au plafond.

Il est à moitié nu et son dos est tellement en charpie que je n'arrive pas à savoir si ce sont des éclats d'os que je distingue.

Je détourne le regard un instant.

La nausée me reprend.

Je prends une profonde inspiration. Je dois m'approcher. Je dois m'assurer qu'il…

Trop de morts en aussi peu de temps. Trop de violence, de sang et de chair exposée.

Je m'avance dans la petite cave. Je m'agenouille près de Raphaël.

On dirait qu'il a été fouetté à mort. Les salauds.

Comme pour Nicolas, il n'y a rien à faire. Raphaël gît inerte sur le sol. Ses cheveux d'argent couverts de sang et de lambeaux de chair.

Nausée.

Profonde inspiration.

Je détourne les yeux. Qu'est-ce que je vais faire maintenant ? J'ai tellement compté sur Raphaël pour m'aider que je n'ai même pas envisagé qu'il pourrait...

Je décèle un mouvement du coin de l'œil. Discret, presque invisible mais je jurerais qu'il respire. Je me fais des idées. La nuit a été rude, j'ai des hallucinations.

Je dois en avoir le cœur net. Je me penche sur Raphaël. J'écarte ses cheveux de sa nuque. J'occulte le fait que mes mains sont couvertes de sang.

Je pose les doigts sur son pouls et j'attends.

Pitié, faites qu'il ne soit pas mort.

Je prie silencieusement. Je n'ai pas prié depuis le couvent mais aujourd'hui, je prie.

Une légère vibration sous mes doigts. Infime. Presque inexistante.

L'espoir.

— Raphaël ! Je t'en supplie, ne meurs pas.

J'hésite à appeler les secours. Ils pourraient faire quelque chose pour lui. Mais Raphaël n'est pas tout à fait humain. Le confier à un hôpital risque d'avoir de graves conséquences. S'il survit. Et puis, si les flics me trouvent de nouveau sur une scène de crime quelques heures après ma disparition de l'hôpital, ils vont m'emmener au poste avec des menottes.

Prendre les décisions difficiles, ça n'a jamais été mon truc. J'ai toujours préféré la fuite. Mais je ne peux pas le laisser là, pas comme ça.

Je me précipite à l'étage et ramasse une bassine d'eau et des serviettes. Je ne trouve ni désinfectant ni pansements, ce qui me confirme que la médecine humaine ne lui sera probablement d'aucun secours.

Je vais nettoyer ses blessures et j'aviserai ensuite.

Je descends avec mon chargement.

Je trempe une serviette dans l'eau et j'entreprends de lui laver le dos. Il y a tellement de sang qu'une partie de mon esprit se borne à me répéter que je n'arriverai à rien et que je ferais mieux d'appeler unc ambulance. Je la fais taire en répétant mon nouveau mantra : une chose après l'autre.

Je parviens à retirer une partie du sang. L'eau de la bassine est rouge, la serviette foutue mais ça a l'air moins grave à présent. Si seulement je pouvais le transporter dans la salle de bains.

Mais je n'ai aucune chance d'y parvenir. Entre l'escalier et le poids de Raphaël, c'est une cause perdue.

Je remonte vider la bassine et la remplir d'eau claire et je recommence l'opération.

Son dos est à peu près propre au bout de deux autres allers-retours. Il est couvert de petites plaies mais il n'est pas lacéré comme il le semblait au départ. J'étends une grande serviette par terre et le retourne dessus. Son torse a été étonnamment préservé. Bon sang, mais à quel jeu pervers joue Lazarus ?

Je revérifie le pouls de Raphaël. Il est légèrement plus fort que lorsque j'ai commencé à le nettoyer. Son torse se soulève et s'abaisse lentement, sa respiration se fait plus distincte à chaque minute qui passe.

Je m'assieds en tailleur et pose sa tête sur mes genoux pour la surélever légèrement.

Je caresse ses cheveux d'argent rougis.

— Je t'en supplie Raphaël, réveille-toi, je murmure.

Il ne réagit bien évidemment pas, mais ça me rassure de lui parler.

Alors je lui parle, longtemps. Je lui dis tout ce que j'ai sur le cœur.

Je lui raconte l'attaque à mon appartement, la mort de Nicolas.

Sa respiration finit par se stabiliser. J'ai l'impression qu'il est simplement endormi. Si je ne l'avais pas vu dans l'état dans lequel je l'ai retrouvé j'aurais pu penser qu'il a juste le sommeil très lourd.

— Bats-toi, s'il te plaît. Je t'en supplie. Je ne sais pas ce que je ferais sans toi. Je tiens trop à toi pour te perdre aussi aujourd'hui. Je t'en supplie, ne m'abandonne pas.

Je ne sais pas combien de temps s'écoule mais je reste là, tout du long.

Il doit survivre. Parce qu'il faut que quelqu'un survive. Le destin ne peut pas me prendre tous ceux que j'aime. Pas les uns après les autres.

Soudain ses paupières papillonnent. J'ai l'impression de rêver. Comme dans les films, il ouvre les yeux. Il me regarde.

Pendant un instant, il semble perdu. J'ai l'impression qu'il ne me reconnaît pas.

Puis il rive son regard d'argent liquide sur le mien et ses prunelles s'illuminent.

— Sascha ?

Chapitre 19

Il se relève doucement. Il semble en forme pour quelqu'un qui était mourant quelques heures auparavant. Il me prend dans ses bras. Il me serre contre lui. Sans un mot.

Je me sens bien avec lui. J'ai l'impression qu'il ne peut plus rien m'arriver. Que je suis en sécurité dans ses bras. Je respire son parfum à pleins poumons.

Cette scène me rappelle trop ce que j'ai vécu avec Nicolas juste avant qu'il… Les larmes s'accumulent sous mes paupières à cette pensée.

Raphaël s'écarte un peu, prend mon menton entre ses longs doigts fins et me fait relever la tête. Je sombre dans ses yeux d'argent. Plus rien n'existe autour de nous. Son regard m'apaise.

On s'embrasse. Ses lèvres sont douces, tendres, chaudes. Savoir qu'il a failli mourir me retourne l'estomac. Je n'aurais pas pu supporter de le perdre lui aussi. Au bout d'un moment que j'aurais voulu éternel, il détache ses lèvres des miennes. Sa main est toujours sur ma joue, il me caresse doucement le visage du pouce, essuie la larme qui a coulé sans que je m'en rende compte.

— J'ai eu tellement peur, je murmure.

— Tout va bien, tout va bien, il me chuchote en me caressant les cheveux et en me serrant contre lui.

— Non, Raphaël…

Ma voix se brise sur des sanglots.

— Lazarus nous a retrouvés…

— Lazarus ?

— Ses hommes m'ont attaquée, chez moi… Nicolas est mort.

— Qui est Nicolas ?

— Mon… meilleur ami. Je n'ai rien pu faire… Je suis venue ici mais… j'ai cru qu'il était trop tard aussi…

Je ne sais pas trop si mes paroles ont du sens. Maintenant que Raphaël est réveillé, mes nerfs s'autorisent à lâcher et ce n'est pas fameux.

— Calme-toi, dit Raphaël. Ça va aller.

— Tu ne comprends pas. Lazarus va venir nous tuer tous les deux. Il a déjà essayé. On n'est pas à l'abri.

Raphaël pose un doigt sur mes lèvres pour me faire taire avant de me soulever dans ses bras pour me porter hors de la cave.

Il me dépose sur le canapé du salon et part me chercher un verre d'eau avant de s'asseoir en face de moi.

Je bois un peu. Il me tend mes cigarettes.

— Merci, je souffle.

J'en allume une. Le tremblement de mes mains se calme légèrement.

— Bon, maintenant, tu vas tout me raconter, tranquillement.

Je tire quelques lattes sur ma cigarette avant de lui raconter en détail. L'attaque chez moi, Nicolas, lui.

Quand j'ai fini, il me regarde en silence pendant quelques instants.

— Ce n'étaient pas les hommes de Lazarus, il finit par dire.

J'en reste bouche bée.

— Mais qui aurait…

— Je ne sais pas qui est derrière l'attaque chez toi mais ceux que tu m'as décrits ne sont pas des hommes de Lazarus.

— Mais et toi…

Il prend une profonde inspiration avant de me répondre.

— Sascha, je… n'ai pas été attaqué.

— Mais tu étais à moitié mort dans ta cave…

— Je me suis fait ça tout seul.

Je suis tellement abasourdie que je ne sais pas quoi dire. La fureur ne met pas longtemps à remplacer la peur et la peine que je ressentais jusque-là.

— Espèce de putain d'enfoiré !

Ma main part sans même que je m'en rende compte. Raphaël encaisse la claque sans ciller. Il aurait pu m'arrêter, mais il ne l'a pas fait et j'ai même l'impression qu'il va tendre l'autre joue.

Ça devrait me calmer mais j'ai perdu le contrôle. Je ne suis pas cohérente quand il s'agit de Raphaël.

Je martèle son torse de mes poings tandis que des larmes coulent sur mes joues.

Je ne sais pas combien de temps il se laisse faire, mais au bout d'un moment, entre les insultes et les « pourquoi ? » il m'immobilise doucement les poignets.

— Arrête, tu vas te faire mal, dit-il dans un souffle.

Sa voix posée m'apaise soudain. Je le regarde dans les yeux. Les miens doivent être rouges et bouffis à force de pleurer sans arrêt depuis des heures.

Il me serre contre lui en me caressant les cheveux. Mais je ne peux pas m'abandonner à son étreinte. Je veux savoir pourquoi il s'est infligé un tel traitement. Je n'en peux plus de ses mystères et de toutes ces questions sans réponse.

Et j'aimerais comprendre également comment il fait pour rester aussi calme.

— Pourquoi ? je demande pour la millième fois.

Il relâche son étreinte et s'écarte légèrement. Le froid que laisse son absence est mordant.

Il soupire et baisse les yeux. Je sais qu'il veut éluder mais il est hors de question que je lâche l'affaire cette fois-ci.

Toutefois, j'attends en silence qu'il soit prêt à parler. Les larmes se remettent à couler. Je ne suis même pas sûre qu'elles se soient jamais vraiment interrompues. Quand Raphaël relève la tête, il pose tendrement une main sur ma joue pour l'essuyer.

— Je faisais pénitence, finit-il par dire comme si ça expliquait tout.

— Pénitence ? je répète, incrédule.

— J'ai envie de toi, Sascha. Envie à en mourir.

Je reste bouche bée. Je ne m'attendais pas à ça. Bien sûr, j'en ai rêvé, j'ai espéré, fantasmé, mais là maintenant tout de suite, ce n'est pas ce que je voulais entendre. Ce n'est pas la réponse au millier de questions qui tournent en boucle dans ma tête.

Je scrute ses yeux dans lesquels j'ai cru me noyer tant de fois. Le regard qu'il me lance est empli d'une tristesse indescriptible. Et pour la première fois, Raphaël me semble… vieux. Bien sûr, son corps et son visage si parfaits n'ont pas pris une ride mais jusqu'à ce soir, j'aurais juré qu'il avait plus ou moins mon âge. Pourtant quand je regarde dans ses yeux à cet instant, je vois son âme. Et son âme est centenaire. La tristesse qui l'habite est si ancienne qu'elle me submerge. Elle me prend à la gorge. Elle me fait suffoquer.

Puis il détourne les yeux et sa main retombe de ma joue. Il s'apprête à se relever.

Je comprends que mon silence a duré trop longtemps. Qu'il pense que je ne veux pas de lui.

Je pose la main sur son bras pour le retenir.

— Raphaël, j'ai… envie de toi moi aussi.

Je n'ai jamais fait de déclaration aussi ridicule mais, j'ai l'impression que si je me jetais simplement sur lui pour lui faire comprendre que ses paroles ne sont pas tombées dans l'oreille d'une sourde… Je ne sais pas. Simplement, j'ai besoin de le dire.

Raphaël se lève quand même. Il ne me regarde pas.

— C'est bien ce que je craignais, marmonne-t-il.

Ok, douche froide.

— C'est quoi ton problème à la fin ? je lui demande en le rattrapant et en l'obligeant à se tourner vers moi.

— Je ne peux pas rester près de toi. C'est trop dur.

Tout en prononçant ces mots, il m'enlace. Il fait courir ses mains sur mon corps, enfouit le nez dans mes cheveux, m'attire encore plus dans son étreinte.

— Ton parfum, ta peau, la douceur de tes lèvres… tu me rends fou, dit-il en me relâchant et en s'écartant de quelques pas.

Je ne comprends rien à son manège. Je m'apprête à le lui dire mais il m'interrompt d'un doigt sur ma bouche.

— La tentation n'a jamais été si douce, chuchote-t-il presque pour lui-même. Je ne peux pas, Sascha… Je ne peux pas faire ça.

— Faire quoi ?

— T'aimer.

Il m'a habituée à être un peu bizarre mais là, j'ai l'impression d'être face à Dr Jekyll et Mister Hyde.

— Je… je n'en ai pas le droit.

— De tous les monologues à la con, je crois que celui-là remporte le pompon, je marmonne.

À ces mots, Raphaël esquisse un demi-sourire. Puis je me retrouve de nouveau dans ses bras. Je ne l'ai même pas vu refermer la distance qui nous séparait que sa bouche est sur la mienne. Possessive, agressive. Son baiser est chargé de tristesse, de douleur, et de passion à la fois. Il semble incontrôlable, désespéré. Il passe les mains dans mes cheveux et me retient contre ses lèvres comme s'il avait peur que je m'enfuie.

Après son accès de schizophrénie, cette crainte n'est peut-être pas totalement infondée. Enfin, ce serait le cas si son baiser ne me privait pas de toute volonté. Je suis comme une poupée pendue à ses lèvres. Je n'ai qu'une envie : continuer. Continuer jusqu'à être à bout de souffle. Jusqu'à ce que ma bouche devienne bleue. Jusqu'à ce que je ne sache plus comment je m'appelle.

Un violent fracas retentit dans le couloir.

Chapitre 20

Raphaël rompt notre étreinte en une demi-seconde et se place devant moi. J'ai le temps de le voir porter la main à la ceinture mais son épée ne s'y trouve pas et j'ai beau la chercher des yeux, elle n'est nulle part dans la pièce.

On est pour ainsi dire à poil quand Lazarus entre dans la pièce, suivi d'une dizaine de vampires.

La terreur me prend à la gorge. J'ai l'impression d'être un petit rongeur dans la ligne de mire d'un faucon. Pour un peu, je taperais du pied pour donner l'alerte au reste du terrier.

Mais il n'y a pas de terrier. Il n'y a que moi et Raphaël, désarmé.

— Raphaël, mon ami, il faut qu'on discute, toi et moi, dit Lazarus.

Je regarde le vampire, effarée, je ne savais pas qu'ils étaient proches au point de s'appeler « amis ».

Raphaël quitte sa posture de combat et se redresse de toute sa hauteur. Il domine le Maître de quelques centimètres mais à onze contre deux, ce n'est pas ce qui va faire la différence.

Il s'avance de quelques pas avec nonchalance.

— Très bien, je suis tout à toi, dit-il en levant les mains en signe de paix.

Lazarus fait un signe de tête à deux de ses sbires qui commencent à se diriger vers moi.

— Oh, inutile de la mêler à ça, dit Raphaël. C'est juste une cliente et elle allait partir.

— Une cliente ? répète Lazarus tout en hochant la tête à l'intention des deux vampires pour qu'ils continuent.

De toute évidence, le bluff de Raphaël n'a pas marché.

Les vampires me saisissent par les bras. Peau contre peau. Je suis sur le point d'initier le transfert vers l'un des deux mais Raphaël me fait discrètement signe de ne rien tenter.

Je ne comprends pas vraiment pourquoi mais la manière dont s'est terminée ma dernière tentative de meurtre sur Lazarus me dissuade de tout acte héroïque.

— Laissez-la et je te suivrai sans faire d'histoires, dit Raphaël.

— Tu tiens vraiment à elle, hein ? demande Lazarus.

— Ce n'est qu'une cliente. Je ne voudrais pas que tu fasses capoter mes affaires, voilà tout.

Le sourire qu'esquisse le vampire semble presque sincère, même chaleureux.

S'il ne m'avait pas déjà arraché le cœur une fois, je pourrais presque le trouver charmant en cet instant.

Comme tous les vampires, il semble très jeune, presque juvénile. Il a des petites fossettes, de jolis yeux bruns, une mâchoire bien dessinée, un nez droit. En fait, si on ne tenait pas compte de son aura de puissance vampirique, il paraîtrait presque banal. Un beau garçon sans aucun doute, mais rien d'exceptionnel. Pourtant il a du charisme à revendre.

C'est perturbant de se retrouver face à son pire ennemi, un type qu'on sait capable d'atrocités sans nom, et de le trouver sympathique et agréable à regarder.

— Je m'attendais à beaucoup de choses de ta part, Raphaël, mais certainement pas à ce que tu me prennes pour un imbécile.

Même sa voix n'a rien de spécial. Grave, posée, et absolument pas terrifiante.

S'il vous plaît, est-ce que les monstres pourraient redevenir comme dans les histoires ? Moches et identifiables au premier coup d'œil ?

Puis tout à coup, il arrête de sourire et je vois dans ses yeux la lueur prédatrice qui caractérise un homme capable de mettre à feu et à sang un couvent de bonnes sœurs.

Les vampires restants se jettent alors sur Raphaël. Il tente de les repousser mais il est rapidement dépassé. Tellement vite qu'on ne peut même pas appeler ça un combat.

J'essaie de me débattre aussi mais, sans mon pouvoir, je ne suis qu'une faible femme face à deux vampires.

Lazarus se tourne alors vers le couloir et en même temps qu'il avance il lance à Raphaël :

— Tu as toujours ta petite salle de jeu au sous-sol ?

Raphaël pousse une sorte de grognement.

— C'est bien ce que je pensais. C'est parti, les garçons !

Les vampires nous traînent jusqu'à la cave et la terreur qui me prend à l'idée de me retrouver dans la salle de torture de Raphaël en compagnie de dix vampires et de leur Maître me fait presque perdre connaissance.

Si ça pouvait changer quelque chose à notre destinée, je crierais bien. Mais ça ne servirait à rien et pour une raison qui m'échappe, je ne veux pas montrer à Raphaël à quel point cette situation me terrorise.

Les vampires nous attachent face à face à l'aide des chaînes qui pendent du plafond avant de se répartir en cercle autour de la pièce.

Je les observe les uns après les autres. À l'étage, on n'avait aucune chance. Ici, on n'a aucune chance et on va mourir.

Je lance un coup d'œil à Raphaël, désespérée. Lui aussi est en train de balayer la pièce du regard. Puis il remarque mon expression et me fait un petit clin d'œil.

Je ne vois pas comment il fait pour rester aussi calme dans une situation pareille mais je décide de croire aussi fort que je peux qu'il a un plan pour nous tirer de là. Et je m'efforce de ne pas penser au souvenir de Lazarus m'arrachant le cœur.

Ça ne marche pas très bien.

Quand le Maître tourne son attention vers moi, j'ai vraiment envie de crier, mais le regard de Raphaël sur moi me donne la force de ne pas céder à la panique qui bouillonne en moi.

Les yeux de Lazarus sont comme des lasers, j'ai l'impression que s'il me regarde une seconde de plus, ma peau va brûler et faire des cloques.

Soudain, comme sortie d'un rêve improbable, une sonnerie retentit. Enfin, pour être exacte, ce sont les premières notes de *Money, Money, Money* d'ABBA.

Lazarus détourne enfin son regard de moi et sort un téléphone de sa poche.

— *Da?*

Un long silence s'ensuit.

Son interlocuteur monologue durant de longues minutes au cours desquelles ma patience s'effiloche. J'avais peur de ce qui allait nous arriver. Mais maintenant, j'ai presque envie qu'il raccroche pour savoir ce qui va nous arriver. Le suspense va me tuer plus sûrement que Lazarus.

— *U pičku materinu!* s'exclame Lazarus.

Je ne comprends rien de ce qu'il baragouine mais ça a l'air d'être pour l'essentiel des insultes. Il semble profondément contrarié quand il finit par raccrocher.

Et il va passer sa colère sur nous.

— Goran ! il interpelle un des vampires qui s'avance immédiatement vers lui et met un genou à terre.

Lazarus lui donne quelques instructions, toujours dans cette langue incompréhensible, et le vampire se relève, fait signe à cinq autres de le suivre et s'en va.

Raphaël esquisse un petit sourire à mon intention.

Cinq contre deux ? Nos chances de survie viennent de doubler. Bon d'accord, zéro fois deux, ça fait toujours zéro mais on a le droit d'espérer non ?

— Raphaël, Raphaël…, commence Lazarus. Tu es une putain d'épine dans mon pied, mon ange.

Mon ange ? Ce type est fou. Enfin, ça je le savais déjà, mais là c'est une facette de sa folie que je n'aurais jamais imaginée. Depuis quand des ennemis mortels se donnent-ils de petits surnoms affectueux ?

Raphaël lui lance un sourire carnassier.

— Je remplis ma mission. Ravi de voir que ça marche.

Il ne relève pas le « mon ange ».

— C'est votre problème à vous, ça. Les forces divines. Boulot, boulot, boulot ! Mission ! Vous ne savez pas vous amuser !

Lazarus se balade dans la pièce, fait des allers-retours entre l'établi à fouets et Raphaël. C'est, semble-t-il, un nerveux.

Il s'arrête devant l'établi, y jette un coup d'œil dédaigneux, saisit un fouet, le rejette sur la table.

— Sincèrement, quand tu t'es installé en ville, je pensais qu'on allait pouvoir s'entendre. Toi, le déchu, moi, le vampire… Je pensais qu'on partageait une vision commune.

Il revient vers Raphaël et lui saisit la mâchoire pour l'obliger à baisser la tête et à le regarder dans les yeux.

Je frémis de terreur. S'il lui arrache le cœur, là, maintenant, tout sera fini.

— Certainement pas, crache Raphaël.

Sa voix rocailleuse me semble plus grave que d'habitude, si c'est possible.

— Nous n'avons rien en commun, vampire.

Lazarus fait claquer sa langue.

— Tss, à présent si ! dit-il en se tournant théâtralement vers moi. Ta jolie amie, ici présente... Je croyais que les anges n'avaient pas le droit à l'amour.

Lentement les paroles de Lazarus commencent à prendre tout leur sens dans mon cerveau engourdi par la terreur.

Raphaël est un ange ? Un ange déchu ?

Bizarrement, ça ne me semble pas bizarre. Les ailes fantômes, les cicatrices, les secrets... J'aurais pu me douter de quelque chose. Enfin non, je n'aurais pas pu. Je pensais que les anges n'existaient pas. Mais maintenant qu'il le dit. Ouais, c'est logique.

— Laisse-la en dehors de ça, souffle Raphaël.

La colère est palpable dans sa voix. Ses chaînes cliquettent tandis que Lazarus s'approche de moi.

— J'ai vu juste, n'est-ce pas ? dit-il avec un coup d'œil en arrière à l'intention de Raphaël. Dis-moi ma jolie, comment as-tu fait pour capturer le cœur de notre si sérieux Raphaël ? L'ange sans faille. L'irréprochable serviteur de Dieu... J'oubliais. Tu ne dois pas être si irréprochable que ça pour qu'ils t'aient arraché les ailes.

Lazarus passe le pouce sur ma joue.

J'entends Raphaël se débattre dans ses entraves.

— Pour la dernière fois, Lazarus, laisse-la en dehors de ça !

Le vampire reste sourd à ses suppliques. Il semble fasciné par mon visage, il continue de me caresser du bout des doigts.

Je pourrais essayer de le posséder, là, maintenant. Mais je suis terrifiée à l'idée de me planter. Et si mon pouvoir ne marchait pas et que je tombais dans les pommes comme la première fois avec Raphaël ?

Mieux vaut faire confiance à Raphaël. Il a un plan. J'en suis certaine. Il m'a fait un clin d'œil ! Il a un plan.

— Si belle, si belle, murmure-t-il. Quel dommage...

— Lazarus ! crie Raphaël.

— J'ai un marché à te proposer, finit par dire le vampire en se détournant de moi. Tu acceptes de t'allier à moi et je vous laisse, toi et ta copine, libres de vivre votre petite histoire d'amour interdite. Ce sera notre petit secret.

— Tu sais bien que c'est impossible, dit Raphaël.

Je me demande pourquoi il ne ment pas pour nous sortir de là. Il pourrait bien promettre la lune à Lazarus le temps qu'on soit détachés et armés...

— Eh oui, je sais, soupire celui-ci. C'est bien dommage.

Il fait signe à l'un de ses sbires et celui-ci s'avance vers moi, tous crocs dehors.

Un hurlement se coince dans ma gorge quand je comprends qu'il va me mordre. Il passe derrière moi, colle son corps au mien et m'entoure de ses bras avant que je sente ses canines contre mon cou.

— Toujours pas ? s'enquiert Lazarus.

Raphaël répond par un grognement et un bruit de chaînes. Est-ce qu'il espère vraiment réussir à les arracher du mur avant que le vampire derrière moi ait fini de me vider de mon sang ?

— Voilà ce qui fait de vous les éternels perdants, dit Lazarus comme s'il nous faisait la leçon. Je t'offre la ville sur un plateau, je t'offre une alliance avec les vampires, je t'offre la seule fille qui ait trouvé le chemin de ton cœur en je ne sais combien de centaines d'années et tu veux tout jeter aux orties par… quoi ? Loyauté envers ton ex-patron ? C'est pathétique.

Il retourne jusqu'à l'établi, se saisit d'un fouet.

Je ne sais pas pourquoi le vampire derrière moi n'a pas encore enfoncé ses canines dans ma gorge mais je me prends à prier que le téléphone de Lazarus se remette à sonner pour me laisser encore quelques minutes.

Je ne veux pas mourir.

Pas comme ça.

Je m'apprête à me transférer dans le corps du vampire qui me retient, quelles qu'en soient les conséquences.

Lazarus arme le bras. Le fouet claque, le bruit me ramène à la raison : il suffira d'une seconde à Lazarus pour m'arracher le cœur et après ce sera fini. Les cinq traces parallèles sur le torse de Raphaël sont sanguinolentes. Il semble avoir arraché de la chair.

Ça me rappelle l'état dans lequel je l'ai trouvé hier.

« *Ma pénitence* », m'a-t-il dit.

Raphaël sourit.

Lazarus jette le fouet par terre.

— Ouais, j'oubliais, que t'étais un de ces peine-à-jouir qui se flagellent pour décoller… Bon sang, mais tu ne te rends pas compte à quel point tu es dans le mauvais camp ? Amour ? Interdit. Sexe ? Interdit. Bonheur ? Interdit. Tout ce que tu as le droit de faire c'est de te torturer toi-même… et de tuer des vampires. Tu parles d'une vie !

Il se tourne de nouveau vers moi.

— Regarde-la, si fragile, si humaine, à la merci de mes hommes… Tu vas la laisser souffrir pour tes principes à la con ?

Le désespoir dans les yeux de Raphaël à ce moment-là me foudroie. Je voulais vraiment croire qu'il avait un plan, qu'il savait ce qu'il faisait. Il m'a menée en bateau avec ses clins d'œil et ses sourires mais en fait, on va mourir.

Je vais me faire saigner par un vampire et je ne comprends toujours pas pourquoi il refuse la proposition de Lazarus. Qu'est-ce que ça lui coûterait ?

— Sascha. Je suis désolé, Sascha, dit Raphaël.

Ok donc en plus, on se fait nos adieux. C'est vraiment fini cette fois alors ?

— Elle n'en a rien à faire de tes excuses, ce qu'elle veut, c'est survivre à cette nuit.

— Est-ce que tu me jures que si j'accepte tu vas la laisser partir ?

Lazarus me jette un coup d'œil, il se tapote le menton d'un doigt.

— Mmmh, je ne sais pas trop.

— Salopard ! gronde Raphaël dans un autre bruit de chaînes funeste.

— Je te laisse quand même le choix : tu peux survivre en sachant qu'elle est morte pour toi ou tu peux brûler en pensant qu'elle a peut-être survécu grâce à ton sacrifice.

Je ne comprends plus rien de ce qui se dit. Je croyais que le marché, c'était notre libération à tous les deux en échange de la parole de Raphaël.

— Et si je la transforme en vampire ? Tu accepterais alors ? Vous pourriez être réunis de mon côté !

Les canines du vampire derrière moi s'enfoncent petit à petit dans ma peau. Je sens qu'elle va céder d'un instant à l'autre. Ensuite, mon sang s'écoulera dans sa bouche et ce sera fini.

Brusquement, Lazarus fait un signe au vampire en question et celui-ci me relâche avant de s'éloigner un peu.

— Si fragile, si innocente… Ma belle, je vais faire de toi l'un des nouveau-nés les plus puissants au monde. Je vais la transformer moi-même, dit-il à l'intention de Raphaël. C'est un honneur que j'accorde rarement. Comment as-tu dit qu'elle s'appelait ? Sascha ?

» Qu'en dis-tu, jolie Sascha ? Tu veux devenir une vampire redoutée ? Tu resterais éternellement belle et jeune. Et tu t'amuserais…

Dans les films, quand le méchant se lance dans un monologue, les gentils trouvent le moyen de se libérer et de le vaincre. Dans les films.

Dans la réalité, il faut vraiment se farcir le monologue mais la cavalerie ne débarque pas, aucun plan ne se forme, aucune solution n'apparaît.

— Tu as perdu ta langue, ma belle ?

— Allez vous faire mettre, je crache.

— Et elle a son petit caractère, en plus. Je comprends pourquoi elle te plaît. Elle me plaira aussi. Je vais peut-être la garder pour moi… Il t'a dit qu'il ne pouvait pas…

Il finit sa phrase d'un geste obscène des mains et en même temps ridicule sur lui.

— C'est bien ce que je pensais. Alors que moi…

Il s'approche et colle son corps, et son érection, à moi. Il passe la main dans mes cheveux et m'attire pour un baiser. Je réprime un haut-le-cœur.

Devenir une vampire, mourir ou tenter le tout pour le tout ?

Il y a quatre vampires dans la pièce en plus de Lazarus. Je pense que je peux en avoir un ou deux par surprise. Avec la force de leur Maître, j'ai une chance. Une plus grande chance que si j'avais pris possession du sbire qui devait me mordre à l'origine. Reste à espérer que Lazarus n'est pas immunisé.

Je commence à initier le transfert mais Lazarus est puissant. Bien plus que tous ceux que j'ai affrontés jusque-là. Je le sens se défendre, me repousser. Il rompt notre baiser… J'y suis presque.

Les souvenirs m'assaillent soudain. C'est une avalanche presque insoutenable. Des centaines d'années de vie défilent devant mes yeux à une vitesse qui me donne le tournis et envie de vomir.

Je vois passer le couvent en flammes et une photo de moi plus jeune mais je n'ai pas le temps de m'attarder là-dessus. Je sens que mon contrôle sur Lazarus est ténu. Et je suis en train de jouer ma dernière carte.

Je me retourne.

— Sascha, l'interrupteur ! me crie Raphaël.

Il tourne la tête vers un gros bouton rouge près de l'établi. Je n'ai pas le temps de m'occuper de ça, je sens que Lazarus regagne le contrôle.

Un des sbires s'agite.

— Maître ?

Ça va être plus compliqué que prévu.

— Appuie sur l'interrupteur, Sascha, c'est notre seule chance !

Je ne vois pas vraiment ce qu'un interrupteur pourrait bien faire pour nous sauver mais je sens que je vais perdre le contrôle d'un instant à l'autre. Je n'aurai le temps de rien faire d'autre que d'appuyer sur cette saleté de bouton, et puisque Raphaël semble y tenir…

Je me tourne vers l'établi. Les sbires s'avancent vers moi, hésitants.

Quelque part dans le raz-de-marée de souvenirs qui continuent de défiler en arrière-plan, je comprends que Lazarus a un contact télépathique permanent avec ses serviteurs les plus fidèles. Ce qui explique les ordres donnés de simples mouvements de tête.

Ma possession a rompu ce lien et les vampires se demandent ce qui se passe.

Je presse l'interrupteur au moment même où Lazarus m'éjecte de son corps avec une violence inouïe.

Je réintègre le mien pour voir les quatre sbires se tordre de douleur au sol. Une lumière aveuglante a jailli du plafond. Et Raphaël est libre de ses chaînes.

Lazarus tente de se protéger les yeux de la lumière en reculant vers la sortie.

Tout se déroule comme dans un tourbillon. Je ne distingue plus vraiment le déroulement des événements. Raphaël a récupéré son épée.

Les sbires de Lazarus ne sont plus que des tas de cendres au sol.

Je vois Raphaël hésiter une demi-seconde à poursuivre Lazarus. Puis il revient vers moi, donne un coup d'épée sur les chaînes qui me retiennent toujours. Lorsqu'elles cèdent, je m'effondre. Raphaël me rattrape et me serre contre lui à m'en étouffer.

Chapitre 21

Je suis sonnée. Posséder Lazarus est sans conteste la chose la plus difficile que j'aie jamais faite. Et je ne parle même pas du raz-de-marée d'émotions étranges qui virevoltent en moi et risquent de m'emporter à tout instant.

Je lève les yeux vers Raphaël, mais une vive lumière m'aveugle et je détourne le regard.

— Comment…, je murmure.

Après être entrée dans le corps de Lazarus, je n'ai plus trop compris ce qui se passait.

— Des lampes à UV, me répond Raphaël. L'interrupteur allume la lumière et décroche un jeu de chaînes.

— Un système de sécurité.

— Exactement.

— Tu t'attendais à l'attaque.

— Disons que j'aime être prêt à toute éventualité.

Cette déclaration me tire un sourire. J'avais remarqué qu'il avait un côté scout toujours prêt.

— Tu es un ange ?

La question m'échappe avant même que j'aie eu le temps de faire le tri dans tout ce que Lazarus a raconté.

Raphaël se rembrunit.

— Étais, il me corrige sobrement en s'écartant pour aller éteindre les aveuglantes lampes à UV du plafond.

Malgré tout ce que Lazarus a déjà révélé, je comprends que Raphaël ne m'en dira pas plus.

— Il s'est enfui, n'est-ce pas ? je demande pour changer de sujet.

— Oui.

— Il va revenir ?

Raphaël ramasse le fouet que Lazarus a utilisé pour le frapper et le raccroche à sa place à côté des autres au-dessus de l'établi.

— Peut-être.

Voilà qui est rassurant.

— Pourquoi tu as refusé son offre ? je demande de but en blanc. Pourquoi tu ne lui as pas menti le temps qu'il nous libère ? Si je n'avais rien fait, il m'aurait transformée !

— Je cherchais une solution, dit Raphaël en se tournant vers moi.

— Et si je n'en avais pas trouvé une ? Qu'est-ce que ça t'aurait coûté d'accepter ? Il nous aurait libérés et tu serais revenu sur ta parole !

Ma voix monte dans les aigus et la fureur s'empare de moi au fur et à mesure que je prends conscience que pour la deuxième fois en à peine quelques jours, Raphaël m'a abandonnée face à mon pire cauchemar.

Il revient vers moi et me prend dans ses bras. Tout en me caressant les cheveux, il marmonne :

— Chut, c'est fini.

J'essaie de le repousser, mais malgré ma colère j'ai envie de rester là, contre lui, et de croire que tout va s'arranger.

— Lazarus mentait, finit-il par dire.

— Probablement, et alors ?

— Il t'aurait transformée à la seconde où j'aurais accepté. J'essayais de gagner du temps.

Vu sous cet angle…

Soudain, les répercussions de cette possession arrivent en masse. J'ai la tête qui tourne et tout devient noir.

Me réveiller totalement désorientée est en train de devenir une habitude qui ne me plaît guère. Je ne sais pas où je me trouve. La panique me prend et je tente de me relever, puis je sens les bras puissants de Raphaël me retenir et m'attirer contre son torse.

Il m'embrasse les cheveux en soufflant :

— Tout va bien. Tu es en sécurité, amour, je te le promets.

Je n'ai pas le courage de remettre sa parole en doute et la migraine postpossession transforme ma tête en chantier d'excavations au marteau-piqueur.

— J'ai besoin d'une aspirine, je marmonne.

Je sens Raphaël relâcher son étreinte et se relever.

— Dans mon sac, je parviens à articuler.

C'est pire qu'une migraine. J'ai l'impression que garder les yeux ouverts va m'achever.

Il revient quelques instants plus tard avec les cachets et un verre d'eau. J'en prends quatre d'un coup et je referme les yeux.

Raphaël se rallonge à côté de moi et me caresse les cheveux. Le mouvement lent de ses doigts fait des miracles sur mon mal de crâne.

Mais son corps chaud collé au mien me rappelle l'autre effet secondaire d'une possession aussi violente : j'ai envie de baiser à en mourir.

Je me retourne dans l'étreinte de Raphaël et je trouve ses lèvres dans les ténèbres. Elles sont douces, chaudes et ont cette saveur si particulière, cette saveur qui n'appartient qu'à lui… Un avant-goût du paradis.

Je comprends mieux à présent.

Un ange déchu.

Il me rend mon baiser avec douceur et intensité. Il fait courir ses mains sur mon corps et j'en profite pour explorer le sien. De ses larges épaules à ses fesses musclées, en passant par son dos couvert de cicatrices qui me rappelle qu'il n'y a pas si longtemps il s'est flagellé à cause de… quoi ? Moi ?

Il part en exploration du bout des lèvres. Il couvre mon cou de baisers et en est à la clavicule quand je l'interromps.

— Raphaël ?

— Mmm ? marmonne-t-il sans s'arrêter.

— Pourquoi tu t'es fouetté ?

Douche froide.

Il relève la tête et me regarde dans les yeux. Dans le noir, ses prunelles semblent briller d'un feu irréel.

— J'espérais que la douleur me soulagerait… m'empêcherait de te désirer.

Je suis bien placée pour comprendre ce raisonnement. En partie, du moins.

— Mais pourquoi tu voulais t'en empêcher ?

Il s'écarte un peu de moi.

— Je suis un ange déchu, Sascha. (Il soupire.) Traquer les vampires, c'est mon ticket pour le paradis. Toi… tu es mon ticket pour l'enfer.

— Je ne comprends pas…

— Je n'ai pas droit aux plaisirs terrestres. Te désirer, être avec toi… c'est l'ultime péché. Le commettre m'a fermé éternellement les portes de la rédemption.

Il essaie de m'attirer de nouveau dans son étreinte mais je le repousse des deux mains sur son torse ferme.

— On ne peut pas…, je commence.

— Sascha, il est trop tard…

— Comment ça ?

— Qu'on aille jusqu'au bout ou non, qu'on couche ensemble ou pas, je suis déjà accro… Je suis déjà damné.

— Et c'est ma faute, je dis en m'écartant encore un peu.

Il m'embrasse sur la tempe.

— Non, dit-il simplement.

— Mais tout à l'heure… Avant l'attaque… Tu disais encore que…

— C'était tout à l'heure.

— Qu'est-ce qui a changé ?

— J'ai cru que j'allais te perdre. Quand Lazarus a dit qu'il allait faire de toi une vampire, j'ai compris à quel point je tenais à toi… Les coups de fouet n'y changeront rien. J'ai eu tort d'essayer de me convaincre du contraire.

Sa déclaration est suivie d'un baiser passionné. Un baiser que je lui rends avec toute l'ardeur de mon désir alimenté par des semaines de fantasmes inassouvis et par les effets secondaires de l'utilisation de mon pouvoir.

Je m'abandonne un instant à ses mains courant sur mon corps, à son étreinte douce et possessive à la fois. Je suis si bien là, dans ses bras. J'aimerais tellement pouvoir rester comme ça mais je ne peux pas. Pas en sachant ce que je sais à présent. Je m'écarte doucement, je le repousse sans conviction. Sa bouche retrouve le chemin de la mienne sans hésiter. Il me mordille la lèvre et la lèche. La tendresse de ses gestes me fait oublier la raison pour laquelle je dois l'arrêter.

— Raphaël, je gémis.

Il ouvre les yeux et plonge son regard ensorcelant dans le mien. Je ne peux pas me contrôler quand je me noie dans ses yeux d'argent. Je me détourne.

— On ne peut pas, j'insiste en lui attrapant les mains pour l'empêcher de me déconcentrer.

Il baisse la tête et une mèche de cheveux lui retombe sur le visage. Un tic nerveux lui agite la joue. Je sens son trouble intérieur dans la crispation de ses mains sur les miennes. Je m'écarte légèrement de sous son corps pour lui laisser de l'espace et aussi pour me donner la force de l'arrêter. J'aimerais tellement être aussi égoïste que les garçons le croyaient. Suffisamment pour n'en avoir rien à faire des conséquences mais je ne suis pas cette fille-là. Je ne l'ai jamais été. Je dois empêcher Raphaël de commettre cette erreur. Qu'importe à quel point nous en avons tous les deux envie en cet instant, il finira par le regretter.

— Tu vas le regretter, je murmure.

Sa bouche est si proche que je sens son souffle dans mon cou quand il expire profondément. Je sens ses mains se détendre légèrement. Il a pris une décision. La bonne décision. Même si ça me tue.

Il m'enserre les poignets et me bloque les bras au-dessus de la tête d'une seule main tandis que ses yeux, embrasés par une nouvelle lueur de désir, m'écorchent vive en passant sur mon corps.

— Il est trop tard, dit-il dans un souffle avant de reprendre ses caresses.

Il me libère les mains pour laisser courir les siennes sur mon corps mais je n'ai aucune envie de m'en servir pour l'arrêter de nouveau. Pourtant je n'ai pas le choix. Qu'a dit Lazarus déjà ? Qu'il allait brûler en enfer ? Non, je ne peux pas être responsable de ça.

J'essaie de me glisser hors de son étreinte mais il m'arrête d'une prise d'acier sur mes hanches.

— Il est trop tard, lâche-t-il de nouveau, péniblement.

Sa voix est aussi tranchante qu'une lame de rasoir. Comme si prononcer ces mots le mettait au supplice.

Il s'immobilise et me regarde dans les yeux. Son regard est un miroir des émotions qui s'affrontent au fond de moi. Douleur, désir, désespoir…

— Je sais que tu en as envie aussi.

Il plonge la tête dans mon cou et me mordille la gorge. Son souffle est chaud contre la peau sensible sous la ligne de ma mâchoire, il y dépose quelques baisers avant de murmurer :

— Dis-moi que tu n'en as pas envie. Dis-moi que tu ne veux pas de moi…

Ce qu'il ne dit pas mais que je comprends dans les regards qu'il me lance, dans les baisers qu'il me donne, dans la tension de son corps puissant, c'est que c'est le seul moyen de l'arrêter.

Les mots sont coincés dans ma gorge.

— Je…, je commence.

— Je brûlerai en enfer, dit-il contre mon cou qu'il attaque de nouveau. Je brûlerai quoi qu'il arrive.

Désir, douleur. Désir dans ses gestes, douleur dans sa voix.

— Même si tu m'empêches maintenant d'aller jusqu'au bout, je suis perdu…

… alors autant en profiter.

Il ne finit pas sa phrase mais dans le court silence qui suit, je sais sans l'ombre d'une hésitation que c'est ce qu'il pense.

Mes dernières réticences s'envolent tandis qu'il m'explore des lèvres, retirant mes vêtements petit à petit.

Au fond de moi, tout au fond, je sais que je devrais continuer à me battre mais l'envie de le faire s'affaiblit à chaque baiser, à chaque contact, à chaque souffle. Je n'ai même pas la présence d'esprit de lui demander ce qui va se passer après. Ma tête se vide de toute pensée cohérente.

C'est comme un barrage qui cède et d'un coup, je ne contrôle plus rien.

J'ai envie qu'il me prenne là maintenant tout de suite, violemment, sauvagement, mais Raphaël n'a pas l'air du tout d'être dans le même état d'esprit. Il prend son temps, impose son rythme, lentement il entreprend de me rendre folle par des petits coups de langue ici et là. Une caresse, un baiser, son souffle chaud sur ma peau.

Je lui griffe le dos et frotte mon bassin contre sa braguette pour lui faire accélérer la cadence mais il reste sourd à mes signaux.

Je passe les jambes autour de sa taille et j'essaie de basculer sur le côté pour passer au-dessus.

Mais Raphaël n'a pas l'air de vouloir me laisser faire.

— S'il te plaît, je souffle.

Il remonte jusqu'à mon oreille et la mordille en susurrant :

— S'il te plaît quoi ?

— Saute-moi bordel, tu vas me rendre dingue avec ces préliminaires, je balance, tous mes scrupules soudain envolés.

Les yeux rivés aux miens, il capture mes poignets et les maintient au-dessus de ma tête d'une main tandis que de l'autre il me caresse la poitrine.

Il esquisse un sourire affamé, carnassier, chargé d'un désir aussi violent que le mien. Il baisse la tête et s'attarde sur mon cou pour me faire un suçon.

J'essaie de me libérer de sa prise, mais il est bien trop fort pour moi et il n'a pas l'intention de se laisser faire. Ce qui me fait comprendre que je n'ai jamais eu aucune chance de l'arrêter. Je n'ai pu le repousser que parce qu'il le voulait bien, parce que lui aussi hésitait encore.

Il me relâche pour me retirer mon pantalon avant de s'installer entre mes cuisses. Il me bloque de ses bras passés autour de ma taille avant de déposer un petit baiser timide sur mon sexe. Je suis tellement excitée que ce simple contact me fait tressaillir. Et lorsqu'il me donne un coup de langue, tout mon corps se contracte d'anticipation.

Ça devrait m'inquiéter parce que je sais que je vais perdre tout contrôle sur mon pouvoir, mais dans l'étreinte d'acier de Raphaël, je n'arrive étrangement pas à m'en faire pour ça.

Il concentre ses efforts sur mon clito, il le lèche, l'aspire. Toute pensée cohérente disparaît de mon esprit. Je passe la main dans ses cheveux, je rouvre les yeux pour m'apercevoir qu'il m'observe attentivement. Il accélère le rythme lorsque nos regards se croisent et la connexion qui s'établit entre nous en cet instant manque presque de me faire basculer. Ses longs cheveux argent coulent entre mes doigts comme de la soie et je serre les poings dessus comme si m'y raccrocher pouvait m'aider à garder le contrôle de mes sensations. Il me faut une demi-seconde pour m'apercevoir que je tire assez fort pour lui faire mal. Mais l'expression de pure satisfaction sur son beau visage m'assure que soit il ne sent rien, soit il apprécie.

Je repousse le malaise qui m'envahit à l'idée que Raphaël prend son pied dans la douleur.

Ses yeux ne quittent jamais les miens et alors que cette pensée me traverse l'esprit, je vois une hésitation dans le feu d'argent de ses iris. Ses mains s'immobilisent, il relève légèrement la tête, une interrogation dans le regard.

— C'est vrai ce que Lazarus a dit..., je commence.

Comprenant que l'inquiétude dans mes yeux n'avait pas de rapport avec notre activité présente, Raphaël ignore simplement mes paroles en se concentrant sur l'intérieur de ma cuisse qu'il suçote au point d'y laisser un bleu. Je gémis et grimace imperceptiblement. La sensation est excitante et douloureuse à la fois. Je ne suis pas bien sûre de ce que mon corps veut car quand Raphaël arrête, je suis prête à en redemander.

— Oui, il souffle contre ma peau meurtrie.

Et il me faut un petit temps de réflexion pour comprendre qu'en réalité il n'a pas ignoré ma question.

Sans cesser de me regarder droit dans les yeux, il se hisse lentement au-dessus de moi, en profitant pour mordiller, embrasser et effleurer ma peau à des endroits que je n'aurais jamais imaginés érogènes jusque-là.

Quand il se place entre mes cuisses, et que je sens son érection se presser contre mon sexe, l'excitation se mêle à l'appréhension.

Il passe une main entre nous, fait glisser son sexe contre l'humidité du mien, une, deux, trois fois. Puis d'un mouvement de reins lent, doux, il s'enfonce en moi.

— Mais pas seulement, murmure-t-il.

Son autre main est sur mon visage. Il joue avec une mèche de cheveux, passe le pouce sur ma joue. Chaque geste, comme toujours avec Raphaël, est gracieux, mesuré.

Même pris dans les flammes de la passion, il parvient à garder son attitude décontractée.

Tandis que ses hanches ondulent lentement contre les miennes, je comprends que Raphaël fait l'amour comme il fait tout le reste. Il est ordonné, soigneux et létal.

Un gémissement m'échappe alors qu'il s'enfonce un peu plus en moi à chaque coup de reins.

Connaissant ses inclinations, et ayant vu son sexe – non, il ne compensait rien avec son épée démesurée –, je n'imaginais pas que les seuls cris qu'il tirerait de moi seraient des cris de plaisir. D'extase. Et pourtant, c'est tout ce que je ressens. De l'extase. Pure. Inaltérée.

J'explore son corps de mes mains, je sens ses muscles fins rouler sous mes doigts à chacun de ces mouvements si contrôlés, je savoure ses lèvres douces sous les miennes. Ses baisers sont aussi ouvragés que des pièces d'horlogerie. Précis, méthodiques, ils déclenchent exactement les réactions qu'il faut pile à l'instant prévu pour s'accorder à la danse de nos bassins imbriqués l'un dans l'autre.

Cet instant est tellement parfait que je voudrais qu'il dure éternellement. Mais je sens mon plaisir augmenter petit à petit et chaque va-et-vient de Raphaël m'amène un peu plus près du point de non-retour.

Je devrais l'arrêter. Je devrais lui dire ce qui va arriver s'il continue. Et pourtant tout ce qui passe mes lèvres n'est que gémissements et cris.

Raphaël m'enserre de ses bras tandis qu'un premier spasme me prend. Puis l'avalanche se déclenche. C'est une explosion de sensations presque trop intenses. J'ai l'impression que chaque terminaison nerveuse reçoit sa propre décharge de plaisir et un frisson me parcourt des pieds à la tête, suivi de répliques de moins en moins puissantes.

Quand enfin les vagues de l'orgasme finissent par refluer et que j'ouvre les yeux, je suis face à mon corps. Le transfert a eu lieu. Mais étrangement, mon regard n'est pas perdu dans le vide. J'ai une expression surprise, la bouche encore ouverte du cri que j'ai poussé mais je semble… consciente ?

Puis je lève une main et la pose sur mes lèvres. Pourtant je suis dans le corps de Raphaël. Ce qui veut dire que…

— Raphaël ? je demande de sa voix grave et rocailleuse.

Il ne dit rien et m'attire simplement à lui pour m'embrasser. L'expérience est troublante. En plus d'avoir les sensations de mon corps d'emprunt, j'ai conservé une connexion au mien, ce qui me donne l'impression que mes sensations sont dupliquées à l'infini comme dans deux miroirs se faisant face.

Quand nos lèvres se séparent, Raphaël ne semble pas plus perturbé que ça par cette expérience d'échange de corps. Il me serre dans ses bras et continue à me cajoler. La scène, vue de l'extérieur, est certainement improbable parce que je suis beaucoup plus menue que Raphaël et qu'il a du mal à faire le tour de mes larges épaules, enfin des siennes.

Cependant, en fermant les yeux, je prends conscience que peu importent les corps que nous occupons, je suis bien blottie contre lui.

Je savoure un moment cette sensation apaisante avant de rouvrir les yeux, piquée au vif par une question qui vient de se frayer un chemin dans mes pensées embrumées par l'orgasme.

— C'était… ta première fois ?

Je pose la question timidement mais la voix grave de Raphaël résonne dans la pièce.

Pour toute réponse, j'obtiens un regard énigmatique et un baiser dévastateur qui me traverse de part en part et fait se durcir mon sexe.

J'ai vécu pas mal d'expériences insolites dans ma vie et j'ai déjà possédé des hommes, cependant je m'aperçois en cet instant que je n'ai jamais eu d'érection… ou du moins jamais dans un contexte qui me donnait envie de m'en servir. La sensation est étrange mais loin d'être désagréable.

Je n'ai même pas le temps d'assimiler l'idée que Raphaël me repousse sur le lit et s'installe au-dessus de mon sexe dressé.

Donc même l'un dans le corps de l'autre, c'est lui qui mène la danse.

Il prend doucement ma queue dans sa main avant de l'installer à l'entrée de son sexe.

— Je n'ai pas toujours été un ange, murmure-t-il avant de se mettre à descendre.

Le plaisir m'envahit de toutes parts. Il abaisse doucement les fesses, ondulant du bassin pour que mon corps s'habitue de nouveau à l'invasion du sien. Je perçois à travers notre lien inhabituel qu'il est toujours un peu trop gros pour moi mais le plaisir submerge rapidement toute autre sensation. J'ai l'impression que je vais exploser. Les frissons qui me parcourent sont comme des orgasmes miniatures.

Je serre les dents pour m'empêcher de finir trop vite et vois un sourire satisfait danser sur les lèvres de Raphaël… mes lèvres.

— Arrête de jouer avec moi, je lui dis en posant les mains sur ses hanches.

— Ce n'est pas plutôt avec moi que je joue ? demande-t-il d'un air à la fois perplexe et amusé.

D'une pression sur ses fesses, je lui intime de descendre encore. Lorsque je le pénètre entièrement, l'extase qui nous prend est indescriptible. Mon plaisir accentue le sien qui accroît le mien en retour, formant une boucle infinie qui pourrait nous amener à l'orgasme sans rien faire d'autre.

Je me mets à remuer lentement tandis que Raphaël se penche sur moi pour m'embrasser et faire courir sa langue sur mon torse.

Nos gémissements remplissent peu à peu la pièce, nous faisant oublier l'étrangeté de la situation jusqu'à ce que tout soit effacé par la satisfaction totale d'être imbriqués l'un dans l'autre sans savoir où se termine l'un et où commence l'autre.

L'expérience est si absolue, si incroyable que je me perds dans ce qui me vient de mon corps et ce qui me vient du sien. Sa peau sous mes doigts, la mienne sous les siens. Nos bouches jointes, nos langues entremêlées, nos sexes unis.

Je ne discerne plus rien hormis cette sensation d'être parfaitement comblée, entière. Comme si toute ma vie, il m'avait manqué quelque chose et que c'était enfin là.

Lorsque l'orgasme finit par nous emporter, c'est un déchaînement de sensations inouï que je n'aurais jamais pu imaginer.

On finit par s'effondrer l'un contre l'autre, un corps à deux têtes et trop de membres pour les compter. Épuisés. Repus. Déconnectés du temps et de l'espace.

Chapitre 22

Je me réveille en pleine nuit avec la sensation que quelque chose ne tourne pas rond.

Je cherche Raphaël mais c'est mon corps que je trouve endormi à côté de moi. Ah. Je ne me rappelais pas m'être endormie dans celui de Raphaël. Je m'assieds sur le bord du lit et commence à initier le transfert. Je ne sens pas l'appel de mon corps, mon esprit refuse de bouger.

Ce n'est pas normal. En général, regagner mon corps est aussi naturel que respirer. Il me suffit d'une pensée pour y retourner. Je ne sais même pas ce que je pourrais faire de plus pour forcer le passage. Cela dit, dans la mesure où c'est la première fois qu'il y a quelqu'un dans mon corps pendant que je n'y suis pas, les règles habituelles ne s'appliquent peut-être pas. Je me penche sur Raphaël pour le secouer. Il est profondément endormi et je trouve ça très étrange de voir mon corps animé d'une vie qui n'est pas la mienne.

Il finit par ouvrir les yeux et me regarde, l'air perdu. Ah oui, lui non plus, il ne se réveille pas tous les matins dans le corps de quelqu'un d'autre.

— Je n'arrive pas à faire l'échange inverse, je lui dis.

Il s'assied, m'observe un instant en silence.

— Réessaie.

— Je n'arrête pas !

Pour être honnête, j'ai pensé que si Raphaël était conscient, le transfert se ferait automatiquement. Plus les minutes s'écoulent et plus je sens la panique me gagner. On ne va quand même pas rester comme ça pour toujours, si ?

Raphaël perçoit ma nervosité et me prend dans ses bras.

— Et comme ça, c'est plus facile ?

— Non, toujours rien.

— Calme-toi, dit-il en me caressant la tête. On va trouver une solution.

— Mais bordel, comment tu fais pour être aussi calme, toi ?

Il m'embrasse avant de me sourire.

— Comme ça.

Ses émotions influencent les miennes. De la même manière que nous partageons toutes nos sensations. Plutôt logique dans la mesure où on occupe le corps l'un de l'autre, mais je n'avais jamais eu l'occasion d'en faire l'expérience avec mes précédents hôtes.

— Allez viens, on va boire un café et on trouvera une solution.

La petite boutique devant laquelle on se tient ne paie pas de mine. Dans l'étroite vitrine sont exposées une planche de ouija, quelques bougies, une boule de cristal et une édition flambant neuve, et plutôt jolie, du *Necronomicon*. Bref, je n'ai pas l'impression d'être au bon endroit mais Raphaël a l'air de savoir ce qu'il fait.

On attend dans la fraîcheur du matin que le magasin ouvre et, quand enfin le rideau de fer se lève, c'est pour révéler un type qui a autant l'air de s'y connaître en surnaturel que le laisse supposer sa vitrine. Rondouillard avec des favoris et l'ensemble moustache-barbichette-lunettes, il a l'air sympathique et totalement inadapté à la demande qu'on doit lui faire. D'autant qu'il arbore fièrement une chemise hawaïenne jaune, un short beige et des tongs.

Raphaël entre sans hésiter dans la boutique et s'avance pour serrer la main au vendeur avant de se raviser en se souvenant qu'il n'est pas dans son corps.

Le type en me voyant lance un jovial :

— Salut Raphaël ! Comment ça va ?

— Euh, salut, je réponds en serrant sa main tendue.

Après un rapide café et quelques clopes qui m'ont permis de me calmer un peu, on est venus faire le pied de grue devant chez le contact de Raphaël spécialiste de l'occulte, qui peut prétendument nous aider avec notre problème d'échange de corps.

Maintenant que je suis face au spécialiste en question, je ne suis plus trop sûre que c'est une bonne idée.

Au moment où je veux lui dire qu'on ferait mieux d'aller voir ailleurs, Raphaël s'avance :

— Blaise, je te présente Sascha. Nous avons un souci un peu particulier…

Blaise a l'air plutôt surpris par la bizarrerie de cette entrée en matière mais il hoche quand même la tête et nous indique de le suivre.

On passe un rideau en perles du genre de ceux qui auraient dû disparaître avec la fin des années 1980 pour se retrouver dans une petite pièce qui a tout de la caravane de diseuse de bonne aventure : tentures, boule de cristal et nappe en velours sont de la partie.

Blaise s'installe dans l'un des fauteuils et nous invite à prendre place dans les deux autres.

— Qu'est-ce que je peux faire pour vous ? il demande en me regardant.

— On a échangé nos corps, dit Raphaël.

Efficace, droit au but, sans fioritures. Raphaël dans toute sa splendeur.

Effaré, Blaise le regarde en silence puis il me lance un coup d'œil en biais qui doit vouloir dire « ta copine est complètement tarée ».

— Je suis Raphaël, ajoute Raphaël.

Blaise le regarde puis finit par hocher la tête.

— Je suis dans le corps de Sascha. Et Sascha est dans le mien.

À ces mots, je me sens obligée de lui faire un petit signe de la main. Geste qui doit avoir l'air assez ridicule avec le corps massif de Raphaël.

Blaise nous observe encore, comme s'il tentait de déterminer si on lui fait une blague. Puis il place la main au-dessus de sa boule de cristal.

À ce stade, je suis convaincue que c'est un charlatan mais Raphaël a l'air de le connaître et de lui faire confiance, alors je ne dis rien. Au bout de quelques instants, yeux fermés et bouche ouverte, plongé dans une sorte de transe étrange, Blaise finit par dire :

— Ok.

Il se lève et sort de la pièce en faisant cliqueter son rideau de perles.

— Mais qu'est-ce que c'est que ce sketch ? je siffle à l'intention de Raphaël.

— Ne te laisse pas berner par sa dégaine de touriste. Blaise fait partie des meilleurs magiciens de la ville.

— Ouais, il fait sortir des lapins de son chap...

Je n'ai pas le temps de finir ma phrase que le magicien en chemise hawaïenne revient prendre place en face de nous.

Je plaque un sourire sur mes lèvres et le regarde feuilleter un gros livre à l'aspect plutôt banal. Pas le genre de bouquin dans lequel on écrirait une ligne de vraie magie. J'aurais encore préféré qu'il prenne le *Necronomicon* dans sa vitrine. Au moins il ressemble à un grimoire. Là, j'ai l'impression qu'il a ramassé le premier livre de cuisine qui traînait.

Au bout de quelques minutes, il referme le livre en le faisant claquer et le balance derrière lui.

— Ouais, c'est bien ce que je pensais.

Bon, je ne crois pas une minute que ce type a la réponse à notre problème mais je suis quand même pendue à ses lèvres.

— Rien du tout.

— Quoi ? je m'écrie.

— Y a rien dans ce livre qui puisse nous aider, ma jolie.

— Super, je marmonne.

— Tu n'as aucune idée de ce qu'on peut faire, alors ? demande Raphaël.

— Pas pour l'instant. Mais on va trouver.

Il se relève et retourne fouiner dans sa boutique. On l'entend casser deux trois objets, se blesser avec quelque chose, marcher sur un truc qui fait « pouet » avant de revenir, l'air triomphant.

Il installe une planche sur la table à la place de la boule de cristal. C'est une simple planche en bois, même pas une ouija.

— Posez les doigts sur la planche, dit Blaise en allumant une bougie.

Je le regarde, dubitative, mais Raphaël obéit sans poser de questions. Du coup, je l'imite même si je suis loin d'être convaincue.

Blaise pose la bougie au milieu avant de mettre lui aussi les doigts sur la planche. Il dit quelques mots en latin. Je suis persuadée que c'est du charabia, mais Raphaël ne dit toujours rien.

Au bout d'une dizaine de minutes de silence absolu, Blaise souffle la bougie et retire les mains de la planche avant de déclarer :

— Fascinant ! Comment c'est arrivé ?

Si j'avais été dans mon corps, j'aurais rougi parce que la première réponse qui me vient c'est : « Pendant la plus incroyable partie de jambes en l'air de ma vie. »

— Ça ne te regarde pas, répond gravement Raphaël. Tu sais ce qu'on a ?

Je ne savais même pas que ma voix pouvait prendre un ton aussi sévère. Si on n'avait que ça à faire, je lui demanderais bien d'enregistrer un CD à ma place.

Blaise lève les mains en signe d'apaisement et poursuit :

— La manière la plus simple de définir ça, c'est de dire qu'on a affaire à une forme de possession. Sauf que la possession est réservée aux démons, alors si la demoiselle n'en est pas un… (Raphaël fait non de la tête) ce n'est pas tout à fait ça.

— Et comment on revient à la normale ? demande Raphaël.

— L'unique moyen, c'est d'aller voir un exorciste.

— Tu en connais un ?

Blaise sort un carnet et un stylo de la poche de son short et griffonne quelque chose sur la feuille avant de la tendre à Raphaël.

— Le seul véritable exorciste de toute l'Europe. Les autres sont tous des charlatans. Dites-lui que vous venez de ma part.

Raphaël range le papier dans mon sac à main. Ça me fait bizarre que ce soit lui qui le porte, j'ai tout le temps l'impression d'avoir oublié quelque chose, mais ça aurait été encore plus étrange qu'un type de sa carrure se trimballe avec.

On se prépare à se relever quand Raphaël nous arrête.

— Tu as pu faire sauter les protections magiques dont je t'ai demandé de t'occuper ?

C'était donc à Blaise qu'il avait confié tout ce qu'il me restait de ma mère ?

— Faisable mais chaud. Tu passes quand vous serez revenus de Berlin ?

Raphaël hoche la tête.

— Berlin ? je demande.

— C'est là que se trouve l'exorciste.

Chapitre 23

L'avion décolle enfin. Je suis plutôt excitée par l'expérience : je n'ai jamais pris l'avion de ma vie. Je n'ai jamais voyagé de ma vie, à dire vrai. Si les circonstances étaient différentes, je serais même contente.

Raphaël me tient la main pendant le décollage. Il semble paisible et son humeur tranquille est comme un baume sur mes émotions instables. J'essaie de profiter de ce moment de calme pour faire le tri dans les événements des derniers jours, mais j'ai l'impression que tant que tout ne sera pas revenu à la normale, je ne pourrai pas vraiment faire le bilan.

Je tente d'éviter de penser à Nicolas mais l'image de son corps en train de se vider de son sang dans mon salon me hante dès que je ferme les yeux. Il est mort juste après notre dispute et ses dernières paroles résonnent comme un avertissement funeste à mes oreilles.

« J'espère que cet enfoiré de Raphaël te traite mieux que ce que tu mérites. »

Il avait été dur avec moi. Je le comprenais. Mais ça faisait mal quand même. Il avait raison. Je ne mérite pas d'être bien traitée. Pas aussi bien que Raphaël le fait. Depuis qu'il m'a tout avoué, je comprends bien mieux son attitude et je crois qu'il tient vraiment à moi.

Je sens qu'au fond de lui, une partie de son esprit est torturée par le sacrifice que son amour pour moi lui a imposé. Il a abandonné tout espoir pour moi. Pourtant, il fait l'effort de rester calme et Maître de la situation en surface, quelles que soient les épreuves que la vie nous jette au visage. Et elle n'est pas tendre.

Lazarus s'est enfui. Je doute d'avoir le courage de l'affronter de nouveau un jour. Face à lui, je suis une souris et il est un chat. Je voulais l'éliminer pour venger les sœurs mais je me rends compte à présent qu'il ne joue pas dans la même cour.

L'avalanche de souvenirs qui m'a assaillie quand j'ai pris possession de son corps était désordonnée mais j'ai bien compris que Lazarus était l'homme… le vampire d'un seul but : il veut redonner leur place aux vampires dans notre monde et peu nombreux sont ceux qui se sont dressés sur sa route. Raphaël n'est qu'une petite épine dans son pied. Et moi… moi, je ne suis qu'une insignifiante poussière qu'il balaiera d'un souffle à l'occasion.

Cependant, dans les souvenirs de centaines d'années qui ont défilé devant mes yeux, j'ai vu une chose qui m'a perturbée. Ma photo. Une vieille photo de moi gamine. Une photo qu'Irina conservait dans sa cellule. Cachée. Les sœurs n'étaient pas vraiment portées sur la technologie. La mère supérieure l'exécrait même. Irina m'avait un jour emmenée en secret au Photomaton au bout de la rue. C'était pour mes huit… ou mes dix ans. Je n'avais jamais vu d'appareil photo de ma vie ! On a posé ensemble, moi sur les genoux d'Irina. Et elle a ri ce jour-là. Je crois qu'on était heureuses. On ne formait pas une vraie famille mais maintenant, quand je repense à cette époque, je me dis que c'étaient les plus belles années de ma vie.

Irina avait ensuite caché la photo et n'en avait plus jamais reparlé. Pourtant cette nuit-là, Lazarus l'avait trouvée et voir mon visage sur cette photo l'avait... mis en joie ?

Je n'ai pas eu le temps d'avoir plus de détails. Pourquoi Lazarus m'aurait-il cherchée ? Pourquoi aurait-il mis un couvent à feu et à sang pour me trouver ? Ça n'a pas de sens. Et pourtant, quelque chose au fond de moi me dit que c'était exactement ça.

J'ai toujours cru que l'attaque du couvent avait été un acte commis au hasard. Ç'avait été le couvent mais si les vampires étaient tombés sur un Pizza Hut ce soir-là, ils auraient massacré des livreurs. Pourtant, les événements des dernières semaines ont tous concordé sur un point : ma présence au couvent était connue des vampires qui ont participé au massacre.

Je ne voulais pas l'admettre mais la réponse la plus évidente est qu'ils m'avaient cherchée. Moi.

La question qui demeure, c'est pourquoi.

J'ai bien peur de ne jamais avoir de réponse. Je me vois mal aller interroger Lazarus avant d'essayer de le planter.

Peut-être que je devrais aller au couvent. Je n'y suis jamais retournée depuis cette nuit-là. Je doute que ces vieux murs renferment plus que des fantômes aujourd'hui mais c'est ma seule piste valable.

Ma décision est prise : dès que cette histoire d'échange de corps sera réglée, j'irai au couvent... en espérant que Lazarus aura laissé tomber une petite note intitulée « Mes plans diaboliques pour Sascha ».

L'autre problème auquel je refuse de songer, ce sont les conséquences de cet échange de corps. Est-ce qu'une fois exorcisés ça veut dire que Raphaël et moi on ne pourra plus jamais faire l'amour ? Ou du moins que je ne pourrai plus jamais perdre le contrôle avec lui ? Cette pensée, bien qu'égoïste et sûrement loin en bas sur la liste de mes problèmes, me terrifie autant que le reste.

Sur le siège d'à côté, Raphaël semble endormi mais alors que toutes ces réflexions me traversent, il me prend la main et la caresse doucement du pouce.

— Tout ira bien, amour. Je te le promets, il me murmure à l'oreille.

Son souffle chaud sur mon lobe fait courir des frissons dans tout mon corps. Je ne comprends pas comment il fait pour qu'un simple contact me retourne à ce point, et pourtant Raphaël a cet effet sur moi.

Il m'attire ensuite à lui et me fait poser la tête sur sa poitrine. Mes seins sont plutôt confortables. Je comprends mieux pourquoi les mecs ont une passion pour les nichons.

Il me caresse doucement les cheveux et je me laisse emporter par le ronronnement des moteurs de l'avion.

Une fois mon esprit vidé de toutes mes inquiétudes, je m'aperçois d'une chose : je n'ai accès à aucune pensée de Raphaël. Je suis dans son corps depuis le matin et je n'ai vu aucun souvenir lui appartenant, je n'ai rien appris sur lui.

J'imagine que c'est un autre phénomène à mettre sur le compte de cette possession inhabituelle. Après tout, Raphaël est dans mon corps, je n'ai accès qu'à une coquille vide. J'espère qu'il en est de même pour lui. Ce serait injuste qu'il puisse lire en moi comme dans un livre ouvert alors que moi-même je suis aveugle.

— Demain soir, dit Raphaël en raccrochant le téléphone.

Après un millier de contrôles, le taxi et le check-in à l'hôtel, il a appelé l'exorciste pour prendre rendez-vous. C'était d'ailleurs étrange d'entendre ma voix parler allemand.

Résultat : demain soir.

J'essaie de ne pas avoir l'air trop dépitée mais me retrouver coincée dans le corps de mon mec était déjà une expérience difficile à vivre quand j'avais quinze ans. La revivre aujourd'hui, et avoir besoin d'un exorciste pour remédier à la situation… c'est ma version de ces couples qui se retrouvent aux urgences emboîtés l'un dans l'autre.

Raphaël referme la distance qui nous sépare et me prend dans ses bras. Son étreinte m'apporte un réconfort indescriptible. En fermant les yeux, j'ai presque l'impression que la situation est normale.

— On n'a qu'à aller faire un tour en ville, finit-il par dire. Ça nous changera les idées.

Je lui lance un regard incrédule.

— Comme ça ?

— Tu as honte de moi ?

Le petit sourire en coin qu'il esquisse régulièrement joue sur mes lèvres. Je ne savais pas mon visage capable de cette expression. Il semblerait que le contenu est plus important que le contenant.

— Ok, je finis par dire. Mais je voudrais prendre une douche d'abord.

Raphaël relâche son étreinte et me laisse me rendre à la salle de bains.

Mes gestes sont gauches et mal assurés tandis que je me déshabille face à l'immense miroir au-dessus des lavabos. Mon reflet me déconcentre autant que le fait que je ne suis pas habituée à manier deux mètres de muscles.

Bon sang, mais comment fait-il pour toujours avoir l'air aussi gracieux ?

Une fois débarrassée de tous mes vêtements, je m'observe un peu mieux dans le miroir. Je me surprends à faire courir mes mains sur mes pectoraux, mon abdomen, les deux longues cicatrices sur mon dos. Je suis curieuse et en même temps, je me sens comme un voyeur.

Au bout de quelques minutes que je passe à me détailler sous toutes les coutures, Raphaël frappe à la porte :

— Ça va ? me demande-t-il.

— Oui, c'est juste que…

… que j'ai une phénoménale envie de pisser et que sur la liste des trucs pas glamour à faire avec le corps de son mec…

Cela dit, ça fait quoi de pisser debout ? Comme un vrai mec. Je n'ai jamais possédé un corps d'homme assez longtemps pour faire l'expérience.

Je prends ma queue dans une main, je me place au-dessus de la cuvette. Le premier jet part dans une direction improbable.

J'entends Raphaël éclater de rire de l'autre côté de la porte.

— Tu veux que je te la tienne ? il finit par demander entre deux ricanements.

Je me mets à rire aussi.

Je tente de viser la cuvette de nouveau. Mais entre mes rires, les siens, et mon incapacité à maîtriser l'engin, je finis par déclarer forfait et m'asseoir sur les toilettes.

— Prends-en soin, ajoute Raphaël.

— Rira bien qui rira le dernier, je lance de sa voix grave avant d'entrer dans la douche.

Un laser vert m'aveugle lorsque nous entrons dans le club. Raphaël, comme d'habitude, n'a pas épilogué sur le sujet mais il semble qu'il connaît plutôt bien la ville et ses bars.

Le temps que je finisse de prendre ma douche – et soin de l'outillage de Raphaël, avec lequel je n'ai pas pu m'empêcher de jouer toute seule – il faisait déjà nuit, donc je n'ai pas vraiment pu profiter de la balade mais je me suis quand même gorgée de tout ce que je pouvais par la vitre du bus qui nous a amenés ici. Les beaux bâtiments à l'architecture ancienne et les immenses statues côtoyant les grandes barres d'immeubles austères, un mélange d'ancien et de contemporain différent de celui que je connais, et cette impression d'espace immense, presque oppressante, soulignée par des dizaines de chantiers en cours et de la verdure, de la verdure, de la verdure.

Je croyais que quand on avait vu une grande ville, on les avait toutes vues. Je me trompais et ça me plaît bien. Je me promets de revenir.

Ni Raphaël ni moi ne sommes d'humeur à jouer les touristes. Nous ne sommes sortis que pour nous changer un peu les idées et tuer le temps jusqu'à notre rendez-vous, mais notre morosité est palpable. Je crois que malgré sa façade inébranlable, Raphaël est tout aussi inquiet que moi de l'issue de cette petite escapade.

Il me prend par la main et m'entraîne jusqu'au bar au centre de la pièce. Sur le côté il y a une scène, abandonnée ce soir.

J'aimerais bien revenir ici faire un concert avec les garçons.

À peine cette pensée m'a-t-elle traversé l'esprit que la douleur me foudroie : il n'y aura plus jamais de concert… Les larmes me montent instantanément aux yeux à l'idée que Nicolas est seul, dans le noir, dans une… morgue. Je refoule tout. Je ne peux pas me permettre de craquer maintenant.

Un type de la carrure de Raphaël en train de pleurer au beau milieu d'un bar, ce serait ridicule.

Quand tout sera rentré dans l'ordre, qu'on sera revenus chez nous, je pourrai pleurer autant que je veux. Je pourrai dire au revoir à Nicolas… mais pas maintenant.

Chaque chose en son temps.

Si je dois continuer à me la répéter, je vais finir par me faire tatouer cette phrase.

Pendant que j'essayais de reprendre le contrôle de mes pensées et de mes émotions, Raphaël s'est procuré un whisky et un Coca.

— Viens, on va s'asseoir.

Il me mène jusqu'à une table isolée de la grande salle, sous une peinture représentant un immense dragon rouge sur le mur noir.

J'aime bien cet endroit.

Raphaël me prend la main, joue avec mes doigts un instant. Son regard brûlant s'attarde sur mes lèvres.

Je ne comprends pas comment il fait pour être aussi à l'aise compte tenu de notre état.

— Comment tu fais ? je finis par demander.

Il m'interroge des yeux.

— J'ai possédé des gens toute ma vie... enfin, non, pas vraiment, mais c'est mon pouvoir, je devrais être habituée et pourtant, je ne m'y fais pas. Je te regarde, je me vois, et ça me...

Je cherche mes mots. Je ne sais même pas comment expliquer ce que je ressens.

— Je suis paumée, je termine faiblement.

Encore un de ces sourires énigmatiques à la Raphaël. J'aime bien. Mais ça reste bizarre sur mon visage.

— Je nous vois, dit-il sobrement après un court silence.

— Tu nous vois ? je répète sans comprendre.

Il retourne ma main dans la sienne et pose un doigt sur mon avant-bras.

— Ici, dit-il, commence ton tatouage.

Il décrit des arabesques du bout de l'index sur ma peau qui se couvre de chair de poule à ce contact. Ce n'est rien et pourtant c'est si... intime. Peut-être parce que je n'ai jamais laissé personne s'attarder sur mon bras. L'encre cache les cicatrices mais elles sont toujours présentes, et comme tout le reste, je n'ai jamais voulu que mes amis les remarquent.

— Il continue, là. Il y a une petite feuille, juste ici. (Il reprend sa progression et je jurerais qu'il s'attarde sur les estafilades même si c'est impossible.) Une autre, plus grande, là.

Je frissonne tandis qu'il remonte jusqu'à mon biceps. Comment est-ce qu'il fait pour rendre un geste d'une telle banalité aussi sensuel ?

— Et ici, il y a un insecte.

J'écarquille les yeux en comprenant soudain.

— Tu le vois ? je m'exclame.

Il hoche la tête simplement.

Rares sont les gens, en dehors de mon tatoueur, à savoir qu'il y a un petit scarabée sous le lierre. Il est microscopique et presque entièrement dissimulé par une feuille. Pour arriver à le placer d'une manière aussi précise, il n'y a qu'une seule explication : Raphaël voit mon bras et pas le sien.

Je ne comprends pas comment c'est possible, mon cerveau n'arrive même pas à assimiler l'information. Des questions se bousculent sur mes lèvres mais je ne sais pas comment les formuler.

— Comment ? Quoi ? Mais…, je finis par déblatérer.

Le sourire continue à jouer sur ses lèvres.

— Je te vois, telle que tu es réellement, en dessous de mon corps. Les deux images sont comme… superposées.

Je reste abasourdie.

Raphaël fait remonter sa main sur mon épaule, puis il effleure mon cou et enfin mon visage. Il pose la paume sur ma joue et m'attire à lui.

Sa bouche est douce sur la mienne, aussi légère que l'était le contact de ses doigts. Il passe la langue sur mes lèvres entrouvertes, joue avec.

Les yeux fermés, je peux faire abstraction de nos apparences respectives et m'abandonner à l'étreinte de Raphaël.

Son baiser prend le rythme du morceau qui passe. Du Metal indus un peu mélancolique malgré ses basses étouffantes.

Raphaël délaisse mes lèvres pour me mordiller l'oreille avant de m'attraper les mains, m'entraînant vers le centre de la piste où des gens dansent déjà.

Les mains sur mes fesses, il entame une espèce de slow pas tout à fait adapté à la musique. Je me colle à lui, je ferme les yeux. Je me laisse bercer.

Le morceau se termine et le DJ enchaîne avec de la guimauve locale.

Raphaël fait courir ses mains sur mon corps, je retrouve ses lèvres, je me fonds dans son étreinte. J'ai l'impression d'être hors du temps et de la réalité.

Le temps d'un morceau, plus rien n'existe.

Pas de pouvoir, pas d'exorciste, pas de corps échangés, pas de vampires, pas de meilleur ami gisant dans une flaque de sang…

Rien que Sascha et Raphaël, en train de danser sur un vieux slow de Heavy des années 1980.

J'aimerais tant que tout soit réellement si simple.

La chanson se termine. On retourne à notre table. Je me sens étrangement mieux.

Rien n'est résolu, rien ne va vraiment. Mais le fait d'avoir passé quelques minutes comme un couple normal m'a redonné de la force pour affronter la suite.

Tandis que Raphaël retourne au bar nous recharger en boissons, je détaille les lieux du regard. Les bars, clubs et salles de concert que je fréquente à Paris ont tous un petit côté crado que je croyais indissociable de l'ambiance goth/Metal mais ici, il semblerait qu'on peut écouter du Rammstein et aimer les sièges neufs. J'aime mon environnement plus bordélique mais je ne suis pas du tout surprise que Raphaël apprécie cet endroit.

Je balaie la salle des yeux et finis par tomber sur une impressionnante paire de seins à quelques centimètres de mon épaule.

— *Hallo*, me lance leur propriétaire avec un grand sourire.

— Euh…, je bredouille.

Elle me tend la main et débite quelques mots en allemand. Je la regarde de mon air le plus paumé. Je n'ai même pas le réflexe de lui dire que je ne comprends pas la langue.

À mon air abasourdi, elle finit par saisir mon problème et enchaîne en anglais :

— *Wanna dance ?*

Mes yeux, déjà bien écarquillés, deviennent ronds comme des soucoupes quand elle attrape ma main pour me faire me lever.

Je percute soudain que c'est Raphaël qu'elle croit draguer. Je n'ai pas oublié que j'étais dans son corps… enfin, si. J'ai suffisamment oublié pour ne pas comprendre qu'une fille pourrait venir me faire les yeux doux.

Raphaël revient à ce moment-là avec nos verres, et sa présence, enfin la mienne, enfin celle de mon corps, calme les ardeurs de ma dragueuse qui me lâche immédiatement la main. Mais Raphaël lui dit quelque chose en allemand et les yeux de la fille s'illuminent. Elle m'attrape de nouveau et sans me laisser le temps de discuter, m'entraîne jusqu'à la piste.

Je jette un coup d'œil en arrière vers un Raphaël hilare.

— Ça se paiera, je lui dis.

— *What ?* demande la fille.

Je secoue la tête pour elle.

Les yeux de Raphaël pétillent de malice tandis que mon Allemande se colle à moi pour danser. Je lui accorde un peu de mon attention. Elle est plutôt jolie, blonde, grande, une poitrine voluptueuse soulignée par un corset en skaï.

Phénomène intéressant, je sens le membre de Raphaël qui ne reste pas indifférent à la situation. Est-ce que ça veut dire que cette fille m'attire ?

Je chasse cette pensée immédiatement : inutile de me lancer dans une réévaluation de ma sexualité maintenant. On verra quand j'aurai récupéré mon corps.

Mais dans la mesure où Raphaël semble particulièrement s'amuser de la situation, je décide de lui en donner pour son argent. D'autant plus que je sais à présent qu'il peut me voir.

Je souris intérieurement tandis que je fais courir mes mains sur les courbes de la fille. Elle se rapproche d'autant plus et commence à remuer son joli corps contre le mien. Je tente de calmer mon érection cependant. Je n'ai pas envie de la faire flipper ni de lui donner l'impression que je suis prête à aller m'envoyer en l'air dans les toilettes.

Je n'ai jamais pissé avec un corps de mec d'emprunt et, hormis cette expérience complètement délirante avec Raphaël, je n'ai jamais baisé non plus. Je me demande ce que ça fait quand on n'a que les sensations du mec.

Une étrange partie de moi envisage pendant une demi-seconde d'aller essayer tout de suite. Puis le morceau se termine, la fille me remercie avec un chaste bisou sur la joue avant de retourner à sa table avec le sourire.

Je rejoins un Raphaël tout aussi souriant à la nôtre.

—Alors ?

—Amusant, dit-il en m'embrassant à pleine bouche.

—Ça aussi, c'est amusant ? je demande en lui prenant la main pour la poser sur mon entrejambe.

—Rentrons, répond-il en approfondissant son baiser.

Chapitre 24

Le nez collé à la vitre du bus, comme la veille, je regarde le paysage défiler tandis que nous nous rendons dans le quartier où réside l'exorciste : Stefan.

Le fait que Blaise ait précisé qu'il était le seul véritable exorciste en Europe me fait me demander ce qu'on va bien pouvoir trouver. J'imagine un vieux prêtre en train de répéter ses « Je vous salue Marie » à longueur de temps.

À ma grande surprise, l'adresse que Blaise nous a donnée n'est pas celle d'une église. Il s'agit d'un de ces bâtiments à l'architecture communiste dont regorge la ville, où des bureaux auraient pu être installés. Néanmoins le côté décrépit des lieux me fait penser que si bureaux il y a eu, ça fait longtemps qu'ils ont migré ailleurs.

L'intérieur est encore plus effrayant que l'extérieur. Pas de lumière dans la cage d'escalier, bruits de pattes de rongeurs sur le carrelage, carreaux brisés…

— Tu es sûr qu'on est au bon endroit ? je chuchote en resserrant mon étreinte sur la main de Raphaël.

— C'est l'adresse que m'a donnée Blaise.

— C'est pas possible qu'il y ait un exorciste ici.

Il appuie ses doigts sur les miens. Le geste m'apaise et me donne le courage d'avancer dans l'immeuble en ruine. Les phares des rares voitures passant à proximité illuminent par intermittence les murs couverts de tags. De jour, l'endroit me ferait penser au squat où j'ai vécu quelque temps après mon départ du couvent. Mais de nuit, je trouve chaque dessin terrifiant.

Un bruit de moteur, encore la lumière des phares. Je sursaute avant de m'apercevoir que la silhouette qui vient de me faire peur n'est qu'une reproduction – plutôt réussie – du *Cri* de Munch.

On a profité un peu de la journée pour se balader, ce qui, avec la soirée de la veille, a achevé de me redonner le moral. Tout va bien se passer. J'en suis sûre. L'exorciste va nous rendre nos corps et on pourra reprendre le cours normal – si tant est qu'il y ait quelque chose de normal pour nous – de nos existences. Et ce n'est pas un bâtiment en ruine qui va me donner l'impression du contraire… ni me faire peur.

Je tente d'occulter le fait que tant que nous n'aurons pas récupéré nos corps nous serons quasi sans défense. Si on se fait surprendre par des créatures surnaturelles, disons, au hasard, des suceurs de sang, sans mon pouvoir, je suis démunie et je ne crois pas que Raphaël pourrait manier son épée avec mon gabarit…

Raphaël passe devant moi, droit comme la justice. Il ne semble pas du tout inquiet. Je puise dans son calme pour étouffer mes craintes.

On grimpe les marches jusqu'au dernier étage et on longe un couloir infini jusqu'à une porte en bien meilleur état que toutes les autres. Pas de doute, s'il y a quelqu'un dans ce trou à rats, c'est là.

Raphaël frappe.

La porte s'ouvre dans un grincement sinistre.

L'appartement – si c'en est un – est aussi délabré et peu accueillant que les parties communes. Carrelage marron aux murs comme au sol, tuyauterie apparente un peu partout et une immense table avec quinze sièges autour pour tout ameublement de la grande pièce qui donne sur l'entrée.

Un type immense se plante dans l'encadrement de la porte. Il est intégralement vêtu de cuir, mais pas cuir SM, plutôt cuir Crocodile Dundee. Rasé à blanc, petite moustache fine, lunettes fumées rondes, Stefan l'exorciste n'est rien de ce que j'imaginais de lui.

— Je vous attendais, il dit sans une once d'accent.

— Merci de nous recevoir aussi vite, lui répond Raphaël en lui tendant la main.

Stefan la serre. Il a la main chaude et la poigne vigoureuse.

Ressentir ce que mon corps fait sans moi n'est toujours pas moins perturbant. Certes, pendant qu'on faisait l'amour, c'était plutôt agréable. Mais à présent, j'ai hâte de réintégrer mon enveloppe et de ne plus avoir ces sensations qui ne m'appartiennent pas, comme si tout mon corps avait été amputé et que je souffrais d'un syndrome du membre fantôme généralisé.

Stefan nous invite à entrer dans la grande salle aux quinze chaises et s'installe en tête.

Derrière lui, une grande baie vitrée offre une vue imprenable sur les lumières de Berlin. La ville semble calme. Paisible. Elle est plus grande que Paris et pourtant, je n'y ressens pas l'agitation perpétuelle qui semble régner chez nous.

L'exorciste s'allume une cigarette et nous observe un instant par-dessus ses petites lunettes. Il les remonte ensuite sur son nez en hochant la tête pensivement.

— Blaise m'a dit que votre cas était... étrange. Je voulais voir par moi-même au plus vite.

— Vous pouvez nous..., je commence mais il m'interrompt en levant le doigt.

Je me tais sans trop savoir pourquoi je lui obéis aussi vite.

On reste silencieux à se dévisager un moment. Je remarque que dans un coin de cette immense pièce, une porte donne sur une toute petite chambre. Un matelas en mauvais état est posé dans un coin. Il ne dort quand même pas là, si ?

Stefan se lève, pose la main sur ma tête. Son contact est brûlant, presque désagréable. Il passe quelques instants dans cette position avant de réitérer l'opération avec Raphaël.

Puis il s'en va sans rien dire.

On en reste comme deux ronds de flan à se regarder sans trop savoir quoi faire. De toute évidence il vaut mieux ne pas contrarier ce type. Il est notre seul espoir, même s'il a l'air complètement siphonné.

Il revient, un encensoir allumé à la main, et le tend à Raphaël.

— Tenez-moi ça un instant, il dit avant de repartir.

Quelques minutes plus tard, il apparaît avec une bassine en cuivre remplie d'eau. Il l'installe en face de nous avant de récupérer son encensoir et de se mettre à décrire des cercles autour de nous.

J'ai la sensation qu'on tire sur mon esprit mais le chemin vers mon corps semble incertain, comme si je risquais de me perdre en route si je me laissais faire, alors je résiste de toutes mes forces.

Stefan commence alors à déclamer des vers en latin. Je ne sais pas ce qu'ils ont tous avec cette langue mais ça commence à faire terriblement cliché.

L'attraction sur mon esprit se fait plus forte et je sens que je ne pourrai pas y résister plus longtemps. Pourtant, j'ai en même temps l'impression que mon corps s'éloigne encore davantage alors que la bassine semble de plus en plus une destination évidente.

Soudain Raphaël interrompt l'exorciste mais je ne comprends pas un mot de ce qu'il lui dit car il lui parle en allemand.

Stefan arrête le charabia en latin et sa déambulation en cercles pour fixer Raphaël droit dans les yeux d'un air contrarié. Je me sens rétrécir sous son regard inquisiteur alors que je n'en suis même pas la cible.

Finalement, il entraîne Raphaël dans la pièce d'à côté en claquant la porte derrière eux. Je les entends s'engueuler en allemand. Je ne comprends rien mais les émotions de Raphaël parlent pour lui. Il est en colère et Stefan lui parle apparemment de « démon », d'« Apocalypse » et de « vermine à éliminer ». Aucune information ne me parvient sur ce que Raphaël lui répond. Mais sa contrariété croît à une vitesse exponentielle. Puis soudain, j'ai l'impression que Raphaël… explose ? Et la tension retombe.

Ils reviennent tous les deux comme si de rien n'était mais je sais qu'il s'est produit davantage qu'une engueulade dans cette pièce.

J'interroge Raphaël du regard mais son visage est fermé et ses émotions, pourtant plutôt claires jusque-là, me parviennent comme étouffées.

Stefan éloigne la bassine, reprend son encensoir et recommence à décrire des cercles autour de nous.

Au bout d'un moment, je ressens le même tiraillement sur mon esprit que précédemment et d'un seul coup, je me sens claquer comme un élastique qui rompt.

Pendant quelques secondes, je flotte au milieu de rien. Je panique. Puis de nouveau un claquement sonore et je suis dans mon corps.

Le soulagement m'envahit mais j'ai l'impression qu'une partie de moi est restée en Raphaël, que j'ai été arrachée trop violemment à son corps. À la place, il me reste une partie de lui. Je ressens toujours ses émotions. Le fil est plus ténu, moins évident, mais toujours présent.

J'ai envie de laisser éclater ma joie mais Raphaël m'attire à lui et se place entre Stefan et moi, comme pour faire barrage de son corps.

L'exorciste lui lance un clin d'œil par-dessus ses petites lunettes et Raphaël jette quelques billets sur la table avant de nous faire reculer vers la porte.

Je ne comprends rien à ce qui est en train de se produire et je voudrais lui demander pourquoi tout ce cinéma mais je sens qu'il est tendu et prêt à se lancer dans un violent combat. La partie de lui enfouie en moi semble furieuse.

Je le laisse nous entraîner jusqu'à la porte en silence.

Quand enfin elle claque derrière nous, il se détend, la pression redescend d'un cran.

Il m'entraîne dans l'escalier à toute vitesse.

— C'est quoi ce cirque ? je lui demande hors d'haleine.

— Un malentendu. Évitons de traîner là.

Chapitre 25

Mon retour à la maison se fait sous une petite bruine froide et désagréable totalement en accord avec mon humeur.

Après notre visite chez l'exorciste, Raphaël s'est montré étrangement distant. Il n'a pas dit un mot dans le taxi qui nous emmenait à l'aéroport puis, presque au moment d'embarquer dans l'avion, il a marmonné qu'il avait une affaire à régler en ville. Il m'a collée dans l'avion avec un rapide baiser avant d'aller changer son billet de retour.

Les questions n'ont pas arrêté de tourner en rond dans ma tête. « Que s'est-il passé chez Stefan ? » et « qu'est-ce que Raphaël devait régler si soudainement ? » sont en tête de liste.

Pourtant, je ne peux pas me permettre de m'attarder là-dessus. Je dois trouver le courage de répondre aux messages que Damien a laissés sur mon répondeur. Nicolas et moi avons disparu depuis plusieurs jours… Je retiens les larmes encore pendant le long trajet en métro qui me ramène chez moi. Je sais qu'une fois que j'aurais refermé la porte de mon appartement, la digue cédera. Mais pas encore.

Une heure plus tard, trempée comme un rat mort, je suis enfin devant la grande porte cochère de mon bâtiment. Je prends une profonde inspiration. *Tu vas y arriver*, je me répète.

Je compose le code. La digue tient. Je monte l'escalier. La digue tient. J'arrive à mon étage. La digue tient.

Quand je mets la clé dans la serrure, j'ai le souffle coupé, des images de la mort de Nicolas défilent devant mes yeux. Je ne tiendrai pas. Je craque. Ça y est.

Un bras passé autour de ma poitrine me ramène soudain à la réalité. Je passe la main derrière moi pour toucher mon attaquant et prendre possession de son corps mais il est plus rapide : il m'empoigne et je me retrouve totalement immobilisée sans possibilité de faire quoi que ce soit. Mon ennemi est de toute évidence venu préparé : il porte des gants et je ne trouve nulle part ailleurs de peau susceptible d'entrer en contact avec la mienne.

La panique me prend à la gorge mais je m'efforce de me ressaisir et de donner un coup de tête en arrière. Mon agresseur est trop fort et plus grand que moi, aussi ma tentative de riposte échoue lamentablement. J'essaie de crier, mais il fait pression sur ma trachée.

Je donne des coups de pied dans le vide en me débattant de toutes mes forces. Il n'y a rien à faire. Mon attaquant nous éloigne de la porte en me traînant derrière lui. Un autre type sort du couloir et m'attrape les jambes.

Ma panique crève le plafond quand je m'aperçois qu'il s'agit d'un des types qui m'ont attaquée dans mon appartement. Les assassins de Nicolas. Que j'ai éliminés moi-même !

Un troisième nous rejoint. Il devrait être mort lui aussi. Il aide ses deux compagnons à m'immobiliser tant bien que mal.

Je me sens faible, impuissante, stupide. Une chose qui m'est arrivée beaucoup trop souvent ces derniers temps.

L'énergie du désespoir me donne la force de me débattre encore mais ça n'a aucun effet. Ils me ligotent avec une épaisse corde et me bâillonnent avant d'ouvrir la porte de mon appartement et de me jeter dans un coin du salon. Ils se mettent à opérer en silence, déplaçant la table basse puis roulant le tapis pour révéler le parquet grinçant.

Je n'essaie même pas de me demander ce qu'ils veulent. De toute évidence, ils n'ont pas l'intention de me tuer pour le moment. Ils auraient pu le faire dans le couloir et s'éviter le déménagement. Ça me suffit. On verra après pour les détails. J'imagine que quand ils auront fini de refaire ma déco quelqu'un m'expliquera ce qui se passe.

L'un des types sort une bombe aérosol de son sac et se met à tracer des symboles sur le sol. De là où je suis, je n'arrive pas à distinguer de quoi il s'agit et bizarrement, la seule pensée cohérente qui prend forme dans mon cerveau c'est : *hé, ma caution !*

Au bout d'un moment, l'artiste me force à me mettre à genoux au milieu des dessins qu'il vient de réaliser. J'ai l'impression d'être un condamné sur le point d'être exécuté.

Puis ils se placent autour de moi, sur la ligne extérieure du dessin. Ils récitent un truc en latin ou quelque chose du genre. J'en ai un peu marre de ce cliché pourri. Tous les abrutis vaguement branchés surnaturel se tapent un délire en latin à un moment ou à un autre semble-t-il. J'en sais quelque chose : j'ai eu ma dose d'allumés ces derniers jours.

Au bout d'un moment, leur espèce d'incantation se termine et une violente lumière m'aveugle. Puis une explosion retentit et j'ai l'impression d'être déchiquetée par l'onde de choc qui s'ensuit.

La douleur est insoutenable. J'ai la sensation qu'on m'enfonce du coton dans la gorge et dans les narines. Je m'étouffe, je suffoque. Mon corps s'étire puis se contracte. Et soudain, plus rien.

Je me réveille avec une gueule de bois monstrueuse. Un phénomène que j'ai de plus en plus de mal à tolérer, dans la mesure où je n'ai même pas le réconfort d'avoir bu de l'alcool avant.

J'ai dû m'évanouir à un moment donné et je ne sais pas combien de temps je suis restée dans les vapes. Quand je me réveille, je suis dans une petite chambre pleine de tentures, de bibliothèques et de bibelots divers, étendue sur une espèce de sofa bayadère. J'ai l'impression d'avoir débarqué sur le tournage d'une émission de déco, rubrique « chinez ». Outre le fait que mon ravisseur apprécie les ambiances surchargées, mon environnement ne m'apprend pas grand-chose. Cependant, je suis seule et mes entraves ainsi que mon bâillon ont disparu.

Mon plan, élaboré en une demi-seconde, est foireux mais je doute d'avoir le temps de préparer mieux. J'ai l'intention de sortir par la porte tout bêtement puis de courir aussi vite que possible jusqu'à trouver un moyen plus efficace de rentrer chez moi.

Je suis à deux doigts de poser la main sur la poignée quand la porte s'ouvre sur un homme. La cinquantaine, grisonnant, bel homme, avec un charisme à fendre les murs. Il est vêtu d'un costume gris impeccable et de toute évidence fait sur mesure. Tout en lui semble tiré à quatre épingles, le seul élément étrange étant qu'il porte un plateau avec un verre de lait et une assiette de cookies. Je suis tellement soufflée par son entrée que je n'ai même pas le réflexe de lui bondir dessus pour m'évader.

— Ah, Alexandra, ma chérie, tu es réveillée ! dit-il en posant le plateau sur une table près du sofa.

J'écarquille les yeux à ses paroles. J'ai dû me cogner la tête très fort. Ou alors je suis dans la quatrième dimension. Voire les deux. Sûrement les deux.

En voyant mon air effaré, l'homme ne se départit pas de son sourire et poursuit.

— Oui bien sûr, tu ne sais pas qui je suis. C'est fâcheux. Viens t'asseoir, je vais tout t'expliquer.

Oui, j'aimerais bien. Ce serait très aimable. Sinon, je vais moi-même appeler l'asile pour qu'ils m'emmènent.

Je m'assieds sur le sofa. La curiosité me retient. Et le fait que mon plan foireux n'a jamais eu aucune chance de fonctionner même si j'aurais aimé croire le contraire. Je suis sûre que les trois gorilles qui m'ont traînée là ne sont pas loin, prêts à intervenir en cas d'évasion.

L'homme fait un geste vers le plateau qu'il a apporté pour m'inciter à me servir.

Je secoue la tête. Merci mais sans façon. Manger des cookies avec un type qui m'a fait enlever me semble trop bizarre.

En revanche, je m'aperçois que j'ai toujours mon sac. Il ne s'y trouve bien sûr rien qui pourrait m'aider : mon portable s'est vidé de sa batterie plusieurs heures auparavant et mon stock de seringues de nitrate d'argent est vide. Mais j'ai toujours mes cigarettes. Un peu de réconfort nicotinique me fera le plus grand bien. À défaut de m'aider à me sortir de cette situation loufoque.

J'en sors une, je l'allume. Le type ne dit rien.

Il m'observe un instant en silence. Ses yeux brillent de… C'est étrange, le seul mot qui me vient pour définir son expression c'est « fierté ». Mais de quoi est-il fier ?

— Tu es sublime, ma chérie, il dit enfin.

Au bout de quelques lattes, je retrouve un peu de ma contenance et j'ai enfin la force de parler. Je ne m'étais même pas aperçue que je n'y arrivais pas jusque-là.

— Bon, vous allez me dire où je suis et qui vous êtes à la fin ? je sors finalement.

— Alexandra, je suis ton père.

J'éclate de rire.

— Bien tenté, mais il manque le bruitage de respiration ! je dis entre deux gloussements.

Le type me regarde ricaner, imperturbable. Il attend que mon fou rire se calme puis il reprend.

— Ce n'est pas une plaisanterie. Ta mère t'a enlevée à moi à ta naissance et elle t'a bien dissimulée, mais j'ai enfin réussi à te retrouver.

Je le regarde en arquant un sourcil.

— Il va falloir trouver mieux que ça.

J'aimerais bien rencontrer mes parents mais bizarrement, je doute que ça se passe comme ça. Je ne sais pas ce que veut ce type mais je me vois mal lui tomber dans les bras et l'appeler « papa ».

— Tu veux une preuve de ma paternité ? il me demande, légèrement surpris.

— Ouais, ce serait pas mal. Et un nom aussi, ce serait bien. Vous vous rendez compte que personne n'annonce « je suis ton père » avant même d'avoir donné son nom, si ?

— Ah, les noms…, il dit en se levant et en se mettant à marcher dans la petite pièce. J'en ai eu tellement.

Il se place face à la fenêtre et regarde au loin un instant.

— *Pleased to meet you / Hope you guess my name / But what's puzzling you / Is the nature of my game*, déclame-t-il, l'air de rien.

— Sérieusement ? Les Rolling Stones ? (Un nouveau fou rire me prend.) Je suis censée en déduire quoi à part que vous connaissez vos classiques ?

Il se retourne et me regarde sans rien dire. Ce qui me donne la désagréable impression d'être… le dindon de la farce ?

Qui cite *Sympathy for the Devil* pour se présenter ? Et pourquoi ?

C'est le moment que choisit le plus éveillé de mes neurones pour arriver en courant avec une petite dépêche : ce type se prend pour le diable en personne !

Mon fou rire devient hystérique.

— Tu tiens de ta mère, dit l'homme avec un sourire.

Ça m'interrompt net. J'ai envie de rester sceptique et je le suis, mais une petite voix au fond de moi me dit que mieux vaut un père fou que pas de père.

— Attendez… Vous vous prenez pour le diable ? Satan ? Rien que ça ?

Une fois de plus, long silence, regard scrutateur.

Il me fait penser à Raphaël avec ses mystères et ses demi-réponses. Mais penser à Raphaël me colle le doute. Après tout, si les vampires existent, si je peux posséder des gens et si Raphaël est un ange déchu, pourquoi ce type ne pourrait-il pas être Satan ?

L'idée me fait froid dans le dos.

S'il dit la vérité, mon cas vient de passer de désespéré à autant me tirer une balle tout de suite.

— Bon admettons, monsieur Satan…

— Je préférerais que tu m'appelles « papa ».

Je ris jaune, il ne se laisse pas démonter et continue.

— Tu as le pouvoir de posséder toute personne que tu touches.

— Ouais, vos hommes ont dû vous le répéter, ça ne prouve rien.

— Ce pouvoir, c'est de moi que tu le tiens. (J'arque un sourcil.) Tu n'as jamais vu *L'Exorciste* ?

— Quel rapport ?

— Une vraie tête de mule. Comme ta mère, s'esclaffe-t-il.

— Arrêtez avec ma mère, je l'ai jamais connue !

Il s'approche alors de moi et me tend la main, paume vers le haut.

— Veux-tu ? demande-t-il simplement.

Ça pue le piège. Je sens que je devrais me méfier. Mais au pire, qu'est-ce qu'il peut faire si j'essaie de le posséder ?

Et puis j'imagine qu'il ne se serait pas donné tout ce mal s'il avait eu l'intention de me tuer.

Je prends sa main. Le transfert est instantané. Plus facile qu'avec n'importe lequel de mes précédents hôtes.

— *Je t'ai facilité la tâche*, dit-il dans ma tête tandis qu'une vague de souvenirs me submerge.

Avec la possession vient la conviction : il est bien celui qu'il prétend être. Ou du moins, il en est profondément convaincu. Ça ne va pas être simple de rester sceptique. Des centaines d'images défilant en accéléré me confirment son identité. Puis le carrousel infernal ralentit jusqu'à s'arrêter sur un souvenir en particulier.

Une femme qui me ressemble énormément. Elle rit et m'embrasse. Je lui fais l'amour. Le manège recommence à tourner avant de s'arrêter devant une autre image de la même femme, enceinte jusqu'aux oreilles. *On discute de prénoms. Elle veut que ce soit Alexandra si c'est une fille.*

Je comprends soudain que si tout ça est vrai – et c'est difficile d'en douter –, je viens de voir mes parents faire l'amour, du point de vue de mon père. Beurk. Je repousse cette pensée et me concentre sur les autres souvenirs.

La femme me gifle et s'enfuit. Il pleut des cordes. Je regarde la lune. Une lumière aveuglante et une explosion.

Exactement comme ce qui m'est arrivé juste avant que je me réveille dans cette pièce.

La violence du dernier souvenir me renvoie immédiatement dans mon corps, à bout de souffle.

— Qu'est-ce que c'était que ça ?

— J'ai été banni du monde des humains, cette nuit-là, répond-il gravement.

— Banni ?

— Oui.

Il me faut un moment et une autre cigarette pour remettre mes idées en ordre.

— Ça veut dire que… je suis en enfer là ?

— Oui.

— Je voyais ça plus… enflammé.

Je suis passée en mode automatique. Ma bouche répond du tac au tac la première chose qui me passe par la tête.

Il me sourit.

— C'est pour les touristes, ça. Mon royaume est aussi varié que peut l'être celui des humains. Ici, tu es dans ma demeure. Et personnellement, les puits de flammes, ce n'est pas trop mon truc, conclut-il avec un clin d'œil.

Au temps pour le plan d'évasion comprenant une fuite éperdue.

— Bon c'est quoi l'histoire ? Ma mère vous a quitté parce qu'elle a découvert qu'elle avait couché avec le vilain démon ? je demande d'un ton moqueur.

— C'est un peu l'idée.

J'avais dit ça au hasard.

— Bon vous me racontez ou il faut vous tirer les vers du nez ?

— Tu peux me tutoyer, tu sais.

— Hors de question que je t'appelle « papa ».

Il hoche la tête avec un sourire.

— Luc, pour commencer ?

— Le diminutif de Lucifer ?

Son sourire s'élargit et, en panne de repartie, je hoche la tête avant d'ajouter :

— Alors qu'est-ce qui s'est passé ?

— Je peux me rendre physiquement sur Terre en certaines occasions pour influencer la guerre qui nous oppose au paradis… Lors de ma dernière visite, j'ai rencontré ta mère. Elle était belle, charmante, rieuse… Je suis tombé amoureux.

— Les démons peuvent tomber amoureux ? je demande d'un ton sceptique.

— Eh bien oui. Pourquoi pas ?

— Ça ne fait pas très démoniaque.

Encore un sourire.

— Je ne comptais pas t'assommer de politique tout de suite mais tu dois savoir une chose sur nous. L'enfer, le paradis… ne sont pas exactement tels qu'on vous les présente à vous humains. Il n'y a pas d'un côté le bien et de l'autre le mal. Nous nous battons parce que nous n'avons pas les mêmes idéaux et que chaque parti veut imposer les siens à l'humanité. Mais crois-moi, il vaudrait mieux pour les hommes que ce soit l'enfer qui gagne. Les anges sont des pisse-froid qui interdisent tout ce qui leur déplaît. Et tout leur déplaît ! Les émotions, l'amour, le sexe, les rires… Si les anges gagnent, les hommes vivront dans un monde aseptisé, bien ordonné, où le moindre écart de conduite sera considéré comme un péché mortel.

» Les démons sont pour la liberté. La liberté d'action, la liberté de pensée… C'est un peu chaotique peut-être mais tellement plus… jouissif. J'aime l'amour, j'aime le sexe, j'aime tout ce que ce monde a à nous offrir…

— Bon, admettons, vous n'êtes pas les méchants de l'histoire, je dis pour couper court avant que des images de mon père et ma mère s'envoyant en l'air me reviennent.

Je trouve la pilule un peu dure à avaler et en même temps, vu ce que je sais de Raphaël, je ne devrais pas être étonnée.

— Donc tu es tombé amoureux de ma mère.

— Oui. Et elle est tombée amoureuse de moi. Une femme merveilleuse et une puissante sorcière. Nous avons passé quelques mois ensemble. Puis un de ces peine-à-jouir d'anges est venu s'en mêler. Il l'a retournée contre moi et l'a poussée à chercher un exorciste pour me bannir.

» Il a réussi son coup. Je me suis retrouvé en enfer. Et quand ta mère a accouché, elle t'a lancé un sort pour que je te croie morte.

— Comment tu as su que j'étais en vie ?

De toutes les questions qui me viennent, c'est celle-là que je pose en premier. J'espère qu'il est prêt à répondre à une centaine…

— Il y a quelques semaines, le sort qui te dissimulait à mes yeux s'est volatilisé et j'ai lancé mes serviteurs sur ta trace.

Avant même d'y avoir réfléchi, je dis :

— La dague…

— Quelle dague ?

— Une vieille dague… J'ai ressenti quelque chose d'étrange quand je l'ai touchée… Tes serviteurs… Les gros types tatoués qui m'ont attaquée chez moi ?

— Je suis désolé d'avoir dû te malmener, ma chérie. C'était le seul moyen de t'amener ici sans éveiller les soupçons des autres.

— Ils ont tué mon meilleur ami !

Le visage de Luc se fait grave.

— Je l'ignorais.

— Eh bien tu devrais mieux te renseigner sur les agissements de ceux qui travaillent pour ton compte !

La fureur s'empare de moi. Je n'ai pas encore digéré que je suis la fille du diable et c'est déjà difficile à assimiler, même s'il prétend que son credo c'est l'amour et les oiseaux qui chantent plutôt que les flammes et la torture pour l'éternité. Mais savoir que par sa faute, Nicolas est mort, c'est la goutte d'eau qui fait déborder le vase.

Toute ma vie j'ai cru que n'importe quel père valait mieux que pas de père mais je reviens sur cette idée instantanément. Je ne veux pas être la fille du diable !

Sauf que là, je ne peux rien y faire. Je suis en enfer et Dieu seul sait – enfin probablement pas lui en fait – quand et comment j'en sortirai.

Je fonds en larmes. Désespérée. Je suis impuissante, une fois de plus.

Luc, mon père le démon, s'assied à côté de moi et pose une main hésitante sur mon épaule. Je le repousserais si ça servait à quelque chose mais c'est inutile. Je suis coincée là.

— Je suis désolé pour ton ami, dit-il doucement avant de se lever et de sortir de la pièce.

Je serre les dents et le laisse partir. J'ai tendance à pardonner facilement, mais il va me falloir plus que des excuses pour accepter la mort de Nicolas.

J'entends Luc parler à quelqu'un de l'autre côté de la porte avant de revenir quelques minutes plus tard. Il pose une main sur mon visage pour me faire relever la tête et essuie une larme sur ma joue du pouce. Son contact est chaud et réconfortant. Je le regarde dans les yeux, sans me soustraire à sa douce caresse.

J'aimerais pouvoir m'abandonner à cette sensation. Croire un moment que j'ai quelqu'un à appeler « papa ». Quelqu'un pour me protéger. Sur qui je peux me reposer.

Mais il est trop tard. Je ne suis plus une petite fille. Je n'ai jamais eu de père. Je n'en aurai jamais.

Je finis par le repousser. Il m'observe encore un instant et j'ai l'impression d'être une gamine sous son regard. Il me tend la main.

— Viens, dit-il simplement.

Je n'ai pas vraiment le choix mais je me relève seule. Sans son aide.

Une lueur traverse ses yeux, de la tristesse peut-être. Puis il recompose son expression avant de se retourner vers la porte.

Je le suis hors de la chambre à travers un dédale de couloirs tous identiques et déserts, totalement dépourvus d'une once de décoration, contrairement à la pièce que nous venons de quitter.

Luc finit par ouvrir l'une des innombrables portes qui émaillent les murs de pierre nue et grise pour révéler la plus improbable des pièces.

Une salle immense dans laquelle nous entrons par une porte dérobée sur le côté. Luc nous fait contourner les deux trônes majestueux installés face à la porte principale. Une structure gigantesque en métal, finement ouvragée, représentant des dizaines de corps humains se tordant pour sortir des battants où ils ont été sculptés.

— Joli, n'est-ce pas ? dit Luc d'un ton nonchalant. C'est un artiste local qui m'a fait ça. *La Porte de l'enfer* ! Pas très réaliste, mais ça en jette.

Je lui lance un regard incrédule.

— Mmmh, « ça en jette » est une expression dépassée depuis... août 1982.

Il se tourne vers moi, un sourire aux lèvres.

— Je sais, dit-il énigmatiquement.

Je l'observe en haussant le sourcil.

— Je voulais te tirer de ta tristesse. Ta mère non plus ne résistait pas à ce genre de remarques... Je t'ai tendu le bâton ! dit-il l'air ravi avant de s'avancer vers les trônes et de prendre place sur le plus grand des deux.

Il me fait signe de le rejoindre et de m'installer sur l'autre siège.

Quand je fais mine de ne pas obtempérer, il soupire et dit :

— Ce trône a été fait spécialement pour toi. Ça fait plus de vingt ans qu'il attend que tu t'y assoies.

— Vraiment ?

Je ne suis pas impressionnée. Ni par le trône, ni par le fait que c'est le mien, ni que Luc l'ait laissé là alors qu'il croyait que j'étais morte.

Mais je suis curieuse.

—Alexandra, chérie, tu es ma fille, qu'y a-t-il de surprenant à ce que tu sièges à côté de moi ?

—Ce qui me surprend, c'est que tu as une salle du trône.

—Tous les monarques en ont une, dit-il du tac au tac.

—Et qu'est-ce qu'on fait là ?

—Installe-toi et tu verras bien.

Je m'assieds sur le siège démesuré mais étonnamment confortable, pour un trône en enfer. Luc me regarde avec un large sourire plein de satisfaction, comme si je venais d'accomplir un haut fait.

—Ça ne veut rien dire, je lui lance.

—Par rapport à quoi ?

—Ce n'est pas parce que je suis assise là que je vais commencer à t'appeler « papa »... ou que je t'ai pardonné.

Il est sur le point de répondre quand deux types imposants ouvrent la porte de l'enfer de l'extérieur. Ils laissent passer mes trois agresseurs avant de refermer les battants derrière eux avec un claquement sinistre.

Les trois hommes – démons ? – s'avancent en silence jusqu'au pied des trônes. Ils s'agenouillent en baissant la tête.

—Maître, ils disent tous en même temps.

—Quelles étaient mes instructions pour votre dernière mission ? demande Luc.

—Vous ramener votre fille, Maître.

—Comment vous ai-je demandé de le faire ?

—Avec le plus grand soin et sans lui faire de mal, ils ânonnent comme s'ils avaient déjà répété cette phrase de nombreuses fois auparavant.

Luc hoche la tête.

— Est-ce que vous aviez pour ordre de tuer des humains dans l'opération ?

— Non, Maître.

— Donc vous n'êtes pas responsables de la mort de l'ami de ma fille ?

Les trois types se regardent, un peu perdus.

— Dois-je comprendre que non seulement vous avez été incapables d'accomplir votre mission correctement la première fois, au point qu'une jeune femme telle que ma fille vous a renvoyés en enfer la queue entre les jambes ? Mais que de surcroît vous avez fait une victime dont vous avez omis de me parler ?

Ils restent silencieux. Les questions sont devenues rhétoriques, de toute évidence.

— C'est bien ce que je pensais.

Luc se lève. Une épée apparaît alors dans sa main. Les trois démons ne bougent pas. Leurs têtes roulent sur le sol une demi-seconde plus tard.

J'ai le souffle coupé. Je n'ai même pas vu la lame bouger. Je trouvais Raphaël impressionnant, pourtant il n'aurait aucune chance face à Luc.

— Ma chérie, déclare Luc en se tournant vers moi, je sais que ça ne ramènera pas ton ami. Mais justice est faite. Je suis sincèrement désolé.

Je n'ai jamais pu résister à des excuses. Des excuses présentées après avoir éliminé les trois responsables de la mort de Nicolas.

Étrangement, l'exécution de ces types ne me choque pas du tout. Non, ça ne me rendra pas Nicolas. Mais savoir que celui qui se prétend mon père n'est pas responsable de ce qui lui est arrivé rend la chose un tout petit peu plus acceptable.

— Et maintenant ? je demande.

— Maintenant, tu devrais aller te préparer pour le dîner.

Chapitre 26

Dans le miroir de la salle de bains, le constat est affligeant : mon maquillage a tellement coulé que j'ai les joues striées de noir et mon tee-shirt est déchiré par endroits à cause du combat contre les hommes de Luc. Je comprends mieux pourquoi il tenait à ce que je me change avant le dîner.

Il m'a raccompagnée dans ma chambre et montré la salle de bains et le dressing avant de disparaître en m'ayant dit qu'on viendrait me chercher dans une heure.

Je ne suis toujours pas impressionnée. Chez moi aussi j'ai un placard rempli à craquer de fringues et une baignoire confortable. Depuis que j'ai découvert mon pouvoir, je n'ai jamais manqué d'argent et je ne me suis jamais privée de rien. S'il voulait gagner mon cœur avec une débauche de moyens, c'est raté.

Ça ne m'empêche pas de savourer un long bain chaud et de me servir sans hésitation dans la garde-robe, mais ça ne veut rien dire. Je ne me laisserai pas avoir… même si c'est très prévenant de sa part…

Je tente de mettre à profit cette heure inespérée de calme dans le tumulte qu'est devenue ma vie pour réfléchir à la situation. Mais rien ne me vient.

Inutile d'imaginer m'enfuir d'ici. Je n'ai d'autre choix que d'attendre que Luc me dise ce qu'il veut de moi puis d'espérer que je pourrai trouver un moyen de le faire me renvoyer chez moi.

Raphaël me manque. Depuis qu'on s'est séparés à l'aéroport, je n'ai pas trop eu le temps de penser à lui, mais à présent que je suis seule, je m'aperçois que j'aimerais qu'il soit ici avec moi. Tout semble tellement plus simple quand je suis avec lui. Même s'il met constamment ma vie en danger.

Quelques coups frappés à la porte me tirent de mes réflexions.

— Entrez.

Un… majordome – je ne vois pas comment le définir autrement – s'avance dans la chambre. Il a le crâne dégarni, les tempes grisonnantes, et se tient droit comme si on lui avait enfoncé un balai dans le cul.

— Mademoiselle, dit-il avec un accent anglais. Le dîner va être servi. Si vous voulez bien me suivre.

Il n'attend pas de réponse et se retourne immédiatement pour repartir dans le couloir. J'enfile mes bottes à la va-vite et me lance à sa suite dans le dédale hors de ma chambre. Même si on n'était pas en enfer, le simple fait qu'un labyrinthe me sépare de la sortie de ce château suffirait à m'empêcher de m'enfuir.

Après quelques minutes de marche en silence, le majordome s'arrête devant une porte qu'il tient ouverte pour moi.

Je passe le seuil pour me retrouver dans une grande salle de réception. Une douzaine de convives sont installés à la table infinie qui se dresse au milieu de la pièce. Des bûches brûlent et crépitent dans une énorme cheminée dans un coin de la pièce, projetant des ombres terrifiantes sur les murs. En me voyant, Luc, qui préside la tablée, se lève et vient m'accueillir. Il est, comme précédemment, vêtu avec beaucoup de classe. Ce soir, il porte une veste trois-quarts en velours noir, rehaussée aux manches et au col de broderies argentées. Il a les cheveux plaqués en arrière et un trait de khôl souligne ses yeux.

Je lève les yeux au ciel en prenant le bras qu'il m'offre pour me mener à ma place, à sa droite à la table.

— Qu'y a-t-il ? chuchote-t-il.

— Du khôl ? Vraiment ?

Il me sourit.

— Et alors ?

— Alors, je croyais que c'était réservé aux mecs de mon âge… et encore, seulement ceux qui font de la scène.

— Tu m'en diras tant, murmure-t-il en m'aidant à m'installer.

Je remarque alors que les douze convives se sont levés à mon entrée et attendent patiemment que je sois assise pour reprendre leurs chaises.

Ça me fait monter le rouge aux joues. Je ne suis pas du genre timide, mais ça me perturbe qu'on respecte une sorte de protocole en ma présence.

Luc reprend sa place en tête de table avant de faire les présentations. Il me donne les noms des douze hommes et femmes assis avec nous mais ils sont tous gutturaux, imprononçables pour une gorge humaine et je les oublie instantanément.

Luc achève le tour de table en annonçant :

— Ma fille, Alexandra.

Un murmure parcourt l'assemblée, immédiatement étouffé par un regard de Luc.

— Mes généraux ne pensaient pas que je te retrouverais aussi vite, dit-il comme pour expliquer leur réaction.

J'ai l'impression d'être une fourmi sous une loupe face à leurs regards inquisiteurs.

Un milliard de questions me passent par la tête mais je n'en pose aucune, trop intimidée pour parler. J'ai la sensation que Luc n'est pas non plus ravi par la présence de ses généraux à ce dîner, mais il ne dit rien.

Quelques minutes s'écoulent en silence tandis qu'une armée de majordomes, très semblables à celui qui m'a amenée là, s'affairent autour de la table pour nous servir.

—Alors tu es l'enfant prodigue, finit par lancer le général assis en face de moi.

Il est très grand, se tient très droit, et ses cheveux blonds sont si longs qu'ils disparaissent sous la table. Il a un sourire carnassier, pas du tout rassurant et je sens qu'on ne va pas s'aimer, lui et moi.

Je hoche la tête en me concentrant sur mon repas qui sent divinement bon.

—Elle ne parle pas ? il demande face à mon absence de réponse.

Un bref éclat de rire part de l'autre bout de la table.

—Zekiel ! tonne Luc soudain.

Le blond perd immédiatement son sourire et semble légèrement rétrécir sur sa chaise. Il reste très impressionnant malgré tout.

—Ma fille n'est pas ici pour répondre à tes questions. (Luc regarde tour à tour chacun des douze généraux.) Je ne tolérerai aucun manque de respect à son égard.

—Je vous prie de m'excuser, mademoiselle Alexandra, je ne pensais pas à mal, déclare ledit Zekiel en me regardant dans les yeux.

J'ai l'impression qu'il n'en pense pas un mot et qu'en plus de ne pas m'aimer par défaut, à présent, il me hait d'avoir été remis à sa place de cette manière.

Je sens que ce dîner va être très long.

Après quelques minutes à mâcher en silence, un autre des généraux finit par prendre la parole.

— Mademoiselle Alexandra, nous sommes, je pense, tous autour de cette table, très curieux de vous connaître un peu mieux... S'il ne s'agit pas d'un manque de respect à votre égard, puis-je m'enquérir de vos activités professionnelles par exemple ?

Je relève la tête, surprise. Celui qui a parlé est l'un des généraux les plus extravagants en apparence. Il n'est pas très grand, ni très impressionnant, mais ses traits fins et délicats, presque féminins, attirent et retiennent le regard et ses yeux sombres sont d'une profondeur fascinante. Mais ce qui ressort le plus chez lui, c'est sa tenue : un costume de velours bordeaux rehaussé de pierres précieuses sur le col, sous lequel il porte une chemise à jabot et dentelles blanche. On se croirait au carnaval de Venise.

Le nombre de circonvolutions qu'il a mises dans sa phrase me fait tout bizarre. « Mademoiselle Alexandra. » Personne ne m'a jamais appelée comme ça. Ni vouvoyée. Ni ne s'est « enquis » de mes « activités professionnelles ». Je décide de ne rien relever et de simplement répondre à la question.

— Je... euh...

Non, je ne peux pas leur dire que je dépouille des gens pour gagner ma vie.

— Je chante dans un groupe, je finis par déclarer.

— Fabuleux ! s'exclame mon interlocuteur, l'œil pétillant. Quel genre de musique ?

— Metal ? je dis sur un ton interrogateur, parce que je doute que ça lui parle.

— Splendide ! (Il tape dans ses mains.) Plutôt Heavy ? Hard ? Speed ? Indus ? Comment s'appelle votre groupe ? J'ai peut-être déjà entendu une de vos compositions.

Ça me paraît improbable que le général de l'enfer à jabot ait entendu parler de Nightshade mais je réponds malgré tout à son interrogatoire qui dénote une certaine connaissance du sujet.

Luc rayonne de fierté à côté de moi. Je ne vois pas trop ce que ça lui apporte que sa fille joue dans un groupe de Metal, mais si ça peut lui faire plaisir…

Le reste du dîner s'écoule à parler de musique, de cinéma, de pluie et de beau temps. Pas vraiment le genre de conversation que je me serais attendue à avoir avec des généraux des enfers. À part Zekiel le mal aimable qui passe la soirée à bouder dans son coin, ils n'offrent pas une compagnie désagréable, et sont étonnamment au courant de la culture humaine.

Même s'ils ont une manière toute particulière de la comprendre, comme je m'en aperçois quand une démone blonde m'explique qu'elle a particulièrement apprécié un documentaire présentant les recherches sur le tube digestif d'un scientifique, et que je finis par saisir qu'elle me parle de *Human Centipede*.

Quelques frissons d'horreur et changements de conversations plus tard, après le dessert – un fondant au chocolat apparemment spécialement préparé en mon honneur –, les généraux finissent par se retirer, me laissant seule avec Luc.

Un majordome lui apporte une boîte à cigares et un verre de cognac avant de me proposer la même chose. Je refuse l'alcool mais je choisis un cigarillo sur lequel je tire quelques lattes avant de me tourner vers Luc. Il n'a pas l'air d'être sur le point d'entamer la conversation, alors je décide de prendre les devants.

— Tu vas finir par me dire ce que je fabrique ici ? je demande de but en blanc.

Il tire sur son cigare et souffle un rond de fumée avant de répondre.

—Eh bien, tu fumes un cigare avec ton père.

—Ha ha, très spirituel. Je veux dire pourquoi tu m'as fait amener ici ?

—Ma foi, pour y vivre.

J'écarquille les yeux.

—Quoi ?

—Tu es ma fille et ce n'est pas parce que ta mère m'a fait rater les premières années de ta vie que j'ai l'intention de continuer.

—Mais c'est impossible.

—Je ne vois pas où est le problème.

—Je n'ai pas envie de passer mon temps en enfer pour commencer ! J'ai une vie, moi, un groupe, des amis, un petit copain... Tu n'imaginais quand même pas que tu allais m'enlever à tout ça pour que je vienne vivre avec toi ? Et puis, je suis grande, je ne vais pas habiter avec mon père maintenant !

Mon petit laïus l'abasourdit légèrement. Apparemment, il s'imaginait que m'arracher à mon existence et m'installer ici ne poserait pas de problèmes.

—On n'est jamais trop âgé pour passer du temps avec son père, finit-il par dire comme si ça justifiait tout.

On fume un moment en silence. Je ne sais pas quoi répondre à ça. Je pensais que Luc voulait quelque chose de moi. Je n'avais pas la moindre idée de quoi mais j'imaginais qu'une fois qu'il me l'aurait dit, j'aurais pu reprendre le cours de ma vie.

—Je souhaite apprendre à te connaître, Alexandra. Je ne sais rien de toi mais je veux y remédier ! Je veux t'offrir la vie que tu mérites. Quel meilleur moyen pour cela que de t'installer avec moi ? Comme tu le sais, en ce qui me concerne, je suis bloqué ici.

— Et du coup, moi aussi, je murmure, amère.

— Pas du tout ! Mes généraux passent leur temps à aller et venir entre ici et le monde des hommes. Comment crois-tu qu'ils ont appris autant de choses sur les humains ?

Je secoue la tête.

— Je ne comprends rien de ce que tu racontes et je suis fatiguée. Tu ne veux pas en venir aux faits ?

Il part d'un rire bref avant de se rembrunir.

— C'est toi qui n'écoutes pas, ma chérie. Je te propose d'emménager ici comme tu le ferais dans n'importe quel appartement de ton monde. Tu es libre d'aller et venir à ta guise. Mes hommes ont dû créer un portail dans ton salon… (Il s'interrompt et réfléchit un instant.) Les trois imbéciles ont bien créé un portail chez toi ?

— Euh, les dessins par terre et les bougies ?

— Oui.

— Oui, ils ont ruiné mon parquet au passage.

Luc sourit.

— Bien. Ils n'étaient donc pas totalement incompétents. Se retrouver à envoyer des démons mineurs pour une mission de cette importance, je te jure… Enfin bref, à présent que le portail est activé tu peux aller et venir à ta guise. Tout ce que je te demande, c'est d'être à l'heure pour le dîner.

— C'est tout ?

— C'est tout.

— Tes généraux dînent avec toi tous les soirs ?

Passer mes soirées en compagnie de Zekiel ne me botte pas trop.

Non mais qu'est-ce que je raconte moi ? Il est hors de question que je m'installe en enfer et que je dîne avec papa démon tous les soirs ! Si ?

Je ne sais pas. Je ne sais plus.

Et est-ce que j'ai vraiment le choix ?

— Non. Ce soir, c'était exceptionnel. Ils voulaient tous voir l'enfant prodigue…

— Prodigue ?

— Eh bien, oui. Tu es ma seule enfant. Ça tient du miracle. Autant pour moi que pour eux. On ne peut pas leur en vouloir d'être un peu curieux.

Je reste pensive. Depuis que les trois brutes m'ont traînée ici de force, je suis convaincue que je vais devoir conclure un pacte avec le diable, littéralement. Et il s'avère qu'il n'en est rien.

Toutes mes croyances ont été détruites les unes après les autres.

L'enfer n'est pas un monde de flammes et de puits de lave où des gens sont torturés pour l'éternité, toutes les personnes que j'ai croisées avaient l'air banalement humaines, pas de cornes, de sabots, de peau rouge…

Difficile de rejeter une vie d'enseignements religieux passée à croire que les démons sont… eh bien démoniaques. Même si je ne me définis plus comme chrétienne depuis une éternité. Pourtant au fond de moi, une petite orpheline me supplie d'accepter le père qu'on lui offre sur un plateau. Quand bien même il régnerait sur l'enfer.

Je suis la fille de Lucifer. Rien que ça.

Et à chaque minute qui passe, l'invraisemblable devient moins bizarre.

— Alors ? finit par demander Luc.

— Alors quoi ?

— Est-ce que tu acceptes de venir vivre avec moi ?

Qu'est-ce que j'aurais à y perdre ? demande l'orpheline en moi. *Qu'est-ce que j'aurais à y gagner ?* répond la solitaire qui s'est faite toute seule.

— Je ne sais pas, je finis par dire dans un souffle. Je… je dois y réfléchir.

Luc hoche pensivement la tête. Il tire une bouffée sur son cigare, souffle lentement la fumée. Je ne sais pas quoi dire. Pour moi, la discussion est close. Je m'apprête à me lever mais il m'arrête d'une main sur le bras.

— Accorde-moi une journée, dit-il. Pour te convaincre. Si ensuite tu n'as pas envie de rester, tu seras libre de repartir à ta guise.

Je regarde ses doigts sur mon bras puis la lueur d'espoir dans ses yeux. J'ai beau me répéter qu'il est le diable et qu'en cette qualité, il doit être fourbe, malhonnête et dangereux, tout ce que je vois c'est un père séparé de force de sa fille qui a vraiment envie de rattraper le temps perdu.

— D'accord.

Il enlève sa main de mon bras, un sourire sincère aux lèvres. Puis il se relève et m'embrasse tendrement sur le front.

Le geste familier me surprend et je recule légèrement à son contact.

— On peut éviter les effusions ? C'est pas trop mon truc, je dis pour me justifier.

Il acquiesce d'un mouvement de tête.

— Tu sauras retourner à ta chambre ?

— J'y suis consignée ?

— Non.

— Alors je devrais finir par retrouver mon chemin.

Un autre de ces regards emplis de fierté.

— Si besoin, appelle Philippe. C'est le serviteur qui t'a conduite ici ce soir. Il te retrouvera où que tu sois.

— Pratique.

— Je le pense aussi.

Au bout d'une demi-heure d'errance dans les couloirs infinis et tous identiques du château, je regrette ma fanfaronnade. J'aurais dû demander à Luc de me dessiner un plan. Je ne suis pas prisonnière, je ne suis pas consignée mais dans la mesure où je n'arrive pas à retrouver mon chemin, je ne suis pas vraiment libre non plus.

Mais hors de question de m'avouer vaincue et d'appeler Philippe à l'aide. D'autant que je suis certaine qu'il a pour consigne de me ramener dans ma chambre et moi, ce que je veux c'est explorer les lieux.

Cependant, j'ai beau ouvrir toutes les portes qui passent, je ne tombe que sur des salles vides ou presque et pas âme qui vive.

Raphaël me manque. Je me demande si je lui manque aussi. Est-ce qu'il me cherche en ce moment ? Est-ce qu'il s'inquiète ?

Je n'ai même pas songé à demander s'il y avait des téléphones ici. Je doute que l'enfer ait une ligne directe avec la Terre…

Je suis sur le point d'abandonner quand je tombe sur une porte différente des autres. C'est une grande double porte, ouvragée. Pas autant que celle des enfers dans la salle du trône mais, elle reste exceptionnelle.

Je pousse timidement un battant, m'attendant à une énième salle vide ou bien à une salle du trône annexe, ou un autre truc du genre. J'ai le souffle coupé en découvrant le spectacle de l'autre côté. La porte ouvragée donne sur une immense terrasse surplombant la mer.

Je m'avance sur les dalles de pierre et le vent me caresse le visage. Jusqu'à présent, je ne m'étais pas rendu compte d'à quel point me retrouver à l'air libre m'avait manqué.

J'inspire l'air frais de la nuit à pleins poumons.

Devant moi, la mer d'un bleu sombre, presque noir, s'étire à perte de vue et loin à l'horizon, elle rejoint le ciel de la même couleur, à la différence qu'il est piqueté de milliers d'étoiles. Je m'avance jusqu'à la rambarde et me penche par-dessus.

Des vagues lèchent le bas de la falaise sur laquelle se dresse le château. L'écume s'envole chaque fois que les vagues se brisent sur la pierre, formant un ballet de particules blanches sur fond de ténèbres.

J'écoute le ressac un moment, me laissant emporter loin par le rythme apaisant de l'eau.

— Splendide, n'est-ce pas ?

La voix venue de derrière moi me fait faire volte-face.

J'étais tellement perdue dans mes pensées que je n'ai même pas remarqué l'arrivée d'un intrus dans ma petite bulle de quiétude. Et ce n'est autre que Zekiel qui se tient là.

— Qu'est-ce que vous voulez ? je demande, bien plus sur la défensive que je ne l'aurais souhaité.

— M'entretenir quelques instants avec la fille du roi.

— Et si j'ai envie de rester seule ?

Il exécute une révérence pleine de grâce pour un type de sa carrure. Par certains aspects, il me fait penser à Raphaël. Je ne m'en étais pas aperçue au dîner mais à mieux le regarder, il a vraiment quelque chose de mon ange…

— Comme il vous plaira Votre Majesté. (Il fait mine de partir mais arrivé au seuil, il se retourne.) Vous direz à votre père que ses généraux ont hâte de connaître ses plans pour l'Apocalypse à venir.

L'Apocalypse ? Quoi ? Hein ? Quoi ?

Zekiel est déjà en train de refermer la porte quand je crie :

— Attendez !

Il rouvre la porte, l'air surpris.

— Votre Majesté ?

Ça, je sens que ça va très vite m'énerver.

— Euh, on peut arrêter avec le protocole et les « majesté » à tout bout de champ ?

— Si vous voulez.

— Et euh, on pourrait se tutoyer aussi, non ?

Je déteste vouvoyer les gens. Je ne le fais que s'ils commencent de leur côté.

— D'accord, dit-il en s'avançant. Que puis-je faire pour vous… toi ?

— L'Apocalypse ?

— Eh bien, oui, maintenant que vous… tu es là, ça devrait enfin commencer à bouger, dit-il en se frottant les mains. Un peu d'action va nous faire le plus grand bien !

— Maintenant que je suis là ?

Il me regarde un peu déconfit.

— Lucifer ne t'a rien dit ?

— Mais dit quoi à la fin ? Vous parlez tous par énigmes !

— L'Apocalypse… Maintenant que l'atout principal est dans notre camp, ça va être du gâteau !

— L'atout principal ?

— Toi.

Une lueur de folie brille dans ses yeux quand il parle de fin du monde et je n'aime pas du tout son sourire carnassier. J'ai très envie de fuir cette terrasse et cette conversation, pourtant je ne peux pas m'empêcher de vouloir en savoir plus.

Je m'adosse à la rambarde et me laisse glisser au sol.

Découvrir qu'on est « l'atout principal » dans une guerre entre le bien et le mal, et qu'on est dans le camp des méchants, ça vous perturbe une fille.

— Ça ne va pas ? demande Zekiel comme s'il en avait quelque chose à secouer.

— Pas vraiment. T'as pas une clope ?

J'ai laissé mon paquet dans ma chambre.

Il sort une tabatière en argent de la poche intérieure de sa veste et me la tend.

— Merci, je dis en prenant une cigarette.

Ce n'est qu'en la mettant dans ma bouche que je m'aperçois que je n'ai pas de feu non plus. Mais avant même que je lui ai demandé, Zekiel tend la main et son index s'enflamme devant ma clope.

Je suis tellement surprise que je manque de la laisser m'échapper.

— Ne me dis pas que tu ne t'es jamais servie de ta pyrokinésie pour allumer une cigarette ! dit-il en s'asseyant à côté de moi.

— Ma pyrokinésie ?

Je lui lance un regard en coin et je m'aperçois que de celui qui me faisait flipper cinq minutes auparavant, il ne reste plus grand-chose. En fait, quand il ne parle pas d'Apocalypse, ne m'insulte pas à table et ne sourit pas comme s'il allait me dévorer, il peut même être qualifié de beau avec sa mâchoire bien définie, ses yeux d'ambre et ses cheveux blonds. Il est un peu plus petit que Raphaël, et semble légèrement plus fin mais tout aussi létal. Je ne sais pas pourquoi je me lance dans une comparaison entre les deux. Peut-être la longueur de cheveux ou quelque chose dans la courbure de leur bouche me poussent à voir une subtile ressemblance… ou peut-être que je pense bien trop à Raphaël.

— Oui, tes sorts de feu.

Zekiel me tire de l'étude de son profil.

— Je n'en ai pas.

— Tu déconnes. Tous les démons ont le feu ! Même les mineurs !

Je lui lance un regard incrédule.

— Je ne suis pas un démon.

— Demi, si tu veux.

— Il n'empêche que je n'ai pas de pouvoir de pyrokinésie.

— Sérieusement ?

— Sérieusement.

— Attends, laisse-moi essayer un truc.

Il se déplace de façon à être assis face à moi et esquisse un geste en direction de ma main.

J'ai un petit mouvement de recul. Aussi gentil semble-t-il en cet instant précis, je n'ai pas oublié qu'il avait été désagréable et furieux contre moi au dîner.

— Il faut que je te prenne la main pour essayer.

— Essayer quoi ?

— Tu vas bien voir, allez, donne, dit-il en tendant la main vers moi.

À contrecœur, je la prends.

Soudain, ses doigts, entrelacés aux miens, s'enflamment.

Je sursaute, je pousse un petit cri et je le lâche, convaincue d'être brûlée au troisième degré.

Mais quand je regarde ma peau, elle est normale. Pas une brûlure, pas une cloque, elle n'est pas même un peu rougie.

Je passe quelques secondes à observer mes doigts, incrédule. Puis Zekiel m'interrompt en me reprenant la main. Les flammes jaillissent de nouveau mais je reste immobile.

— Ça ne brûle pas ! je finis par m'exclamer.

— Attends, ce n'est pas ça le plus intéressant.

Il détache doucement ses doigts des miens mais les flammes restent sur moi.

Je les regarde s'élever et vaciller quelques secondes avant de s'éteindre.

— On recommence, dit Zekiel. Cette fois, concentre-toi pour garder les flammes allumées.

Il me tend la main et cette fois, je la saisis volontairement.

J'examine ensuite mes doigts, arborant chacun une petite flammèche. Je me concentre et m'efforce de faire grandir les flammes. Elles crépitent, s'agrandissent soudain au point de m'embraser tout le bras avant de s'éteindre lamentablement dans un misérable souffle ridicule et un peu de fumée.

Zekiel me lance un petit sourire satisfait.

— En t'exerçant un peu, tu pourras générer les flammes sans mon aide.

— Vraiment ?

— Bien sûr ! Même les démons inférieurs peuvent faire ça et toi, tu es la fille de Lucifer. Tes capacités dépassent sûrement les miennes. Ce n'est pas pour rien qu'on a besoin de toi !

Cette phrase me tire de cet intermède insouciant et me ramène à mes préoccupations premières : l'Apocalypse. Et le rôle que je dois y jouer.

— Zekiel…, je commence timidement. Cette histoire d'Apocalypse et d'atout… Tu peux m'expliquer ?

Il se rembrunit et redevient le général démoniaque taciturne que j'ai rencontré au dîner. Son regard sévère me fait rétrécir sur place.

— Tu ferais mieux de demander à ton père. Il avait certainement une bonne raison de ne pas t'en parler avant.

Il se relève et se dirige vers la porte.

— Tu devrais t'entraîner à la pyrokinésie en attendant, il me lance depuis le seuil.

Je reste là un moment. Sans trop savoir quoi faire. L'Apocalypse ? Waouh !

Je n'ai jamais été une grande amoureuse de l'espèce humaine mais la fin des temps ? Et moi l'atout de la bataille finale ? Ça fait un choc.

J'aurais dû savoir que c'était trop beau pour être vrai. Je savais dès le départ que Luc ne m'avait pas fait venir seulement pour dîner et passer du temps avec lui. Il voulait m'utiliser dans une bataille contre le paradis, contre les anges… Raphaël… Même s'il est déchu, je sais sans l'ombre d'un doute dans quel camp il se rangerait.

Je dois le prévenir.

Je dois m'enfuir d'ici.

Je dois disparaître pour que Lucifer ne me retrouve jamais.

Je regarde la tabatière en argent que Zekiel m'a laissée. Je me fumerais bien encore une cigarette mais je n'ai toujours pas de feu…

Je me concentre en visualisant des flammes sur ma main. Rien. Je me concentre encore. Je me concentre à m'en faire péter une veine. Toujours rien.

Je prends une profonde inspiration. Ça ne devrait pas être trop compliqué, si ?

Je me demande quand Lucifer comptait me parler de son plan pour anéantir l'humanité. Je me sens conne d'y avoir cru.

Parce que j'y ai cru. Je refusais de me laisser avoir. Pourtant, à un moment donné, sans même m'en rendre compte, j'ai fini par céder. Je me suis mise à espérer. Un père, une famille, une vie – presque – normale. Quelle idiote je fais.

Ma main s'enflamme soudain. Probablement sous le coup de la colère. Mais je suis tellement surprise que j'agite les doigts, ce qui projette cinq petites boules de feu sur le sol.

C'est raté pour allumer ma cigarette mais c'est carrément cool.

Je me concentre sur ma main en pensant : sale enfoiré de Lucifer ! Ma main s'enflamme totalement. J'essaie de me calmer légèrement et les flammes qui s'élevaient à une dizaine de centimètres au-dessus du bout de mes doigts diminuent progressivement. Je les fais s'éteindre une à une, en gardant celle de l'index pour ma clope.

Comment est-ce que je vais réussir à repartir d'ici ?

Luc a dit que je pouvais circuler à ma guise entre l'enfer et chez moi mais il ne m'a pas expliqué comment. Je doute que Philippe soit assez aimable pour me le dire. Et j'imagine que Zekiel non plus ne voudra pas m'aider à m'échapper. Vu la facilité avec laquelle Lucifer a décapité trois de ses hommes, moi non plus je ne voudrais pas risquer sa colère en m'aidant à m'enfuir.

Seule, une fois de plus.

Chapitre 27

Le plus simple serait de passer la journée de demain avec Luc puis de lui dire que je veux rentrer chez moi. Sauf que, dans ce plan sans faille, je sais que papa gâteau m'a sûrement menti et qu'en fait, il ne me laissera jamais repartir. Et je suis tellement furieuse de savoir qu'il m'a menti et voulait se servir de moi que je ne me sens pas capable de jouer la comédie toute une journée en cherchant un plan. Je me connais, au bout de dix minutes je cracherais le morceau et ensuite il m'embobinerait et me ferait prendre ses vessies pour des lanternes.

Perdre confiance en un père qu'on vient de retrouver, c'est pire que ne pas avoir de père. Jusqu'ici, je pouvais m'imaginer que c'était un homme bien, je pouvais m'imaginer n'importe quoi. Maintenant, je suis la fille de Lucifer, le roi des enfers et il veut se servir de moi pour déclencher l'Apocalypse. C'est tout ?

Je rumine en errant dans les couloirs à la recherche d'une issue ou d'un plan. Je dois agir vite. Je ne sais pas quelle heure il est. Je ne suis même pas sûre que le temps s'écoule normalement ici. Mais je suppose qu'à un moment ou à un autre, Philippe va surgir de quelque part pour me raccompagner dans ma chambre.

J'ouvre toutes les portes que je croise mais il n'y a que des salles vides dans cet immense château. Et pas une seule sortie.

La terrasse surplombant la mer est ce que j'ai trouvé de plus approchant de la liberté. Mais je me vois mal plonger d'une falaise de plusieurs dizaines de mètres et nager... D'autant que je doute que ça me mène où que ce soit.

Je n'arrive toujours pas à comprendre comment ça peut être l'enfer ici, mais la téléportation hors de mon salon et les sensations que j'ai éprouvées en prenant possession de Luc sont des preuves suffisantes à mon goût.

Pas de doute, je suis coincée.

Je continue à déambuler dans les couloirs, la main gauche toujours sur le mur.

C'est un truc que les garçons m'ont appris quand on jouait aux jeux vidéo ensemble. « *Main gauche sur le mur et tu finiras toujours par trouver la sortie du labyrinthe* », m'avait dit Nicolas une fois, tandis que je pestais d'avoir perdu le reste du groupe.

Nicolas.

Je n'ai pas eu beaucoup de temps pour penser à lui ces derniers jours. Entre Raphaël à moitié mort par terre, l'attaque de Lazarus et sa fuite, l'échange de corps et le voyage à Berlin...

Est-ce que Raphaël voudra encore de moi quand il saura qui je suis ? Enfin, quand il saura qui est mon père... Je n'ai rien fait, moi.

Raphaël a abandonné tout espoir de rédemption pour moi, il pourra accepter ça. Ce n'est pas ma faute si je suis la fille de mon père après tout. Je suis toujours Sascha, non ?

Je commence à perdre espoir et envisage d'abandonner lorsque j'ouvre une énième porte donnant sur une salle vide. Je suis sur le point de la refermer quand je remarque un détail intrigant : le sol de cette pièce est couvert d'un tapis. Un épais et beau tapis en apparence neuf, là où il n'y avait que des pierres nues derrière les autres portes.

Je m'avance prudemment et referme doucement derrière moi.

J'espère sincèrement que personne ne m'observe. À présent que je connais son vrai visage, je n'ai aucun mal à m'imaginer Luc envoyant ses sbires pour me surveiller.

Je soulève un coin du tapis. Rien.

Je lève un peu plus. Toujours rien.

Je me sens bête. S'il y avait un cercle de téléportation comme celui que les trois brutes ont tracé dans mon salon, il n'y aurait pas de raison de le cacher avec un tapis. On est en enfer, pourquoi quelqu'un s'amuserait-il à dissimuler une chose pareille ?

Cette réflexion ne m'empêche pas de commencer à enrouler le tapis sur lui-même. Au moins, on ne pourra pas dire que je n'ai pas essayé.

Une fois le tapis de côté, je contemple les pierres nues, désespérée.

J'ai envie de me rouler en boule et de pleurer.

La fille de Lucifer… Un atout majeur pour l'Apocalypse…

Je n'en reviens pas.

Soudain, les paroles de Stefan l'exorciste me reviennent. Enfin, pas ses paroles exactes, parce que je n'ai suivi la conversation qu'à travers le lien qui m'unissait alors à Raphaël. Et tout prend du sens. Stefan a senti ce que j'étais, il a essayé de prévenir Raphaël et de… m'exorciser ?

Blaise aussi avait parlé de démon. Et Raphaël lui avait dit que je n'en étais pas un.

Comment a-t-il pu se tromper à ce point ? On imaginerait qu'un ange, même déchu, aurait perçu ma vraie nature…

Bordel, je suis un démon !

Peut-être qu'il vaut mieux que je ne retourne jamais sur Terre.

Même si je m'enfuis ce soir, mon père me traquera et me retrouvera. À moins que… à moins que je trouve un autre sorcier pour me lancer le même sort de dissimulation que ma mère.

Ma mère…

Elle était tellement belle. Les quelques secondes de souvenirs que Luc a partagées avec moi m'ont au moins permis de voir ça.

Elle avait de longs cheveux d'un noir d'encre et des yeux bleus, vifs, pleins de bonne humeur. Une mâchoire bien définie, des pommettes hautes, une bouche pulpeuse. Et les plus adorables des taches de rousseur sur sa peau claire.

Je lui ressemble sur pas mal de points.

Hormis mes yeux violets, tantôt rouges, tantôt bleus… merci papa démon. Ça aussi ça s'explique maintenant.

Je me demande si elle est en vie. Je ne sais toujours pas qui elle est. Je n'ai même pas un prénom pour commencer.

Je retourne vers la porte en traînant les pieds. Pendant quelques instants, j'ai vraiment espéré que ce tapis au milieu d'une pièce vide dissimulait quelque chose d'important.

Soudain, alors que je suis à mi-chemin de la sortie, le sol s'illumine. Un dessin apparaît sur les pierres. Il brille comme s'il était fait de tuyaux de LED. Je ne sais pas si c'est exactement le même tracé que chez moi. Je dois avouer que je n'ai pas vraiment prêté attention à ce que faisaient les trois brutes. Mais il faut que je tente quelque chose.

Je me place au milieu et je m'aperçois que je n'ai pas de bougies. Je pousse un profond soupir. Trouver des bougies dans ce dédale puis réussir à revenir ici relèverait du miracle.

J'observe la pièce à la recherche de n'importe quoi que je pourrais brûler en espérant que le déclencheur, ce sont les flammes et non la cire. Mais il n'y a rien sur les murs nus. Pas même des toiles d'araignées.

Puis une idée me vient. Je retire mon tee-shirt et en arrache trois morceaux que j'espère assez longs pour brûler le temps que je trouve comment marche ce truc.

Je les dispose approximativement sur le tour extérieur du cercle et j'y mets le feu grâce à mon nouveau pouvoir.

Merci, Zekiel.

Je me plante au milieu du cercle en espérant que ça suffira.

Le tissu se consume vite.

Soudain je me rappelle des vers en latin. La tuile. Aucune chance que je me souvienne du texte psalmodié par les trois abrutis.

Pourtant il va bien falloir essayer.

Je ferme les yeux et je tente de me remémorer la scène avec précision. Je visualise mon salon, le symbole tracé sur le sol, les trois démons avec leurs bougies…

Un éclat de lumière m'aveugle, même à travers mes paupières.

Je rouvre les yeux.

Oh bon sang, j'y crois pas. Je suis chez moi ! Dans mon salon !

Je ne comprends pas comment mais j'ai réussi !

Peu importe le comment en fait. J'ai réussi ! C'est tout ce qui compte.

Passé les vingt-cinq secondes d'euphorie d'avoir réussi mon coup, je me précipite dans ma chambre et commence à faire mes valises.

Fuir, vite et loin.

Il n'y a pas grand-chose qui m'importe ici. Je récupère mon ordinateur, mes paires de Doc's préférées – tant pis pour les autres, j'en rachèterai –, et assez de fringues pour tenir quelques jours. Je jette un regard à mes guitares. Je peux peut-être en prendre une…

Je tire ma boîte à souvenirs de sous le lit. Après tout, il n'y a que ça qui compte vraiment pour moi.

Vide.

J'ai complètement oublié que j'ai confié les trois seuls objets que m'a laissés ma mère à Raphaël.

Raphaël.

Je ne peux pas le quitter comme ça. Mais est-ce que j'ai vraiment le choix ?

Je ne suis même pas sûre qu'il puisse comprendre. Il a beau être déchu, il reste un ange. Et moi, je suis la fille de Lucifer. Le bras droit de l'Apocalypse.

Mais m'imaginer loin d'ici sans lui…

J'ai le souffle coupé et une douleur terrible m'étreint le cœur, m'obligeant à glisser le long du mur auquel j'étais appuyée pour m'asseoir cinq minutes.

La fuite ne m'apportera rien.

Lucifer peut sentir ma présence n'importe où. Il peut envoyer ses sbires à ma poursuite n'importe où.

Partir ce soir ne servirait à rien. Il me faut un plan.

Je dois retrouver ma mère si elle est encore en vie. Ou trouver quelqu'un pour me lancer le même sort qu'elle.

Dans les deux cas, j'ai besoin de Blaise.

Et de Raphaël.

Je n'y arriverai pas sans lui.

J'espère seulement qu'il pourra me comprendre.

Chapitre 28

J'arrive une nouvelle fois trempée chez Raphaël. Mon maquillage a coulé, mes fringues sont plaquées sur ma peau, et j'ai les cheveux en bordel. Il pleuvait des cordes et pas moyen de trouver un taxi. Peu importe, je me suis tirée de ce pétrin et la fin du monde n'aurait pas pu m'empêcher de retrouver mon ange. Enfin, façon de parler.

Je frappe. La porte s'ouvre une demi-seconde après comme s'il m'avait attendue derrière. Il est en tenue de combat complète : grand manteau noir pour dissimuler son épée et tout le toutim. Je ne l'ai pas souvent vu sur le pied de guerre mais je dois dire qu'il est à couper le souffle.

— Sascha ! il s'exclame avant de me prendre dans ses bras.

Il me serre contre lui. Son étreinte est si forte qu'elle m'empêche de respirer.

Je lui tapote le bras pour qu'il desserre l'étau de ses muscles. Il me relâche légèrement puis il me prend le visage entre ses mains pour me faire lever la tête.

— Où est-ce que tu étais passée ?

— Euh, c'est une longue histoire. Tu veux pas me laisser entrer ?

Il m'embrasse passionnément. Il écrase ma bouche de la sienne, il emprisonne mon visage entre ses mains, il plaque son grand corps puissant contre le mien.

Son baiser est dur, violent, chargé d'angoisse et d'espoir à la fois. Sa respiration se fait haletante contre mes lèvres.

Il lâche mon visage et passe les mains sous mes cuisses pour me soulever. Je m'accroche à son cou et enserre sa taille de mes jambes.

Il me porte avec facilité jusqu'au couloir tout en me dévorant des lèvres. Il me plaque dos au mur, m'écrase entre lui et la paroi, j'ai l'impression que sa bouche et ses mains sont partout à la fois. Je sens son érection frotter contre mon sexe à travers le tissu de ma culotte.

Ses baisers sont comme une drogue qui m'enivre au point que je ne sais plus comment je m'appelle. Je me laisse fondre contre son corps, dans son étreinte. De petits gémissements m'échappent quand il se met à jouer avec ses dents sur ma gorge.

On n'a été séparés que peu de temps et pourtant mon corps a soif du sien comme si ça faisait une éternité. J'ai envie de lui, j'ai envie de le sentir s'enfoncer en moi. J'embrasse, je lèche et je mords tout ce qui passe à ma portée, je passe les mains sous ses vêtements et les fait courir sur son torse musclé, je me délecte de sa saveur et de son odeur. Ce parfum si spécifique qui n'appartient qu'à lui. Mélange d'homme et de pluie et d'après-midi ensoleillé. Il est tout à la fois. Il est mon univers.

Il nous décolle du mur et nous fait doucement glisser au sol. Je crois qu'à un moment, il a eu l'intention d'aller dans la chambre, mais il semblerait qu'on n'arrivera pas jusque-là.

Il se relève un instant pour détacher son épée et retirer son manteau. Je me mets à genoux et m'attaque à sa braguette pour libérer son érection massive. Raphaël ne porte jamais que le minimum requis de vêtements pour ne pas se faire arrêter pour exhibitionnisme, ce qui veut dire que le concept de sous-vêtements lui est totalement étranger. Je trouve ça follement excitant de suivre la fine ligne de poils platine qui part de son nombril jusqu'à la lisière de son pantalon et de savoir qu'il suffit que je tire sur sa braguette pour avoir accès à son sexe.

Il baisse les yeux lorsque je prends sa queue dans ma main et son regard d'argent liquide s'embrase quand je pose les lèvres sur son gland.

L'intensité avec laquelle il m'observe me donne l'impression de risquer la combustion spontanée. Sans le quitter des yeux, je fais lentement glisser son sexe dans ma bouche en faisant courir ma langue sur toute la longueur. Il pousse un grognement guttural. Me savoir capable de lui arracher ce bruit, alors qu'il est à la fois Maître de lui-même et à ma merci, m'excite encore plus.

Je vais aussi profond que ma gorge le permet mais il me reste encore la place de mettre la main sur son sexe. Je resserre le poing dessus et je commence à aller et venir doucement, main et bouche en rythme.

Ses halètements s'accélèrent. Il passe la main dans mes cheveux et me caresse doucement la tête. Je ne peux pas me détacher de son regard. La sensualité qui s'en dégage est une invitation à la débauche à lui seul. Il me baise avec les yeux pendant que je lui taille une pipe.

Au bout d'un moment, Raphaël s'écarte doucement avant de s'agenouiller devant moi. Il me serre contre lui, m'embrasse, fait courir sa langue sur mes seins.

— Tu me rends fou, il murmure.

J'acquiesce en gémissant. Il me rend folle aussi.

Il m'allonge sur le sol et s'installe au-dessus de moi. Soudain j'ai un doute. Je pose une main sur son torse.

— Raphaël…, je dis dans un souffle. On ne peut pas.

Ça me tue de dire ça mais on ne peut pas se payer un voyage à Berlin – d'autant que la prochaine fois, Stefan risque de m'exorciser pour de bon – chaque fois qu'on fait l'amour. Et autant je pouvais faire preuve de retenue avec les autres, autant je ne m'imagine pas pouvoir me contrôler dans les bras de Raphaël.

Il s'immobilise et me regarde avec un mélange de désir et de confusion.

Je détourne les yeux.

— Je… je ne pourrai pas garder le contrôle avec toi et on va encore se retrouver dans le corps l'un de l'autre.

Un sourire chargé de la promesse d'une nuit d'amour débridée fleurit sur son visage.

— Ton pouvoir ne marche sur moi que si je te laisse faire, il murmure de sa voix grave et rocailleuse. Je garderai le contrôle pendant que tu le perdras et ensuite on échangera.

Aussi simplement que ça. J'ai du mal à y croire et pourtant, ce qu'il dit a du sens.

Il se penche sur moi, me mordille le lobe avant d'ajouter dans un soupir à mon oreille :

— Rien ni personne ne m'empêchera de te faire l'amour, Sascha. J'ai trop envie de toi.

Il n'attend même pas que j'aie acquiescé et me pénètre d'un seul coup de reins. Je pousse un gémissement en le sentant s'enfoncer en moi de toute sa longueur. C'est presque trop pour moi et pourtant j'arque le bassin pour en réclamer plus. La base de son sexe frottant sur le mien m'arrache d'autres cris.

Je fais courir les mains sur son torse et sur son dos. Je le griffe lorsqu'il commence à aller et venir en moi avec férocité.

Il délaisse mon oreille pour me mordiller les tétons tout en saisissant mes mains pour les bloquer au-dessus de ma tête.

— Laisse-moi faire, amour, il murmure en m'immobilisant complètement.

Le rythme de son bassin me rend folle. Toute pensée cohérente disparaît quand je suis dans ses bras. Il n'existe plus rien que ce sentiment de plénitude absolue, le plaisir mais aussi la sensation d'être entière, d'être à ma place, de ne plus avoir besoin de chercher. J'ai envie de rester dans ses bras pour toujours, nos corps emboîtés, nos lèvres se dévorant.

Il se retire doucement avant de me saisir par les hanches pour me retourner et me mettre à genoux. Je me laisse faire, totalement déboussolée par les sensations que me procure son corps contre le mien.

Il se place derrière moi et me pénètre de nouveau. Il s'enfonce encore plus loin qu'avant, à la limite de l'inconfort et pourtant c'est si bon que je pars à sa rencontre à chaque coup de reins.

Il passe la main entre mes cuisses et se met à me caresser. Il me suffit de quelques effleurements pour basculer.

Je suis transpercée de part en part. Mon esprit s'éloigne de mon corps, est aspiré par celui de Raphaël. Je paniquerais si des vagues de plaisir n'anéantissaient pas toute pensée cohérente. L'orgasme me submerge. Puissant, vif, inaltéré. Je me mets à trembler sous son assaut fracassant. Des spasmes me parcourent de la tête aux pieds et j'ai l'impression que chaque nerf est stimulé par cette déferlante de plaisir.

Je m'éloigne encore de mon corps et je sens soudain l'esprit de Raphaël former une barrière qui me saisit, me retient et m'ancre dans la réalité.

Il caresse mon corps et mon âme jusqu'à ce que les dernières ondes de choc se soient apaisées.

— Ce que j'aime te voir comme ça, amour, il me dit en reprenant lentement son va-et-vient.

J'aimerais bien le voir aussi mais c'est impossible dans cette position. Pourtant en cet instant, je ne changerais pour rien au monde.

Il se penche sur moi et plaque son torse à mon dos avant de me mordre à la gorge tout en accélérant le mouvement de ses hanches. Puis je le sens se raidir à son tour et il resserre les dents sur mon cou tout en enfonçant les doigts dans mes cuisses.

Je comprends alors ses paroles sur la perte de contrôle à tour de rôle. Une fois mon orgasme passé, je suis parfaitement en mesure de restreindre mon pouvoir au moment où lui ne peut plus me retenir.

Puis on s'effondre tous les deux sur le sol, hors d'haleine. Mes jambes tremblent, mon corps entier frémit, je n'ai plus la force de rien.

Raphaël roule sur le côté et m'attire contre lui.

— Je t'aime, il me souffle à l'oreille.

— Moi aussi, je réponds.

Je n'aurais pas dû coucher avec Raphaël. Enfin si, parce que c'était génial. Mais j'ai eu tort parce que j'aurais d'abord dû lui parler. Je n'en ai plus la force à présent.

Il est parti nous chercher à manger et je tourne en rond dans son appartement en me demandant comment je vais aborder le sujet. J'ai tellement peur qu'il me rejette, qu'il ne veuille plus de moi une fois que je lui aurai avoué qui est mon père. La crainte de le perdre me paralyse jusqu'au plus profond de mes entrailles.

Je n'ai jamais tenu à quelqu'un à ce point. Je l'aime tellement que ça fait mal. Mal de penser que lui et moi, ce n'est peut-être pas pour toujours.

J'ai envie de me taire. Si je ne lui dis rien, il restera avec moi. Mais comment lui cacher une chose pareille ? D'autant que pour le moment, rien ne me dissimule à Luc. Il peut me retrouver où et quand il veut et je suis certaine qu'il va revenir à la charge. Je doute qu'il soit du genre à accepter un refus.

J'entends la porte s'ouvrir et un bruit de pas dans le couloir.

Je me fige. La terreur revient. Je dois parler à Raphaël. Je n'ai pas le choix.

Il arrive dans le salon. Il est beau à en mourir. Et il est à moi. Pour l'instant. Ce que j'aimerais savoir ce qu'il pense en cet instant…

La connexion qui s'était établie et avait subsisté entre nous après l'exorcisme s'est peu à peu rompue. Au début, j'avais l'impression qu'une partie de Raphaël était restée en moi après l'intervention de Stefan. Maintenant, il y a un vide à cette place et je ne capte plus rien. Le lien a disparu. Au moment où j'en ai le plus besoin.

Il m'embrasse en passant et la chaleur de ses lèvres sur les miennes est comme un baume sur mon cœur gelé. J'ai les tripes nouées.

Je le suis dans la cuisine. Il dispose les plats chinois à emporter dans des assiettes.

— Il n'y avait que ça d'ouvert, il me dit. Comme je ne savais pas trop ce qui te plairait, j'ai pris un peu de tout. Ça t'ira ?

Je m'approche et je me colle derrière lui. Je savoure la sensation de son dos contre ma poitrine. J'emplis mes poumons de son parfum. Je frotte ma joue contre ses cheveux de soie.

— C'est super, je lui dis.

Il se retourne vers moi et me prend dans ses bras.

— Tout va bien ?

— Oui c'est juste que…

Allez Sascha, tu peux le faire. Tu peux lui dire. Il comprendra. Il est amoureux de toi.

— J'ai un truc à te dire et c'est pas facile.

Il arque un sourcil interrogateur.

— Viens t'asseoir, s'il te plaît.

Après qu'on a fait l'amour sur le sol du couloir, il m'a tenue contre lui et il m'a dit à quel point il avait été inquiet. J'avais disparu sans laisser de traces. Mon téléphone était éteint, mon appartement vide. Il n'avait plus su où chercher. Quand je suis arrivée plus tôt dans la soirée, il s'apprêtait à aller interroger un contact.

J'aurais dû tout lui dire à ce moment-là au lieu de répondre que je lui expliquerais et de le détourner de ses questions par des baisers.

J'ai voulu profiter encore un peu de ce moment dans ses bras.

Et maintenant, c'est encore plus difficile d'aborder le sujet.

Je l'entraîne dans le salon, je le fais asseoir en face de moi.

J'allume une cigarette et j'exhale lentement la fumée pour me donner le temps de me préparer. Comme si quelques secondes de plus allaient changer quoi que ce soit après tout le temps que j'ai passé à essayer de me convaincre que c'était la seule chose à faire.

— J'ai retrouvé mon père, je finis par dire. Enfin, je ne le cherchais pas, c'est lui qui m'a trouvée.

Raphaël me regarde en silence. Il n'est pas naïf au point de croire que je lui annoncerais une bonne nouvelle de cette manière si ce n'était pas en réalité une mauvaise nouvelle.

— Quand je suis rentrée chez moi, trois types… ceux qui m'ont attaquée l'autre jour… s'en sont pris à moi. Ils…

travaillaient pour mon père. (Les mots passent ma gorge avec difficulté. Chaque phrase est une torture.) Ils m'ont emmenée… en enfer.

Je déglutis péniblement et attends une réaction de la part de Raphaël, mais il ne dit rien, pendu à mes lèvres, une main sur mon genou en signe de réconfort.

—Mon père c'est… Lucifer.

Une expression de choc et peut-être de dégoût déforme ses traits fins. Mais il n'est abasourdi qu'une seconde avant de reprendre l'air sûr de lui qui le caractérise.

—Tu en es sûre ? finit-il par laisser tomber après un silence éprouvant.

—Certaine.

—Comment peux-tu en être sûre ?

—Je l'ai vu, Raphaël. J'ai… il m'a laissée le posséder. J'ai vu ses souvenirs. J'ai vu ma mère. Elle l'a banni avec l'aide d'un ange.

Il me prend dans ses bras et me caresse doucement les cheveux, tout en frottant le nez contre la peau sensible de mon cou.

—Amour…, il murmure simplement.

—Je l'ai vu, Raphaël, je répète.

Le désespoir m'étreint. Je dois le convaincre mais je n'en ai aucune envie. Je ne veux pas qu'il me rejette mais il faut qu'on soit prêts quand Lucifer reviendra me chercher.

—Je suis un ange, je l'aurais senti s'il y avait du démon en toi.

Je me libère de son étreinte et recule légèrement pour le regarder dans les yeux.

—Qu'est-ce que l'exorciste t'a dit quand vous vous êtes disputés ?

Il ne répond pas mais son silence est tout aussi éloquent.

— Il a voulu m'exorciser, me bannir… je le sais. Je l'ai senti.

— Stefan est fou.

— Qu'est-ce que tu en sais ?

— J'ai vérifié.

— C'est pour ça que tu es resté à Berlin ?

Il hoche la tête.

— Qu'est-ce que tu as découvert ?

— Que Stefan est fou.

On tourne en rond.

— Rappelle-toi ce qu'a dit Blaise : « La possession est réservée aux démons. »

Il m'effleure la joue du pouce avant de m'embrasser.

— Lucifer veut se servir de moi pour déclencher l'Apocalypse, je dis à mi-voix. Il m'a présenté ses généraux… Il voulait que je vienne vivre avec lui en enfer…

Raphaël me serre dans ses bras puissants et me berce doucement en murmurant que tout ira bien, que je dois simplement me calmer.

Il a l'air de penser que je suis devenue folle. Il ne me croit pas. Moi qui avais peur qu'il ne veuille plus de moi. Je n'imaginais pas que j'allais devoir me battre pour le convaincre.

— Raphaël, je murmure.

— Oui, amour ?

— On doit aller voir Blaise, dès que possible. Je ne suis à l'abri nulle part…

Il me prend le visage entre ses longs doigts fins et me fait lever les yeux vers lui. Comme j'aimerais tout oublier et simplement me noyer dans son regard. Mais je sais que Lucifer, ou ses hommes, peut débarquer d'une minute à l'autre. Il a sûrement remarqué que j'avais disparu. Il me cherche certainement.

Est-ce qu'il enverra le même genre de brutes épaisses que la dernière fois ? Ou pire, l'un de ses généraux ?

Zekiel m'obligerait-il à y retourner ?

— Tu es en sécurité ici, déclare Raphaël.

— Tu ne comprends pas ! Jusqu'à présent, un sort me cachait aux yeux de mon père mais maintenant qu'il est levé, il peut me retrouver n'importe où, n'importe quand !

— Aucun démon ne peut pénétrer ici, m'annonce Raphaël d'un ton condescendant.

J'ai l'impression qu'il ne le dit que pour me calmer. Il pense encore que je délire.

— C'est pas une blague ! Il va venir me chercher !

— Tu es dans la demeure d'un ange, Sascha. Personne ne viendra te chercher ici.

Cette fois, la condescendance a disparu de sa voix. Il semble sûr de lui.

— Ça n'a pas posé de problèmes à Lazarus.

— Lazarus, c'est différent. Il n'en est pas un à proprement parler. Mais je t'assure qu'aucun démon ne peut entrer ici.

— Tu le jures ? je demande d'une petite voix qui ne me ressemble pas.

— Je le jure, il répond avec un baiser léger sur mes lèvres.

Il se lève et je reste accrochée à sa main, l'air perdue.

— Où vas-tu ?

— Chercher Blaise…

— Tu me crois, alors ?

— Je n'en sais rien. Mais si amener un sorcier ici pour qu'il te lance un sort peut te calmer, alors je vais aller t'en chercher un.

Un petit sourire joue sur ses lèvres un instant.

— Et moi qu'est-ce que je fais ?

— Mange, essaie de dormir… Je n'en ai pas pour longtemps.

— Merci, je murmure.

Je me réveille en pleine nuit. Un cauchemar qui s'effiloche à la seconde où j'ouvre les yeux me torture depuis un moment.

Je tends le bras en travers du lit. Raphaël n'est pas à côté de moi. J'ignore s'il est rentré ou non.

Je me lève. La chambre est plongée dans l'obscurité la plus totale. Je trébuche une ou deux fois mais je parviens jusqu'à la porte. J'ai envie d'une clope, d'un verre d'eau et de voir l'heure.

Je tourne la poignée. Raphaël est dans l'encadrement de la porte. Il a son épée à la main et semble surpris de me voir.

— Sascha, souffle-t-il.

Il est seul. Pas de Blaise. Et il a l'air… bizarre. Différent.

— Ça va ? je demande.

Je m'apprêtais à me précipiter dans ses bras mais quelque chose dans son attitude, sa posture, me fait reculer d'un pas.

Il avance sur moi, il n'a pas rengainé son épée. Il ne répond pas.

— Raphaël ?

— Je suis désolé, finit-il par dire.

— Désolé ? De quoi ?

— Tu avais raison.

Dans la pénombre, il me semble distinguer une larme sur sa joue.

— Tu vas déclencher l'Apocalypse… J'aurais dû le faire…

Sa voix semble encore plus brisée que d'habitude.

Je recule encore de quelques pas.

Il lève son épée, la pointe vers mon cœur. Je n'ai nulle part où aller et mon cerveau refuse d'assimiler le fait que Raphaël, qui m'a fait l'amour quelques heures auparavant, me menace d'une épée.

— Je te promets que ce sera rapide. Tu ne sentiras rien.

Je ne sentirai rien ? Il compte vraiment me transpercer avec son épée ?

Je devrais tenter de le raisonner. Ou essayer de fuir. Mais je reste là, immobile, muette. J'attends le coup. Je n'ai pas la force de me battre et surtout, d'affronter Raphaël.

Il m'a dit qu'il m'aimait. Il a renoncé à sa rédemption pour moi. Pourquoi fait-il ça ?

Je comprends soudain, alors que la lame froide repose contre ma poitrine.

— Tu…, je commence.

J'ai le cœur serré, une grosse boule dans la gorge, les larmes que je refoule depuis des jours coulent sur mon visage sans même que je m'en sois rendu compte. Je prends une profonde inspiration.

— Tu vas regagner tes ailes ? je demande.

— Oui, dit-il simplement.

— Alors d'accord.

Il semble incrédule. Je n'arrive pas à croire non plus que j'ai dit ça et pourtant, je sais que c'est la bonne décision. Je n'ai fait que semer le chaos et la mort autour de moi. Le couvent, les sœurs, Nicolas, Raphaël, tous ces gens que j'ai arnaqués, tous ces mecs que j'ai utilisés… Mieux vaut que je meure avant de déclencher l'Apocalypse. Et je mourrai en sachant que Raphaël a eu sa rédemption.

— Je… Pas comme ça, s'il te plaît, je murmure.

Il m'interroge du regard.

Je pose la main sur la lame pour la lui faire baisser. Je m'approche de lui lentement pour lui laisser le temps de reculer s'il le souhaite. Est-ce qu'il m'aime encore malgré tout ?

J'avance encore. Il ne bouge pas.

— Je voudrais être dans tes bras quand tu…

Je ne termine pas ma phrase. Ça me semble assez clair en l'état.

Il hoche la tête. Pose son épée. Tire une petite dague de son manteau.

Je marchanderais bien un peu plus mais je sais que s'il ne le fait pas immédiatement, je ne m'y résoudrai jamais et ce n'est pas un sujet sur lequel je peux me permettre de tergiverser.

Il pose sa main libre sur ma joue, essuie mes larmes. Il m'attire à lui. Ses gestes sont doux, tendres. Ses lèvres sur les miennes sont hésitantes.

— Tu n'es pas obligé de…, je commence.

Il comprend.

— Amour, dit-il simplement en continuant à me caresser le visage, les cheveux, le cou.

Il approfondit son baiser, y met toute la passion dont je le sais capable.

Je sens la pointe de la dague contre ma poitrine. Je pose une main sur la sienne. Je le serre fort contre moi de l'autre.

— Adieu, je murmure.

Achevé d'imprimer en avril 2014
Par CPI Brodard & Taupin - La Flèche (France)
N° d'impression : 3004519
Dépôt légal : mai 2014
Imprimé en France
81121206-1